불멸의 보바에게

Der Buddha auf vier Pfoten_ by Dirk Grosser

젊은 철학도와 떠돌이 개 보바가 함께 한 14년

우리가 알고 싶은

삶의 모든 답은 한 마리 개 안에 있다

디르크 그로서 지음

프랑크 슐츠 그림

추미란 옮김

불광출판사

들어가는 말

다양한 불교 책이 있다. 엄마들의 육아 스트레스를 없애주는 불교 책, 그래픽 디자이너가 참고할 만한 불교 책, 그리고 당연히 불교 문외한이 읽을 수 있는 초보자용 불교 책도 있고 심지어는 오토바이 셀프 제작이 취미인 사람들을 위한 불교 책도 있다. 참선으로 실력을 향상시키는 골프 선수가 있는가 하면, 명상으로 어떻게 하면 없는 시간을 더 짜낼까 고심하는 회사의 중역들도 있다. 이쯤 되면 서양에서 불교가 가히 거의 모든 목적에 부합하고 있다 할 만하다. 하지만 걱정은 말기 바란다. 이 책은 반려견과 함께하는 사람들을 위한 선불교(禪佛敎) 책이 아니니까 말이다! 그렇게 생각하고 이 책을 집어 들었다면 얼른 다시 내려놓아라. 리드줄과 하나가 되는 법도, 당신의 개를 명민한 사무라이 정신으로 무장시키는 법도 이 책으로는 배우지 못할 것이다. 그보다는 어느 빼어났던 네 발 달린 선사(禪師)에 대한 개인적인 이야기 쪽에 더 가깝다. 그리고 그 선사의 빼어났던 불교 교수법에 관한 이야기이고, 그 교수법에 의해 한 남자의 인생이 어떻게 완전히 달라졌는지에 대한 이야기이다.

불교 역사에서 뛰어난 스님은 많았다. 밀라레파부터 쵸감 트룽파, 조주 종심, 료칸 선사, 사와키 코도까지, 그리고 이들 외에도 자신의 명성은 물론, 사회적인 관습에도 개의치 않았던 위대한 광대들, 혹은 난사람들이 많았다. 나는 그런 기인들의 길고 긴 전통을 잇고 그들 못지않게 기이했던 스승 한 분을 모시는 영광을 누렸다. 이 스승은 불교에 대한 자신의 철학과 신념을 나에게 전수해주었으며 몸소 실천해서 보여주었다. 그는 내 침대 옆 바닥에서 잤고 나와 함께 밥을 먹었으며 조깅을 나갔다. 내가 어디를 가든 같이 가면서 삶에서 무엇이 중요한지를 매 순간 그 존재 자체로 보여주었다.

나의 스승은 특정 종파를 따르지 않았으며, 소승불교와 대승불교, 금강승(밀교)🐾 중 어느 것을 특별히 사랑하지도 않았다. 그는 멀리 아시아에서 온 중국인도, 인도인도, 일본인도, 티베트인도

🐾 불교 관련 용어에 대해서는 부록에 정리해두었으니 참고 바란다.

아니었다. 그는 단지 한 마리 개였으며, 그의 삶 자체가 불교였다. 그는 특유의 단순한 방식으로 불교를 가르쳤는데, 이는 정말이지 나만을 위한 맞춤 교육이었다.

불교는 세계로 퍼져나가며 그 과정에서 만나게 된 각각의 문화들을 더 풍성하게 했고, 불교 역시 그 문화의 특성을 부분적으로 받아들였다. 그러다 불교가 서양에도 들어오게 되었지만, 우리 서양인들은 불교에 더해진 아시아 각 지역의 문화적 색채들을, 안타깝게도 불교라는 삶의 예술에 절대적인 요소인 양 받아들였다. 따라서 삶에 도움이 되기보다는 오히려 어리둥절하게 만드는 기교들에 더 집중했다. 나는 이 점을 티베트불교의 젊은 지도자, 족첸 폰롭(Dzogchen Pönlop) 린포체보다 더 분명하고 이해하기 쉽게 지적해낸 사람을 아직 보지 못했다.

> 불교는 크리스털 공처럼 투명하고 맑습니다. 티베트에서는 이 공이 말하자면 붉은 탁자 위에 놓여 있습니다. 그래서 티베트 사람들은 대개 불교가 빨간 크리스털 공이라고 생각하고, 그 빨간빛을 더 빛나게 하는 데에 최선을 다합니다. 원래는 투명한 공이지만 티베트 전통 때문에 그렇게 빨갛게 빛나는 것임을 보지 못하지요. 서양은 먼저 그 투명하고 맑은 공부터 본 다음, 그 공을 어떤 탁자 위에 놓아야 합니다. 그 탁자가 파란색이라면 그 공은 갑자기 파랗게 보일 테지만, 그래도 괜찮습니

다. 그 원래의 순수한 본질이 빨갛거나 파란 것이 아니라 맑고 투명한 것임을 잘 알고 있으니까요.[1]

나의 크리스털 공은 두 가지 색이 섞인 개 전용 담요 위에 앉아 있었다. 때로는 공원의 초록 잔디 위를 구르기도 했고 데이지 꽃의 노랗고 하얀색, 흙더미의 검붉은색, 나무 벤치의 갈색이 되기도 했다. 내가 자주 앉았고 내 존경하던 스승이 그 아래 내 발 옆에서 힘차게 코를 골며 자던 그 벤치 말이다. 때로는 내 크리스털 공이 연민의 감정 하나로 화려한 삑삑이 공으로 변신하기도 했다. 그 공은 누군가의 발에 밟혀도 언짢아하지 않았고 늘 치유의 에너지를 전파했다.

스승과 함께 몇 년을 살다보니 한 가지 점점 분명해지는 것이 있었다. 선방에서 명상하고 티베트 승려의 강의를 듣고 주말이면 한적한 곳의 비싼 휴양지를 찾거나 태국이나 네팔로 날아가거나 이 강의에서 저 강의로 옮겨 다니며 나 자신을 연구할 수도 있지만, 그 모든 노력에도 불구하고 결국 처음 여행을 시작했던 그 자리로 돌아오게 되리라는 것을 말이다. 그렇다면 무엇 때문에 그런 수고를 해야 하는가? 약간의 관심과 사랑만 받을 수 있다면, 그리고 간식으로 말린 돼지 귀만 먹을 수 있다면 기꺼이 자신이 아는 것을 모두 가르쳐줄 진짜 명상의 대가가 바로 옆에 있는데 말이다!

나의 네 발 달린 스승은 집중력, 자애, 떠나보내기, 순간에 살기, 열린 정신, 넓은 가슴, 무엇보다 조건 없는 사랑 같은 명상에서 말하는 모든 것을 구현해 보여주었다. 덕분에 내 영적 수행은 스승을 만나기 전과 후로 나뉘게 되었다. 스승을 만나고 난 후부터 수행은 점점 더 내 일상 속으로 스며들었고, 마침내 일상이 곧 수행이 되었다.

이 책에서 나는 내 스승의 가르침을 옛 선사들의 가르침과 많이 비교할 것이다. 무엇보다 옛 선사들의 가벼움과 유머 감각이 내 스승과 매우 닮았기 때문이다. 옛 선사들이 그랬던 것은 아무래도 불교가 중국으로 넘어갈 때 중국에 이미 있던 도가의 가르침과 융화되었기 때문일 테다. 고대 도인들은 자연을 사랑했다. 이들은 몇 시간이고 자연 속에 앉아 즉흥적으로 변해가는 자연의 기적을 보았다. 그리고 계곡물이 빠르게, 혹은 느리게 회전하며 흐르듯 그렇게 흘러가는 삶의 변화를 기쁨과 경외감으로 지켜보았다. 이들의 가르침은 학문적이기보다는 나무의 성장, 학의 날갯짓, 개의 점심밥같이 그렇게나 단순했다. 그 단순함과 즉흥성과 생기가 중국의 선불교를 낳았고, 그렇게 불교는 중국과 일본에서 또 한 번 새롭게 개화했다.

그리고 어느 날, 도가와 불교의 정신이 시공간을 넘어 내 앞에 나타났다. 놀랍게도 촉촉한 코와 이상한 성격을 가진, 털 달린 개체로 말이다. 수행자, 라마, 린포체, 비구/비구니 같은 증명된 권위를 가진, 계보 속 선사들을 통해 불교를 알게 되는 사람도 있겠지만 나는 한 마리의 개에게서 진정한 불교를 보았다.

내가 그리스 거북이를 만나 '요다'라는 이름을 지어주고 그로부터 제다이 마스터 집중 훈련을 받았다면, 내가 경험했고 이 책에도 소개할 모든 이야기는 완전히 다른 이야기가 되었을 것이다. 하지만 개는 어디든 나와 함께 갈 수 있었지만, 거북이는 아무래도 좀 어렵지 않을까. 게다가 거북이와 공 던지기 놀이를 했다면, 모르긴 몰라도 대단히 지루한 놀이가 되었을 것이다!

당신이 앞으로 읽게 될 이야기는 그렇게 시작되었다. 더럽고 괴상한 취향을 가진 마음이 넓은 개 한 마리가 불교의 정수를 알려주었다. 몸소 실천해 보여주었고 힘든 배움의 길 위에 선 나를 온갖 방법을 총동원해 최선으로 도와주었다. 그리고 언제부턴가 나는 불교를 명상이나 경전이 아닌 공 던지기와 달리기, 헐떡대기로, 그리고 집안 여기저기로 질질 끌려다니던 머리 없는 곰 인형으로부터 배우고 있었다.

차례

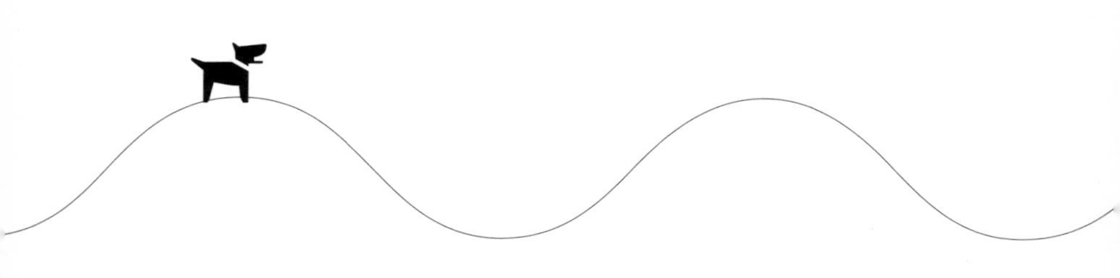

"냄새날 때가 있는가 하면 목욕할 때도
있는 거지. 삶은 늘 새로운 찰나의 연속이야.
누가 공을 던져주는 때가 있는가 하면
그러지 않는 때도 있어.
어느 날은 해가 나고 어느 날은 비가 와서
다 젖게 되는 게 삶이야. 그렇게 변하는 삶에서
변하지 말아야 한다고 주장하는 사람은
괴로워지게 되어 있어. 그럴 필요가 없는데
말이야." 보바가 이렇게 말하지는 않았지만
나는 그 갈색 눈동자 속에서 그 생각을
분명히 읽었다. 그리고 나는 그 가르침을
보바가 온 몸을 털며 내 욕실을 녹갈색
잭슨 폴록 그림으로 바꾸어놓았을 때 곧
실천에 옮겼다. '그대로 남는 것은 아무것도
없다. 이것이 현실이다.
이것은 절대 환영이 아니다.'

현실에 온 것을 환영합니다

모든 지식, 모든 질문과
대답의 총체가
한 마리 개 안에 있다.

프란츠 카프카(Franz Kafka)

내가 사는 독일 베스트팔렌 주(州)에는 선사(禪師)가 그다지 많지 않다. 우리에게는 피커(Pickert: 감자를 주재료로 만든 달콤한 팬케이크 종류, 베스트팔렌 주 동북부 전통 음식 - 옮긴이)와 부어스트브라이(Wurstebrei: 다양한 통곡물과 고기로 만든 두툼한 소시지 종류, 역시 베스트팔렌 주 동북부 전통 음식 - 옮긴이)가 있고, 이 동네 거주자 한 명당 평균 말 두 마리와 암소 네 마리를 갖고 있지만, 명상 스승을 찾으려 한다면 대개 헛수고로 끝날 것이다.

그러므로 어느 날 불현듯 살아 있는 선사가 내 앞에 나타났을 때 나는 더할 수 없이 기뻤다. 물론, 인정하건대 첫눈에 그를 알아보지는 못했다. 하지만 사실 그의 변장도 아주 감쪽같았다. 나의 스승 보바는 첫눈에 보기에 크지도 작지도 않았고, 진한 갈색도 연한 갈색도 아니었고, 화려하지도 옹색하지도 않은, 누구나 상상할 수 있는 흔하디흔한 개였다. 그리고, 아니 그런데도, 승복도 염주도 걸치지 않은 살아 있는 붓다였다. 나는 운 좋게도 그와 14년을 함께 살았다. 그 14년 동안 그는 매우 현명하지만 간단하기 그지없는 삶의 기술들을 매일 솔선수범해 보였다. 그리고 14년 동안 나는 매일 보바 덕분에 웃었고 매일 그를 더 사랑하게 되었다. 비록 그의 입에서는 썩은 생선 냄새가 나고, 그의 털이 소파를 뒤덮었어도 말이다. 우리가 처음 만났을 때 보바는 이미 현대의 개라면 흔히 겪는 역사를 한참 써 내려간 뒤였다. 겨우 한 살 반이었지만 이미 동물 보호소를 두 번이나 거쳤고 서로 다른 보호자를 네 명이나 겪은 상태였다. 보호자들은 그가 너무 고집이 세고 제멋대로라 다루기 힘들었다고 했다. 마지막으로 그가 도착한 곳은 내 친구의 집이었다. 하지만 친구는 이미 키우던 개가 두 마리나 있었으므로 크게 환영받지는 못했다. 그래서 보바는 종일 친구 집 주변의 넓은 들판과 초원을 뛰어다니고 근처의 양 떼와 친하게 지내며 늘 그렇듯 주어진 상황에서 최선을 뽑아냈다. 그렇다, 보바는 양들을 가족으로 선택했다. 태양을 향해 코를 높이 치켜들고 다녔고 그 양들이 싸놓은 배설물 위를 환희 속에서 뒹굴며 하루하루를 보냈다.

"이봐들, 내 냄새 맡아보라고, 나도 너희들이랑 똑같아!"

그렇지만 친구의 개들과 보바가 자꾸 첨예한 대립을 거듭하자 친구는 어느 날 베스트팔렌에 처음 온 사람이라면 감탄해 마지않을 이 지방 특유의 전형적인 달변으로 나에게 이렇게 물었다.

"너, 개 키워볼래?"

그리고 나는 나도 모르게 이렇게 대답했다.

"그래볼까?"

그걸로 다 된 것 같았다. 친구는 그날 바로 보바를 내 집으로 데려다주겠다고 했다. 우리 집 앞 도로에서 나는 어쩐지 조급한 마음이 되어 보바를 기다렸다. 자동차에서 튀어나오자마자 보바는 내 품으로 뛰어들었고 바로 그 자리에서 우리는 서로의 가장 친한 친구가 되었다. 팀과 스트루피, 제프와 래시, 찰리 브라운과 스누피, 한솔로와 츄바카조차 우리 사이와는 비교도 되지 않았다!🐾

보바는 이미 오랫동안 내 개였던 것 같았다. 모든 것이 완벽했고 문제가 될 건 아무것도 없었다. 그 순간부터 우리는 영원히 함께할 것이고, 같이 신나게 웃으며 꽃밭만을 달릴 터였다(이 장면을 상상하려 한다면, 꼭 슬로우모션과 '뽀샵' 효과를 넣어주기 바란다).

물론 보바의 발 냄새가 지독했다는 것만은 인정해야겠다. 반추동물의 분비물을 보바가 얼마나 사랑했는지 분명히 알 수 있었다. 옛날이야기에 나오는 지옥문을 지키는 개가 진짜로 있다면 바로 그런 냄새가 났을 거라고 나는 확신한다. 방금 지하세계로 들어온 인간 영혼이 그 냄새를 맡으면 앞으로 영원의 시간 동안 무엇이 자신을 기다리고 있는지 바로 감을 잡았을 것이다.

보바의 털은 녹색 빛이 도는 갈색 물질로 끈적끈적했으므로(그 원인은 누가 말해주지 않아도 금방 알 수 있었다) 나는 당장 비누로 씻기고 싶은 충동을 억누를 길이 없었다! 그것도 비누 하나 갖고는

🐾 친애하는 스타워즈 마니아 여러분, 저도 츄바카가 개가 아님을 잘 알고 있습니다. 하지만 츄바카도 털이 많고 이상한 냄새가 나고 충실한 영혼의 소유자잖아요. 이 정도면 저로서는 '개' 범주에 넣기에 충분하다고 봅니다. 이것은 츄바카에 대한 모욕이 아니라 칭찬이랍니다!

어림도 없었다. 그런데 보바는 그렇게 지독한 냄새를 풀풀 풍기면서도 전혀 부끄러워하지 않으며 나에게 첫 공짜 맛보기 가르침을 하나 베풀어주었다.

"어이 자네, 현실에 온 것을 환영해! 여기는 그래! 자네한테는 지독한 냄새가 나한테는 아주 좋은 냄새지. 원래 그런 거니까 호들갑 떨지 말라고!"

당시 나는 아직 철학도였고, 대부분의 인생이 머릿속에서만 진행되고 있었다. "나는 종일 허튼 생각만 한다. 그러므로 나는 존재한다."를 모토로 삼고 그렇게 오롯이 데카르트의 영향 안에서만 살던 시절이었다.

그런데 이 놀라운 개는 만나자마자 나에게 삶은 결코 머릿속이 아니라 바로 지금 여기 우리 눈앞에서 이루어지는 것임을 가르쳐준 것이다.

"나 여기 있어. 그러니까 뭐라도 좀 해보라고!"

혹자는 말도 안 된다 생각할 수도 있겠지만 돌아보니 정말 그랬다. 양의 똥 냄새를 풍기던 개는 내가 아무짝에도 쓸모없는 철학의 심연 속에 빠져 허우적대지 않게 해주었고 다시 진짜 세상으로 들어가게 해주었다.

그렇게 나는 네 발 달린 새 친구와 함께 내 집 앞 도로에 서 있었다. 목줄도, 리드 줄도 없었고 개를 어떻게 길러야 하는지도 전혀 몰랐다. 게다가 그때 문득 깨달았다. 내 개가 생기게 되었다는 것으로 너무 기뻤던 나머지, 당시 같이 살던 여자 친구에게 사전 의

논은커녕 귀띔도 해주지 않았음을. 그러므로 내 여자 친구와 보바의 첫 만남이 뜨악했던 것은 아주 당연했다. 더군다나 보바는 화장실이 급했던지 우리 아파트에 오 드 뚜왈렛(Eau de toilette: '화장수'라고도 하는 수분 함량이 많은 향수 종류, 뚜왈렛에는 '화장실'이라는 뜻도 있다 - 옮긴이)을 뿌려 재꼈다. 그 후 이어진 여자 친구와의 논쟁은 결국 "나든, 저 개든 둘 중 하나를 선택해!"로 파국에 이르는 듯했다. 흠, 나라면 그렇게까지 말하지는 않았을 것이다…. 어쨌든 나는 그동안 늘 개를 한 마리 갖고 싶다고 말해오지 않았던가? 그리고 이제 딱 내 마음에 드는 개를 만나지 않았는가?

하지만 상황이 정말 나빠지려 하자 보바가 직접 나섰다. 보바는 내 여자 친구 앞에 앉는가 싶더니 몇 분이고 개 특유의, 심장을 강타하는 귀여운 표정을 지으며 여자 친구를 바라보았다. 모든 개는 강아지 때 그런 표정을 지으라고 지혜로운 노견으로부터 교육이라도 받는 걸까?

"강아지야, 살다보면 더는 어쩔 도리가 없을 때도 온단다. 그럴 때 바로 이런 표정을 지으려무나!"

그렇게 상황이 조금 진정되자 보바는 이때다 하고 조심스럽게 자신의 앞다리를 내 여자 친구의 무릎에 올리는 것으로 두 번째 애교 작전을 펼쳤다. 예의 그 귀여운 표정과 함께. 이번에는 양쪽 눈썹을 번갈아 올렸다 내렸다 하기도 했다.

한 시간쯤 지나자 우리 셋의 동거는 이제 기정사실이 된 것 같았다. 그리고 그때부터 보바는 다시 오롯이 나만 바라보았다. 나는 보바의 단짝이었고, 보호자였고, 우둔한 제자였다. 그때부터 보바는 세상을 떠나는 날까지 내 곁을 지켰다.

지금 생각해보면 보바는 그 존재 자체로 내가 오래전에 이별을 고했던 세상 속으로 다시 나를 데리고 나왔던 것 같다. 상아탑 속에 갇혀 있는 현대 서양 철학에 불만이었고, 또 〈하스티히 교수(Professor Hastig: 미국의 장수 어린이 만화 프로그램, 〈새서미 스트리트〉에 나오는 해스팅즈 교수의 독일 버전으로 강의 중에 늘 졸거나 엉뚱한 말과 어설픈 행동을 해서 웃음을 준다 - 옮긴이)〉 같은 류의 만화도 슬슬 지겹다 싶던 당시의 나는 무언가 대안을 찾다가 불교에 막 흥미를 느끼던 참이었다. 하지만 나는 여전히 습관의 동물이었던지라 동양적 가르침에조차 철학 공부를 할 때 쓰던 그 똑같은 비대한 머리로 접근하고 있었다. 어쨌든 『담마빠다』(고대 인도의 방언인 팔리어로 기록된, 『법구경』의 원전 - 편집자)에서도 우리 생각이 곧 우리 자신이라 하지 않았나?

"우리의 생각에서 우리 존재의 모든 것과 세상이 만들어진다."[2]

그리고 붓다는 늘 세상이 환영(幻影)이라고 하지 않았던가? 보바는 팔리 경전을 몰랐으므로 흔한 『담마빠다』 번역물들이 오해를 부를 수 있음을 나에게 말해주지 못했다. 많은 『담마빠다』 번역물들이 참고했을 토마스 바이런의 최초 번역본은 사실 그가 불교보다는 힌두교를 애호해서 힌두교 사상에 영감을 더 많이 받은 번역일 가능성이 크다. 보바는 『담마빠다』의 '우리 존재의 모든 것'과 '세상'이 단지 우리의 정신적 상태를 뜻함을, 그리고 그것

으로 우리 정신과 생각이 우리의 심적 상태에 막대한 영향을 줌을 암시했음을 설명해주지 못했다.[3]

하지만 대선사들도 대체로 설명이 아닌 자신의 순전한 존재를 통해서 지혜를 전달하는 경우가 훨씬 더 많다. 물론 그들과 함께 사는 대단한 행운을 누릴 수 있다면 말이다. 그 어떤 심원해 보이는 사고 과정 없이 자기 인생의 상황들에 자연스럽게 적응해가는 보바만의 그 모든 방식을 보면서 나에게도 많은 것이 분명해졌다. 그리고 그것들을 나는 수년이 지난 지금에야 비로소 정리할 수 있게 되었다.

보바는 단지 거기 있었다. 더할 수 없을 정도로 순간에 살았고, 세상에서 받은 자신의 자리를 마땅한 것으로 받아들이며 훌륭히 살아냈다. 자기만의 생각으로 자기만의 세상을 구축해내야 한다고 하면, 다시 말해 세상이 그 자체로 현실일 수 없다고 한다면 보바는 아마 코웃음을 친 다음 말린 돼지 귀나 음미할 것이다. 붓다도 그랬다. 물론 붓다에게는 돼지 귀가 필요없겠지만….

붓다는 우리의 심리와 정신을 가르쳤을 뿐 존재론적 언명은 하지 않았다. 붓다가 환영에 대해 말했다면 그건 세상이 현실이 아니라고 말한 것이 아니라 세상에 대한 우리의 인식이 왜곡되었고 그 왜곡된 세상이 환영이라고 말한 것이다.

그러므로 이제 나는 양의 똥 냄새가 진동하는 아파트가 현실이라고 확실히 말할 수 있다. 하지만 그 현실에 대한 나의 반응은 매우 환영에 가까웠다. 그 냄새가 끔찍하다는 나의 평가, 그리고 당장 카페트와 벽지를 새것으로 바꿔야 한다는 나의 판단은 분명

강한 냄새에 대한 나의 혐오 탓이었다.

보바는 나보다 현명했고 환영 속에 있지 않았다. 보바에게 그 냄새는 자신의 양 친구들을 배려한 실질적인 필요에 의한 것이었지, 그 이상도 그 이하도 아니었다. 그곳에 평가는 없었고 그러므로 문제도 없었다.

이튿날 목욕을 네 번이나 해야 했을 때도 보바는 불평 없이 복종하는 것으로 그 똑같은 태연함을 보여주었다.

"냄새날 때가 있는가 하면 목욕할 때도 있는 거지. 삶은 늘 새로운 찰나의 연속이야. 누가 공을 던져주는 때가 있는가 하면 그러지 않는 때도 있어. 어느 날은 해가 나고 어느 날은 비가 와서 다 젖게 되는 게 삶이야. 그렇게 변하는 삶에서 변하지 말아야 한다고 주장하는 사람은 괴로워지게 되어 있어. 그럴 필요가 없는데 말이야."

보바가 이렇게 말하지는 않았지만 나는 그 갈색 눈동자 속에서 그 생각을 분명히 읽었다. 그리고 나는 그 가르침을 보바가 온

몸을 털며 내 욕실을 녹갈색 잭슨 폴록 그림으로 바꾸어놓았을 때 곧 실천에 옮겼다. '그대로 남는 것은 아무것도 없다. 이것이 현실이다. 이것은 절대 환영이 아니다.'

그날부터 나는 보바의 진정한 제자가 되었다. 물론 당시에는 잘 몰랐지만. 나는 멍청해서 누가 한 번씩 깨우쳐줘야 했다. 그리고 보바는 늘 천연덕스럽고 무심하게 나를 깨우쳐주었다. 이 점에 있어서는 보바를 당할 자가 없었다. 보바의 가르침은 언제나 어쩌다 일어났다. 놀다가, 자다가, 먹다가도 삶의 지혜를 한두 개 끼워 넣을 시간은 언제나 충분했다. 그냥 잔디밭을 달리다가도 보바는 무거운 배낭을 지고 힘들게 가고 있는 택배 아저씨의 그 배낭 속에 자기가 좋아하는 뼈다귀가 잔뜩 들어 있기라도 한 것마냥 미친 듯이 좋아했고 그렇게 나에게 이유 없이도 삶이 기쁠 수 있음을 가르쳐주었다. 아니면 새로 산 바지에 침 범벅을 해놓는 것으로 물질에 대한 나의 집착에 상당한 문제가 있음을 보여주기도 했다. 보바는 이 모든 것을 의도적으로 심사숙고해서 했다. 그랬다고 나는 확신한다.

스승님과 지팡이

진리를 취하라!
이것이 유일한 규칙이다.

앨런 와츠(Alan Watts)

보바와 함께한 첫 몇 주는 그야말로 놀라움의 연속이었다. 데카르트와 스피노자를 제쳐둘 반가운 핑곗거리들이 많이 생겼다. 데카르트나 스피노자보다는 일단 이 개가 우리 집에 잘 적응하는 게 나에게는 더 중요했으니까. 나는 근처 공원과 숲에 데려가기도 하고 자주 야외에서 공을 갖고 놀면서 보바와 많은 시간을 보냈다. 심지어 집에서도 공을 갖고 노느라 세간살이를 부수기도 했다. 나는 모두 보바를 위한 것이라고 중얼거렸지만 사실은 나 자신을 위한 것이었다. 훌륭한 스승, 보바는 나를 위해 그 모든 일에 기쁘게 호응해주었다.

당시 나는 사변(思辨)의 세상에서 벗어나 진짜 세상으로 들어가 나 자신을 찾고, 주변 세상을 제대로 인지해야 하는 절박한 순간에 있었다. 그때까지 나는 〈캡틴 퓨처(Captain Future)〉 속 사이먼 교수처럼 배양액 속의 뇌로서만 존재했다. 아니면 〈퓨처라마(Futurama)〉에 나오는 유리관 속의 머리들 같았는데 이제 조금씩 몸의 세상으로 돌아오며 삶과의 직접적인 관계 속으로 들어가려

하고 있었다.[*] 보바와 함께 공원을 달릴 때면 나는 육체만이 아니라 정신도 현재에 온전히 살아 있다고 느꼈다. 반면 아우구스티누스[Augustinus, 354~420. 신학자이자 철학자로, 초기 기독교 교회의 4대 교부(敎父) 중 하나 - 편집자]의 예정설에 대해 고민할 때면 내 뇌가 마치 슬픈 젤리 덩어리가 된 것 같았다. 모든 것을 분석하고 해부하고 범주화하는 습관은 너무 오래되어 내 제2의 천성으로 굳어 있었다. 그렇게 내 세상은 조각나서 통일성을 모조리 박탈당한 가련한 형태였고 그 속의 나 또한 그 어떤 나만의 통일성 없이 그때그때 상황에 따라 문제를 해결하며 살고 있었다.

데시마루 다이센(Deshimaru Taisen, 1914~1982)의 말이 옳다.

"철학자들은 뇌의 앞쪽만 쓰므로 결국 미쳐버릴지도 모른다."[4]

그렇다고 데시마루가 지성에 반대했다고 해석할 수는 없다. 선사들은 모두 지성에 큰 가치를 두었다. 일상을 살아가려면 지성이 꼭 필요하기 때문이다. 하지만 데시마루는 지성 바로 옆에 또 다른 종류의 인식법이 있음을 잘 알고 있었다. 그래서 이어서 말한다.

"하지만 우리는 몸으로 생각하고 그 생각으로 무한을 파악할

[*] 〈캡틴 퓨처〉는 1980년대 공상 과학 애니메이션 시리즈로 죽음에 이른, 주인공 중 한 명이었던 사이먼 라이트 교수는 배양액에 자신의 뇌만 분리해 넣어 영원히 살게 된다. 〈퓨처라마〉는 〈심슨 가족〉 제작진이 만든 공상 과학 애니메이션으로 정치 · 문화예술계의 유명인들이 머리만 잘린 채 커다란 유리관에 보존된 형태로 출현한다.

수 있다—다만 범주화하지 말아야 한다."[5]

범주화는 세상을 작은 것으로 폄하하고 본질적인 것을 놓치게 한다. 내가 아는 어느 강사는 현재 대학에서 강의하는 철학을 '유럽 개념론'이라 정의하며 학생들에게 너무 진지하게 받아들이지 말 것을 당부했다. 개념들을 분명히 이해하려 하면 할수록, 그리고 그 속에 있다는 의미들의 정리에 천착하면 할수록 나도 세상에서 더 멀어지고 더 소외되었다. 그즈음 나는 앨런 와츠(Alan Watts, 1915~1973. 영국의 철학자로 미국에 선불교를 유행시킨 이론가 중 하나 - 편집자)의 다음 말에 눈이 번쩍 뜨였다.

> 진리는 살아 움직이므로, 많이들 믿고 있듯이 변하지 않기 때문에 일정 부분 그 타당성을 갖게 되는 그 어떤 죽은 것, 다시 말해 하나의 개념으로 확정될 수 없다. 진리를 잡았다고 믿는 순간 진리는 사라지게 되어 있다. 그 자체로 생명체라는 이 간단한 이유 때문에, 그리고 그 모든 살아 움직이는 생명체를 소유한다는 믿음이 명백히 불합리하므로 진리는 결코 그 누군가의 소유물이 될 수 없다.[6]

이는 이미 7세기, 혹은 8세기 언젠가(정확한 시대는 아무도 모른다)의 스님인 한산(寒山)이 그 유명한 『한산시(寒山詩)』에서 이미 명시했던 점이다.

세상에는 지성인이 너무 많다.
이들은 많이 배웠고 다 안다고 한다.
하지만 자기 본연의 진짜 실체는 모른다.
그리고 멀리 간다. 길에서 아주 멀어진다.
그들이 실체를 얼마나 잘 설명하겠는가?
공허한 공식이 무슨 소용인가?
한 번이라도 너의 실체를 기억한다면
부처의 눈이 열릴 것이다.[7]

당시의 나는 부처의 눈이 열리려면 한참 멀었지만 그래도 내 옆에는 수단과 방법을 가리지 않고 나를 진짜 현실 속으로 밀어 넣는 데 주저함이 없었던 스승이 있었다. 일단 그는 첫 몇 주 동안 계속 내 옆을 떠나지 않았다. 어쩌면 '이 새집도' 떠나야 할지 모른다고 걱정했을 수도 있다. 혹은 그냥 아무 의도 없이 나에 대한 애정을 보여주고 싶었을 수도 있다. 아니면 정말 실용적으로 내가 생각 이상의 존재임을 암시하고 싶었는지도 모른다. 천착 대신 쓰다듬기, 이것은 보바의 선불교 책에서 한 챕터를 차지하고도 남을 듯하다. 물론 보바는 상당한 이유가 있어 그 책을 절대 쓰지는 않았지만 말이다.

어쨌든 보바는 내게 찰싹 붙어서는 결코 내 곁을 떠나지 않았고 틈만 나면 몸을 과하게 비벼댔다. 내 무릎 또는 내가 누워 있을 때는 내 어깨에 자신의 머리를 올려놓고 그 놀랍도록 민첩한 혀로 내게는 묻지도 않고 한 번씩 혹은 서너 번씩 키스를 해댔는

데 그다지 쾌적한 경험이라고는 할 수 없었다.

심리학과 연구 조교였던 당시 여자 친구가 출근한 뒤에도 쿨쿨 자고 있던 나는 어느 순간 북해의 바닷속 같은 기묘한 냄새를 맡곤 했다. 그래서 눈을 떠보면 내 머리맡에서 웃고 있는 개의 얼굴이 베개 위에 같이 올려져 있었다. 내가 깬 것이, 그리고 이제 곧 함께할 공놀이가 미친 듯이 좋아서 생선 비린내 나는 숨을 헐떡여대는 얼굴. 이글로 선장[Käpt'n Iglos: 냉동 생선 제품으로 유명한 브랜드 이글로(=버드즈아이)의 광고에 등장하는 마스코트 - 옮긴이]의 부인도 매일 아침 나 같은 기분이었으리라!

보바가 내 이부자리에 올라와 눕지 못하게 하는 데는 꽤 시간이 걸렸다. 솔직히 말해, 내가 쓰고 있던 일본식 이부자리인 후통을 갖다버리고 '진짜' 침대를 다시 사고 나서야 보바는 그런 습관을 완전히 없앨 수 있었다. 바닥에다 이불만 깔고 자니까 보바 입장에서는 자기 잠자리와 별다를 게 없어 보였을 테니 그 정도는 용서해야 할 것 같다…. 어린 보바는 다만 몸을 비비고 싶었던 것이다!

이미 말했듯이 당시 나는 현실 너머에서 살았고 보바는 나에게 현실에 대한 주의를 환기하는 일이라면 수단과 방법을 가리지 않았다. 그래서 나는 어쩌다 상당히 엄격한 훈육을 만끽해야 하는 처지에 놓이게 되었다. 만성 말귀 어두움증 제자를 둔 스승은 때로 강경한 조치를 취한다.

도가나 선불교의 옛 스승들이 지팡이를 좋아했듯이 보바도 막대기를 유난히 좋아했다. 물론 보바는 이 점에 있어 옛날에 살았던 자신의 동료들을 훨씬 능가했다. 옛 스승들은 지팡이 하나면 된다는 소박함을 보였지만 보바는 매일 완벽한 막대기를 찾아다녔다. 어차피 소유할 수도 없는데 말이다. 그렇지만 공원에서부터 집까지 애써 물고 온 막대기를 내가 집안에 들여놓지 못하게 해도 눈물 한 방울 떨어뜨리지 않았다. 반려견에게 장난감을 허락하지 않은 내가 너무 무정하게 느껴지는가? 그렇다면 사실 보바가 가져온 건 막대기가 아니라 1미터는 가뿐히 넘을, 차라리 작은 나무라고 할 만한 것들이었다는 사실을 밝혀야겠다. 거대한 통나무나 2~3미터는 됨직한 물푸레나무 뿌리, 혹은 번개를 맞아 부러진 후 이끼가 자란, 아나콘다처럼 보이는 떡갈나무 같은 것들 말이다. 그런 '막대기'들이 보바를 사로잡았다. 가끔은 너무 크고 무거웠기 때문에 그걸 입에 물고서는 뒤로 펄쩍펄쩍 뛰어서 끌고 올 때도 있었다. 물론 그런 방식으로는 시간이 너무 많이 든다. 한 번 뒤로 뛸 때마다 기껏해야 40~50센티미터를 나아갈 뿐이었지만 보바는 절대 포기하지 않았다. 내가 가벼운 간식거리로 주의를 돌리지 않는다면 말이다.

보바가 웬만한 나무 반 토막 정도 되는 막대기를 입에 물고 걸어 다닐 때면 인도에서 벗어나 잔디밭으로 유인해야 했다. 안 그러면 산책하는 사람들의 정강이뼈를 부수거나 자전거 타는 사람들이 혼비백산하며 피해가는 모습을 봐야 할 테니까. 보바는 참으로 다루기도 힘든 그런 나뭇가지들을 지치지도 않고 끌고 다니며 공원을 횡단했다. 그렇게 단단한 목 근육을 가진 선사는 아마도 보바밖에 없을 것이다….

어쩌다 좀 얇은 나뭇가지를 찾으면 보바는 나와 그 나뭇가지를 놓고 싸우는 데 엄청난 기쁨을 느꼈다. 우리가 나뭇가지의 끄트머리를 한쪽씩 잡고 서로 끌어당길 때면 매번 개의 힘이 얼마나 센지 놀라곤 했다. 보바는 억센 잔디 위에 자신의 네 다리를 단단히 세우고는 온 힘을 다해 그 나뭇가지를 당기면서 그 싸움에 모든 것을 걸었다. 그보다 그 순간을 더 온전히 살아낼 수는 없다. 물론 내가 놔준 거지만, 그렇게 해서 그 나무 조각을 획득하면 자신의 '노획물'을 미친 듯이 흔들었고 그 노획물이 산산이 조각날 때까지 열 번도 넘게 땅에다 패대기를 쳤다.

내가 예로부터 전해 내려오는 선불교의 일화들을 당시에도 주의 깊게 읽었더라면 제자들은 스승의 지팡이를 조심해야 한다는 걸 잘 알고 있었을 것이다. 하지만 그걸 몰랐던 나는 그날도 막대기를 물고 휘두르고 있는 보바에게 아무 생각 없이 어슬렁어슬렁 다가갔다. 그 막대기를 뺏으려고 말이다. 그날 나는 오전 내내 책 속에 파묻혀 아무짝에도 쓸모없고 앞으로도 전혀 쓸모없을 많은 생각을 하며 보냈으므로 정신적으로 상당히 지쳐 있었다. 마치 일종의 생각 풍선 속에 갇혀 있는 느낌이었다. 그래서 보바와 함께 좀 달려보면 아주 좋을 것 같았다!

그런데 내가 보바가 물고 있던 그 나뭇가지를 뺏으려고 허리를 굽히던 바로 그 순간, 보바는 그 나뭇가지가 무슨 원수라도 되는 양 그것에 본때를 보여주겠다 결심이라도 한 것 같았다. 그 나뭇가지가 평소 주변에 널려 있던 녀석들보다 더 나쁘고, 더 위험해 보였던 걸까? 잘 모르겠다. 보바는 갑자기 머리를 양쪽으로 세게 흔들었고 덕분에 그 나뭇가지 끝이 정확하게 내 관자놀이를 강타했다. 분명히 말하는데 길이 1.5미터, 두께 약 5센티미터의 나뭇가지는 힘 좋은 개가 세게 흔들 때 엄청난 원심력을 발휘한다. 그리고 그 나뭇가지에 제대로 맞으면 눈앞이 캄캄해지는 경험을 하게 된다. 그리고 몇 분 후, 둔탁한 무언가가 내 머리를 건드리는 느낌에 다시 눈을 떴을 때 나는 공원 잔디밭에 코를 박고 퍼져 있었다.

보바는 내 옆에 서서 기쁘다는 듯 활짝 웃고 있었다.

"좋아, 실컷 쉬었지? 이제 계속 가는 게 어때?"

나는 일어나 앉았지만, 혹시 몰라서 한동안 그대로 앉아 있었다. 두개골이 울리는 것 같아 조심스럽게 머리를 만져보았다. 마음속으로는 좀비처럼 피를 흘리는 머리통이 떠올랐지만 놀랍게도 출혈은 없었다. 나는 주변을 둘러보다가 주변의 산책하는 사람들이 이 상황을 지극히 정상적인 것으로 받아들이는 듯해서 또 한 번 놀랐다. 어떤 사람이 잔디밭에 쓰러져 얼굴을 땅에 묻고 있었는데 말이다. 나중에 생각해보니 공원이라는 특정 환경을 고려

한다면 사람들이 그렇게 무심한 것도 이해가 가긴 했다. 그 이유에 대해서는 뒤에 다시 언급할 것이다.

나는 아직도 넘치는 에너지로 터져버릴 것 같은 내 개를 보살펴야 할 것 같아서 조금 비틀거리며 일어났다. 그런데 이 개는 어찌나 예의가 바른지 막대기 놀이는 단념한 대신 삑삑이 공을 잡고 있었다. 그렇게 우리는 한동안 그곳에서 공놀이를 했다. 보바에게 삑삑이 공이 있다면 하루종일도 부족하다. 막대기로 인한 작은 돌발 사건이 있기는 했지만 우리는 즐거운 오후 시간을 보냈다. 그리고 둘 다 속이 꼬르륵거려서 다시 집으로 터벅터벅 걸어갈 때 보바는 내 옆에 찰싹 붙어서 걸으며 자꾸 나를 올려다봤다. 마치 내가 정말 괜찮은지 확인이라도 하려는 듯.

"그렇게 나쁘진 않았지? 덕분에 생각을 잠시 멈출 수 있었잖아. 안 그래?"

나는 답을 알 수 없는 수많은 질문과 모든 것을 정확히 이해하고 싶은 강박증에 시달리다 못해 스승을 찾아가 머리를 한 대 쳐달라고 애원했다는, 선불교 역사에 등장하는 신참내기 스님이 된 것 같았다. 그날 그 순간에 그런 생각이 들었다. 하지만 그런 이야기는 많고도 많으므로 나 이전에도 도(道), 혹은 선(禪)의 실체를 이성으로 파악하고자 하는 마음을 버릴 수 없었던 제자들이 꽤 많았음이 분명하다.

여전히 아픈 머리를 어루만지던 나는 어느새 나도 모르게 웃고 있었다. 어쩌면 이제 게송(선시)을 하나 지어야 할 것도 같았다. 이렇게 말이다.

생각이 홀로 맴을 돈다
활자만 보이고 잔디는 없다
내 개가 공원에서 나를 때려눕혔다

흠, 좀 더 다듬기는 해야겠다. 그래도 그날 오후, 앞으로 나아갈 방향만큼은 분명해졌다. 생각을 줄이고 더 많이 움직이는 쪽으로. 데시마루 다이센이 멋지게 지적했듯이 "영성과 상상만이 아니라 실천도 필요하다."[8]

그때까지 나는 많이 읽고 가끔 명상했다. 이제 그런 습관을 바꾸고 삶에 실용적으로 접근해야 할 때가 된 것 같았다. 정신이 맑을 때면 내가 가진 의문들에는 기본적으로 답이 없음을, 답이 있다고 해도 누군가가 고안해낸 것뿐임을 깨닫곤 했다.

그렇다면 그 모든 형이상학적 질문들은 무시하고 왜 고요를 누리지 않는가? 그 모든 질문의 답이 단지 다른 누군가의 문장으로 귀결될 뿐이고, 보바에게 채식 요리책을 주는 것만큼이나 소용없는 짓이라면 나는 당장 그 모든 질문과 대답을 잊어버리고 대선사들이 충고하듯 오로지 앉아 있기만 해야 할지도 모른다.

나는 어디서 왔고 어디로 가며 왜 여기에 있는가?

보바와 다른 모든 대선사에게 이런 질문의 답은 하나뿐이다.

"나도 모른다. 하지만 최소한 너는 지금 여기에 있다! 그러니까 조용히 돼지 고기나 먹어!"

진정으로 이해, 혹은 평가할 수 없는 것들에 대해 생각하며 추상의 세상에서 표류하기를 거부했으므로 그들은 그토록 엉뚱한 대답을 했던 것이다. 삶에 대한 야망으로 가득 찬 제자들의 질문에 그냥 하나의 사변일 뿐인 답을 주면 불가피하게 또 다른 사변을 부를 것이 자명했으므로 선사들은 언뜻 보기에 아무 의미 없는 문장들로 답했던 것이다. 이 기술의 달인이었던 조주 종심(趙州從諗, 778~897) 선사는 '정상적인' 분별력을 가진 사람은 이해하기 어려운, 수많은 일화와 경구를 남겼다. 정신 상태에 따라 불만과 좌절을 유발하기도 하지만 그의 대답을 곱씹는 일은 대단히 즐겁고 기분 좋은 일이다. 예를 들면 이렇다.

> 누군가 조주 선사에게 "우리 조상이 서쪽에서 왔다."는 것이 무슨 뜻이냐고 물었다.
> 조주 선사는 대답했다.
> "네 앞니에서 이끼가 자란다."[9]

정말 아연케 할 정도로 천재적이지 않나? 가끔은 같은 질문에 이렇게도 말했다. "앞마당에 참나무."[10] 혹은 "암소가 외양간을 부수고 나갔다."[11]라고 말이다. 이 대답들도 이해하기 어려운 건 마찬가지다. 하지만 바로 그렇기 때문에 이런 대답을 한 것이다!

조주 선사가 가끔(대부분이라고도 해도 괜찮을 듯하다) 정신 나간 사람처럼 행동하고 말한 것은 그럴듯한 대답을 주면 우리가 생각 떠올리기를 절대 멈추지 않음을 잘 알았기 때문이다. 멈추기는커녕 생각이 더 많아진다. 그 때문에 그의 대답은 늘 우리 사고 기계의 관할 구역을 훨씬 벗어난 곳에 안착한다. 정확한 순간에 이런 대답을 듣게 된다면 멍해져서 짧은 순간이나마 생각을 멈출 수 있다. 그리고 바로 그 찰나에 우리 안에 진리가 떠오를 기회가 주어진다. 생각이 더는 방해하지 않으므로 세상이 있는 그대로의 모습을 드러낸다. 돌연 테제[These, 정(正)]도, 안티테제[Antithese, 반(反)]도 필요 없고 무엇보다 진테제(Synthese, 합, 合)도 필요 없고 단지 앞마당에 참나무만 있다(혹은 당신 앞니에 이끼만 있다. 기본 위생에 너무 오래 소홀했고 숲에서 움직이지 않고 너무 오래 서 있기만 했다면 말이다). 조주 선사는 우리 눈앞의 베일을 거둬주는 것으로 기존의 개념과 생각과 기대로 퇴색되지 않은, 있는 그대로의 세상을 보여주었다.

"이제 조용히 해! 그리고 봐! 저 멋진 참나무를! 저 소를! 그리고 네 이도 좀 닦고!"

조주 선사가 제정신이 아닌 것처럼 보였다면 내 스승은 잔인하고 비열해 보였다. 하지만 내가 만약 조주 선사의 제자였다면 이끼 낀 이빨에 대해서조차 계속 생각하기를 멈출 수 없었을 것이다(이끼 낀 이빨이라니, 너무 멋지지 않나?). 그리고 생각을 깨부수어야 한다는 걸 전혀 알아채지 못했을 것이다. 그러므로 보바는 좀 더 과격한 방법을 쓸 수밖에 없었다. '너무 생각이 많으니 머리를 한 대 쳐야겠군! 딱!' 그런 다음 이렇다저렇다 말도 없이 하던 놀이를 계속했다. 지금 여기서 말이다. 나에게 이보다 더 좋은 스승은 없었다. 그날부터 나는 머릿속 안개 자욱한 생각들에서 벗어나 매일 방석에 앉아 명상을 했다. 그리고 그렇게 다시 이 땅에 두 발을 굳건히 딛고 서게 되었다.

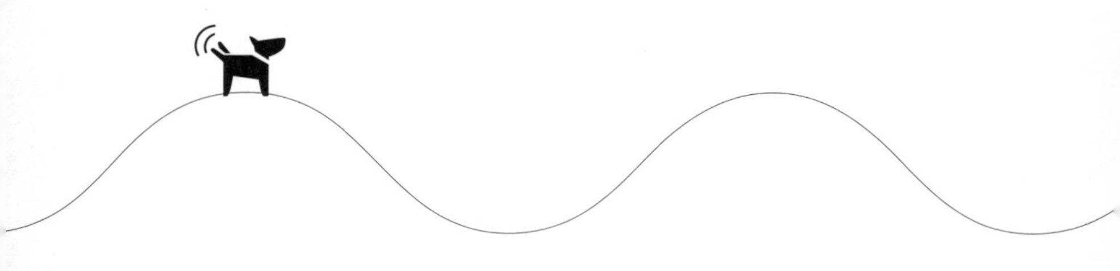

무언가의 냄새, 흔적, 표식, 도발적인
다람쥐들, 이상한 고양이들, 맛있는 먹이,
안락한 담요, 우둔한 한 남자….
매일 새로운 세상을 보여주는 이것들이
보바 세상의 전부였다.
성취할 것도, 노력할 것도 없었다.
보바의 삶과 나의 삶을 비교하며
개의 세상과 인간 세상의 차이점을 보게 될
때면 나는 나 자신을 보며 (그리고 나머지 인류를 보며)
가끔은 고개를 절레절레 흔들게 되었다.
개들은 왜 종교도, 전쟁도, 성형 수술도,
돈 자랑용 SUV도, 곤혹스러운
동기 부여 훈련도 모를까?
왜냐하면 그 모든 것이 필요 없기 때문이다.
그렇게나 간단하다.

내버려둬!

덜 하면 더 즐거워

최고로 좋은 수련법은
자기 자신을 잊는 것이다.

타이잔 마에즈미(Taizan Maezumi)

머리를 한 대 맞고 크게 각성한 나는 그 즉시 원대한 명상 및 수련 계획을 세웠다. 나는 한순간도 멍하게 보내는 일 없이 철저히 알아차리고 싶었다. 매일 아침저녁으로 45분씩 명상을 하는 것도 그 계획의 일부였다. 덧붙여 매일 조깅을 해서 몸과 정신의 균형을 찾고 보바도 운동시키면서 두 마리 토끼를 한 번에 잡기로 했다. 그래서 어떻게 되었느냐고? 그야말로 완벽한 계획이었다. 모든 게 즐거웠다. 적어도 처음 4~5일은. 그 뒤론 모든 게 힘들고 수고롭기 그지없었다. 아! 하루에 한 시간 반이나 아무것도 하지 않고 앉아 있기란… 정말이지 지루했다. 호흡에 집중하면 시작은 그럭저럭 할 수 있었지만, 곧 그날 마트에서 사야 할 것이나 '등이 충분히 바른지', '너무 바른 건 아닌지', '이렇게 오랫동안 가만히 앉아 있으면 무릎에 무리가 가지는 않을지', '세상에 이보다 더 추한 카페트가 또 있을지' 같은 생각들이 불쑥불쑥 솟아올라 명상 시간은 더없이 바쁘게 돌아갔다.

반면 조깅은 상당히 좋았다. 적어도 숲에서는 말이다. 보바는 내 옆에 붙어서 달리거나 조금 앞으로 달렸다가 다시 내 옆으로 오는가 하면 또 조금 빨리 달리기도 했다. 그러니 내가 5킬로미터를 달리는 동안 최소 10킬로미터는 달렸던 셈이다. 그러는 사이에도 다람쥐가 남긴 흔적들을 킁킁거리며 쫓는다는 일생일대의 사명을 매번 빼놓지 않고 실현했고, 늘 기뻐 날뛰며 마른 낙엽 더미 사이를 질주했다.

하지만 공원에서는 사정이 매우 달랐다. 공원으로 들어서기가 무섭게 보바는 나를 웃음거리로 만드는 비열한 계획들을 세우곤 했다. 당신이 괜찮다고 한다면 여기서 그 계획 중에 하나를 밝혀보려고 한다!

숲속에서는 그렇게 달리기를 좋아했지만 이제 내가 공원을 뺑뺑 돌기만 할 것을 눈치채는 순간 보바는 바로 달리기에 흥미를 잃어버렸다. 진짜 의리 있는 친구라면 공원에서도 함께 달려줘야 하건만 보바는 공원 중간의 잔디에 앉아서 내가 땀을 뻘뻘 흘리며 달리는 모습을 꿈꾸는 듯한 멍한 표정으로 바라보기만 했다. 중간중간 놀지도 않고 공원을 계속 돌기만 하는 것이 보기 드물게 멍청한 짓이라고 생각하는 게 분명했다. 그리고 내가 달리는 내내 다른 사람들에게서 10미터마다 "흠, 보바가 오늘은 달릴 마음이 없나 보네요?" 아니면 "운동을 싫어하나 봐요." 같은 말을 들을 때마다 고개를 끄덕이며 대답하는 모습을 눈으로 좇기만 했다. 나는 다 무시하고 달리기에만 집중하려 했지만, 무척 신경이 쓰였다. 무엇보다 보바의 조롱하는 듯한 미소가 말이다. 하지만 그것보다 더 거슬렸던 것은 보바의 생각이 맞음을 인정해야 했다는 것이다. 공원에서 달리기는 정말 지루했고 전혀 고무적이지 않았다.

그러던 어느 날 오후 내가 다시 혼자 공원을 돌고 있을 때(그렇게 하기로 나 자신과 약속했으니 어쩌겠는가?) 보바는 공원을 관통하며 흐르는 개울 옆, 나무 그늘에 엎드려서 나를 지켜보고 있었다. 힘겹게 공원을 한 바퀴씩 돌 때마다 코치 같은 보바를 마라톤 선수처럼 지나쳐야 했다.

"안녕, 봅!"

"안녕, 얼간이씨!"

최소한 바나나나 슈퍼 파워 스포츠 드링크를 건네줄 수도 있었건만, 내가 너무 많을 걸 바랐던 것 같다. 그렇게 몇 바퀴를 돌고 난 후 나는 보바의 옆, 벤치에 털썩 주저앉았다.

"내가 지금 무얼 하고 있는 거지?"

"글쎄, 내가 보기엔 맴을 돌고 싶어 하는 것 같은데…."

이 개는 정말 유머가 있었다. 비록 내 상상 속에서만 들릴 뿐이었지만. 그런 보바 옆에 앉아 있는 것이 나쁘지 않았다. 그곳에서 나는 개울물 소리를 들으며 얼굴에 내려앉는 오후의 마지막 햇살을 느꼈다. 가쁘던 숨이 다시 잦아들었고 날뛰던 심장도 조용해졌다. 적당히 지치고 나른해진 몸이 좋았다.

개울이 흐르고 태양이 빛나고 새들이 제 할 일을 하는 동안 우리는 그렇게 한동안 말없이 앉아 있었다. 내 내면은 고요한 가운데 나를 둘러싼 현재의 그 모든 것에 완전히 함몰되었다. 보바는 피곤했는지 스르르 눈을 감고 잠이 들었다. 그리고 바로 그때 나는 돌연 알게 되었다. 개들은 아마도 영화 〈늑대와 함께 춤을〉이나 〈보난자(Bonanza: NBC에서 1959~1973년 방영한 서부극 형식의 미국 TV 드라마로 한국에는 '번영', '광맥', '노다지' 등으로 번역 소개되었다 - 옮긴이)〉나 〈초원의 집〉 같은, 인디언 삶의 양식이 살아 있는 곳에서나 있을 듯한 삶을, 바로 그런 삶을 산다는 것이다. 개들은 한가롭게 뒹굴 때는 한가롭게 뒹군다. 먹을 때는 먹는다. 신나게 짖고 놀 때도, 너무 큰 막대기로 주인을 때릴 때도 바로 그 일을 할 뿐이다. 개들은 주의 집중 그 자체이고, 현존 그 자체이다. 의도 같은 것도 없고 계획도 없다. 바로 그래서 그야말로 도(道, 삶) 안에서 산다.

내가 늘 그렇듯 물길을 돌리려고 애쓰고 있으면, 보바는 조약돌과 흙 위로 졸졸 흐르는 물소리를 자장가 삼아 조금씩 잠에 빠진다. 이때의 잠은 물이 흐르는 소리만큼이나 자연스럽다. 보바는 내일 이것저것 해야 할 일이 많으므로 특정 시간이 되면 반드시 침대로 들어가 자야 한다고 믿는 우리와 다르다. 아니, 침대에 들어갈 필요도 없이 그냥 잔다. 어디서든 언제든 상관없다. 보바는 명상하고 싶을 때 명상하는데 이때 명상은 애쓰지 않아도 저절로 이루어진다. 바람이 부드럽기 때문이고, 나뭇잎이 흔들리기 때문이고, 박새들이 저마다 혼자 지저귀기 때문이다. 그럴 때면 보바는 앉아서 눈을 반쯤 감은 채 단지 그곳에서 숨을 쉴 뿐이다. 그러다 몸이 움직임을 요구하면 뛰고 달린다. 몸을 단련해야겠다거나 배가 나오는 걸 방지해야겠다고 생각해서가 아니다. 보바는 규칙을 받아들이지도, 계획을 세우지도 않는다. 단순하고 매사에 즉흥적이고 온 마음을 다한다. 그리고 바로 그렇기 때문에 보바는 스승이고, 나는 제자였다. 보바가 옆에 있기 때문에 나는 정말로 많은 것을 배울 수 있었다. 내가 제대로 보고, 듣고, 보바와 함께 세상 속으로 나아가기만 한다면 말이다. 무언가를 추구하고 성취하고자 결심하지 않고.

조주 선사가 (스승인) 남전 선사에게 물었다.
"도(道)란 무엇입니까?"
남전 선사가 대답했다.
"평상심이다."
조주 선사가 물었다.
"그것이 우리가 노력해야 하는 것입니까?"
남전 선사가 대답했다.
"무언가를 위해 노력하는 순간 그것을 잃게 된다."[12]

그때까지 나는 인생에 계획이 있어야 한다고 믿으며 살았다. 그 모든 거창했던 계획이 한 번도 제대로 이루어진 적이 없었음에도 말이다. 놀랍게도 나만 그런 것 같진 않다. 계획이 무너지면 우리는 그 즉시 플랜 B를 수립한다. 이조차 뜻대로 되지 않으면 플랜 C와 D를 만들며 천천히, 하지만 부단히 알파벳 순서대로 따라가거나 계획에 숫자를 붙여간다. 알파벳은 끝이 있지만 숫자는 무한하지 않은가?

그보다는 그쯤에서 멈추고 계획으로는 어디에도 도달할 수 없고 다른 대안이 있음을 깨닫는 건 어떨까? 바로 삶이라는 대안이다. 도가와 선불교가 지향했던 것이 바로 이 삶이었다.

개울가에서 잠든 보바가 그 깊은 고요와 만족감을 나에게도 전달했던 그 순간, 나는 자연의 그 무엇도 계획하지 않음을 깨달았다. 개울은 흘러갈 뿐이고 그렇게 자기 자신으로 살아간다. 나무는 바람의 멜로디를 알아차리고 춤을 출 뿐이다. 자연의 그 어떤 것도 인간적인 사고에 빠지지 않는다. 그보다는 도가에서 '무위(無爲)'라고 했던, 행동 없는 행동을 할 뿐이다. 도가의 위대한 철학자, 장자(莊子, 기원전 365~290)는 무위하는 삶을 다음과 같이 표현했다.

> 하늘은 무위로서 맑다.
> 땅은 무위로서 평탄하다.
> 이 두 무위가 합일할 때
> 삼라만상이 생긴다.
> 이 생성은 어찌나 까마득하고 어렴풋한지

나오는 곳이 보이지 않는다.
어찌나 까마득하고 어렴풋한지
설명할 수 없다!
만물은 무위에서 번성한다.
그래서 "하늘과 땅은 무위하지만
하지 않은 일이 없다"라고 한다.
어떤 사람이
이 무위를 체득할 수 있겠는가?[13]

무위는 '하지 않는 것'이 아니다. 그보다는 도(道)가, 삶이 자연스럽게 펼쳐지도록 두는 것이고, 모든 것이 스스로 자라고 꽃피우게 두는 것이며, 개울물 소리에 집중하고 자기만의 내면의 고요함과 자기만의 자연스러운 욕구에 집중하는 것이다. 그런 의미에서 공원 벤치는 무위를 연습하는 데 아주 이상적인 공간이다. 세상 느긋한 어느 중국인이 인류 최초로 벤치를 설치하는 모습이 내 눈앞에 보이는 듯하다….

이미 말했듯이 보바는 자연스러운 욕구를 따르는 데에는 이미 경지에 이르렀다. 보바에게는 부자연스러운 것, 인위적인 것이 아무것도 없었다. 꾸밈이라곤 없이 늘 자기 자신으로 존재했고 도가의 강한 영향 아래 살았던 고대의 대선사들만큼이나 실생활에서 도를 잘 구현해냈다. 그리고 자신의 자연스러운 변화에 전혀 신경 쓰지 않았다. 그저 개울가에서 잠이 들었고 깨어나서는 바람에 산들거리는 풀들을 보더니 다시 자신의 길을 갔다. 보바는 조주 선사가 선(禪)의 길, 혹은 도(道)의 삶으로 자명하게 이해했던 것에 온전히 상응하는 삶을 살았다.

> 누군가 물었다.
> "무엇이 자연스러운 것입니까?"
> 조주 선사가 대답했다.
> "그 질문이 이미 자연스럽지 못하다."[14]

선, 혹은 도의 길을 가며 진정으로 자연스럽게 사는 사람이라면 자신이 그런지, 그렇지 않은지를 질문하지 않는다. 그러므로 나는 가야 할 길이 아직 멀었다.

바로 그때 보바가 잠에서 깨어나 집으로 간다….

"어이! 나 좀 기다려주지?"

"어차피 뒤따라 올 거잖아. 네 머릿속이 잠잠해지면 말이야."

선불교 스승들이 이렇다. 제자가 뭐 하나를 깨닫기가 무섭게 금방 바보로 만들어버린다.

그 후 며칠 동안 나는 계획에 매달리지 않고 느긋하게 보냈다. 보면 볼수록 계획이란 게 다른 일로 주의를 돌리는 것으로 내 내면의 부단한 번잡함을 통제해보려는, 절박한 시도에 지나지 않음이 분명했다. 그런데 보바와 함께 공원이나 숲을 걸으며 단지 걷고 숨 쉬고 놀며 고요함을 느낄 때도 내 내면의 번잡함이 어디서 나오는 것인지를 보고 이해하는 것이 자꾸 의미 있는 일처럼 느껴졌다. 그리고 역설적이게도 바로 그런 연구와 생각이 내 내면을 또 동요시키고, 그 결과 내 인생을 조종하기 위해서는 또 다시 스스로 시간표를 짜야 한다는 생각이 들었다. 나는 과연 이 연구와 생각을 멈출 수 있을까? 그냥 떨쳐버릴 수는 없을까? 길고 길게 날숨을 쉬어볼까? 이 모든 허튼소리가 사라질 때까지? 그래서 기쁘게 찰나에 살 수 있을 때까지?

나는 최소한 시도는 해보고 싶었다. 그래서 세상과 그 세상 속 내 삶에 더는 집착하지 않기로 했다. 그리고 그런 게 있기나 한지는 모르겠지만 이상적인 존재에 대한 집착도 버리려 했다. 그러는 동안 내 뇌는 쥠쇠가 바퀴를 멈추듯 사고를 멈췄다. 내가 어디서든 "떠나 보내라."는 말을 읽고 들었기 때문이다. 그러니까 나는 단단한 잡고 있던 손을 풀었던 것이다.

아침에 일어나면 여전히 20~30분 정도 명상을 했다. 일류 운동 선수나 지킬 것 같은 계획표는 이제 짜지 않았고, 조깅하고 싶을 때 조깅했다. 어차피 일류 운동 선수가 될 일도 없을 테니 말이다. 뭐든 전보다 덜 했지만 더 즐거웠다. 달리기도, 명상도 가볍게 했다. 긴장을 풀면 풀수록, 그 어떤 '성과'를 내야 한다는 생각을 덜 할수록 모든 것이 쉬워졌고 급기야 저절로 돌아갔다.

의무 사항이었던 명상이 이제 진정으로 이로운 행동이 되었다. 갑자기 나는 깨달음 훈련소가 아니라 도(道)의 뜨거운 욕조 속에 앉아 있었다. 달리기는 가볍고 활기찼으며, 보바가 근처에서 질주하는 동안 내 몸도 저 스스로 숲속을 누볐다.

나는 가능하면 보바를 하나의 본보기로 삼기로 했다. 보바는 세상을 주어진 대로, 있는 그대로 받아들였고 무언가를 해야 한다는 생각은 결단코, 절대로 하지 않았다. 무언가를 성취하고 자기를 계발하고 진리에 다가가는 것, 모두 보바에게는 완전한 미지의 것들이었다! 모두 삶에서 소외된 인간들이나 생각하는 것이었다. 어쩌다 잃어버리게 된 삶과의 합일을 어떻게든 되찾고 싶어 하는 인간들 말이다. 보바는 그 합일에서 벗어난 적이 한 번도 없었다. 보바는 단지 자기 자신으로 살았고, 자신과 세상에 만족했다.

자신의 털 위에 햇살이 내리쬐든, 빗방울이 떨어지든 보바는 있는 그대로 느꼈다. 콧등을 스치는 바람에도 반응했고 눈을 반쯤 감고 마냥 웅크리고만 있다가도 귀를 펄럭이며 동네를 뛰어다녔다. 그 어떤 의도도, 목적도 없었다. 다음에 열리는 달리기 선수권에서 우승할 생각도, 경찰견 렉스(오스트리아의 유명한 수사 드라마에 나오는 경찰견 - 옮긴이)와 경쟁할 생각도 없었다. 도게(Dogge) 같은 큰 개가 되고 싶지도, 살루키(Saluki) 같은 우아한 개가 되고 싶지도 않았다. 근처 개 훈련소에서 열리는 '말 잘 듣는 개 대회'에도 사슴 가죽으로 만든 목줄의 가격표만큼이나 관심이 없었다. 보바에게는 본받아야 할 '지혜로운 요크셔테리어'도 없고, 상상 속 개 신의 의도를 해석하기 위해 종교를 만들지도, 공원에서 다른 개들에게 먹이를 기부하라고 요구하지도 않았다. 물론 기부해주면 분명 좋아하기는 했을 거다.

무언가의 냄새, 흔적, 표식, 도발적인 다람쥐들, 이상한 고양이들, 맛있는 먹이, 안락한 담요, 우둔한 한 남자…. 매일 새로운 세상을 보여주는 이것들이 보바 세상의 전부였다. 성취할 것도,

노력할 것도 없었다.

보바의 삶과 나의 삶을 비교하며 개의 세상과 인간 세상의 차이점을 보게 될 때면 나는 나 자신을 보며(그리고 나머지 인류를 보며) 가끔은 고개를 절레절레 흔들게 되었다. 개들은 왜 종교도, 전쟁도, 성형 수술도, 돈 자랑용 SUV도, 곤혹스러운 동기 부여 훈련도 모를까? 왜냐하면 그 모든 것이 필요 없기 때문이다. 그렇게나 간단하다.

세상에 그 어떤 개도 조주 선사에게 자연스러운 것이 무엇이냐고 묻지 않을 것이다. 개들은 진정으로 존재하기 위해 수업을 들을 필요도, 그래서 가치도 없는 증명서를 받을 필요도 없다. 개들은 그 자체로 도(道)요, 자신이 그러함을 모른다. 온전한 존재는 온전함에 대해 고민하지 않아도 된다.

그런 네 발 달린, '진정으로 존재하기'의 달인 중 한 존재가 나와 함께 살기로 하다니, 나는 정말 운이 좋았다. 그 존재는 늘 빽빽이 공을 가져다주며 멍멍 짖는 것으로 도(道)의 노래를 환기시켜주었고 말린 고기의 형상을 한 도를 부엌 바닥에 던져주었다.

코가 촉촉한 보살

모든 존재는 원래 붓다다.

하쿠인(Hakuin)

보바와 살다보니 내가 조금씩 근본적으로 바뀌었다. 나는 늘 책을 제일 좋아했고 잡담 같은 사회생활에 필요한 것들이 쉽지 않은 사람이었다. 어릴 때부터 혼자 '허클베리 핀'이나 '가죽 스타킹 이야기(Leather-stocking Tales: 미국 독립전쟁 이후 개척 시대를 배경으로 제임스 페니모어 쿠퍼가 쓴 소설 시리즈 - 옮긴이)' 같은 책을 읽기만 했지, 밖으로 나가 진짜 친구들과 나무라도 타볼까 하는 생각은 꿈에도 하지 않았다. 경험은 언제나 간접 경험으로 충분했다. 여름날이면 초원이나 숲을 탐색하는 것보다 두꺼운 책의 도움을 받으며 곤충들의 라틴어 이름을 외우는 게 더 좋았다. 그런 내가 부모님에게는 큰 걱정거리였을 것이다.

그런데 개가 있으면 산책을 나가야 한다. 그 정도는 나도 잘 알고 있었으므로 나는 기쁜 마음으로 바깥세상을 경험할 준비가 되어 있었다. 하지만 내가 미처 준비하지 못했던 것이 있었으니 바로 내 개가 소통의 천재라는 점이었다. 이마에 "맥주 무료 제공"이라고 써 붙이기라도 했는지 보바는 사람들을 끌어들였고,

그러다보니 보호자 입장에서는 자꾸 인맥을 넓힐 수밖에 없었다. 원하든 원치 않든 말이다.

보바는 누구든 가리지 않고 좋아했다. 게다가 내가 살던 곳에서는 당시만 해도 개가 목줄 없이 좋다고 다가와도 사람들이 그리 놀라거나 당황하지 않았다. 이미 밝혔듯이 나에게는 어떤 줄도 없었고, 줄이 필요하다는 생각도 못했다. 처음에는 말이다. 보바는 누구에게나 어디서나 더할 수 없이 사랑스러웠고 매력 덩어리였으며 말귀도 잘 알아듣는 편이었다.

또 나와 달리 자신의 그 작은 세상을 공유하는 다른 존재들에 호기심이 많았고 그들과 친해지는 것에 큰 가치를 두는 듯했다. 보바를 통해 나는 거의 매일 새로운 사람을 알게 되었다. 세상의 모든 존재를 깨닫게 하겠다 맹세한 보살처럼 보바는 더할 수 없는 연민으로 자신이 할 수 있는 그 모든 애교와 스킨십을 총동원해 다른 사람들을 행복하게 할 준비가 되어 있었다. 보바가 누군가에서 '말을 걸지' 않고 지나가는 날이 하루도 없었다. 그 누군가란 내 입장에서 말하면 그냥 조용히 스쳐 지나가면 제일 좋고, 기껏해야 들릴 듯 말 듯 "안녕하세요?"라고만 말하고 지나가고픈 사람들이었다. 보바 덕분에 내 은거 생활은 그 끝을 보고 말았다, 영원히.

보바가 고개를 갸웃거리며 공원 벤치에 편하게 앉아 있는 낯선 사람에게 다가갈 때면 나는 늘 보바가 자기 소개를 하는 것 같았다. 물론 그 소개에는 나도 자연스럽게 포함되었다.

"안녕하세요? 저는 보바라고 해요. 그리고 이쪽은 제 친구 디르크예요. 디르크는 사교적이지 못해서 말이 별로 없어요. 그래도 기만 좀 세워주면 대화할 만할 거예요….”

사람들은 대부분 내 기를 세워주었다. 그래서 나는 부득이하게 날씨나 자동차 기름값, 이 도시 축구팀의 이번 리그 성적 같은 문제를 지껄여야 하는 상황으로 번번이 몰리곤 했다. 모두 눈곱만큼도 관심 없던 주제들이었다. 보바는 사람을 끌어들이는 자석 그 자체였다. 두 눈썹을 번갈아 올렸다 내렸다 하는 것으로 사람들이 자기에게 집중하게 하거나 자신에 대해 말하게 두고, 여기저기 킁킁거리거나 다른 놀이에 빠져들곤 했다.

더 나쁜 것은 내가 오로지 개의 통역자로만 활용될 때였다. 공원에 앉아 나는 책을 읽고 보바가 내 발치에서 평화롭게 졸고 있을 때면 꼭 누군가 다가와 보바에게 말을 걸었다. 물론 내가 대답하기를 기대하면서.

“으흠, 너 참 멋지게 생겼구나. 이름이 뭐니?”라고 묻고 기대에 찬 두 눈으로 나를 본다.

“보바라고 해요.”

“아! 보바구나. 정말 좋은 이름이네. 몇 살이니? 분명 아직 애기지, 그렇지?”라고 묻고 또 나를 본다.

“두 살이에요.”

“아, 두 살! 흠… 너 이 공원에 자주 나오니?”라고 묻고 또 나를 힐긋 본다. 이쯤 되면 나는 한숨을 쉬고 책을 내려놓는다.

“네, 바로 저 모퉁이에 살거든요.”

“아하! 그것 참 편하겠네. 그럼 오늘도 산책 잘 즐겼니?”라고 묻고 또 본다.

“네, 이미 한 시간 걸었답니다. 그리고 이제 여기서 책 좀 읽으려고요!”

분명하게 눈치를 줬으니 그에 상응하는 반응이 올 거라 생각한다면 당신은 전형적인 공원 산책자가 어떤 사람들인지 잘 모르는 것이다. 내가 아무리 분명하게 눈치를 줘도 마치 아무 일 없었다는 듯 대화는 계속된다. “아하, 그렇구나! 내가 맛있는 거 하나 줄까?”라고 묻고 눈을 동그랗게 뜨고 나를 본다.

“안됩니다. 이 개는 잘 물어요!”

이렇게 말하면 겨우 조용해진다. 보바는 비난하듯 나를 보고 나는 죄책감을 느낀다.

공원 산책자 중에는 혼자 사는 사람이 많다는 걸 알게 되는 데 시간이 좀 걸렸다. 그중에는 어제가 오늘 같고 오늘이 내일 같은 날들에 그래도 약간의 특별한 애정을 느껴보고자 간식을 챙겨 나와서 개를 매수하려 드는 고독한 할머니들도 있었다. 보바는 코앞의 것은 뭐든 잘 먹으므로(돌이나 유리 구슬을 던져줘도 사양하지 않았을 것이다) 인기가 많았고 또 인기를 만끽했다.

한 번 간식을 준 사람이라면 보바는 장난감 병정처럼 그 옆에 얌전히 앉아 히죽 웃어 보이며 기대감에 가득한 표정을 지었다. ‘한 번 준 사람은 분명 또 줄 거야!’ 그리고 대부분 그랬다. 사실 사료를 따로 살 필요조차 없었다. 공원을 한 바퀴만 돌아도 보바를 배부르게 먹일 수 있었을 것이다. 이것이 탁발승이 환생한 것이 아니고 무엇이랴….

하지만 결국 보바가 받은 것보다 준 것이 더 많았다. 할머니들에게 그 갈색 눈을 고정하고 바라볼 때, 관절염으로 아픈 손에 머리를 부드럽게 비빌 때, 그리고 감동한 듯 꼬리를 흔들어댈 때 보바는 그들이 이미 오랫동안 잊고 지냈던 것, 즉 다정함을 선물했던 것이다.

어느 시점이 되자 나도 어쩌다 내 손에 들어온 불교 책을 읽는 것보다는 길 가다 만나게 되는 사람들에게 눈길 한 번 더 주는 쪽이 연민과 자비에 대해 훨씬 더 많은 것을 배울 수 있음을 알게 되었다.

보바 덕분에 나는 매일 이론과 실천 사이의 괴리를 맛보게 되었다. 붓다에 대해 쓴 순류 스즈키(Shunryu Suzuki), 틱낫한, 앨런 와츠, 타이잔 마에즈미의 훌륭한 책들을 읽으며 누구의 해석이 맞는지, 그들의 가르침을 내 삶에 어떻게 적용할지에 대해 생각하며 머리를 쥐어뜯는 동안 보바는 그들의 가르침 중에서도 최고만을 골라 그에 대해 1초도 생각하는 것 없이 구현해내고 있었다.

어쨌든 나는 학습 능력이 좋았다. 내 동물 친구 덕분에 나와 몇 분이고 이 여름이 빨리 왔다거나 길다거나 아름답다거나 하는 토론을 하게 된 어르신들이 눈을 반짝이며 기뻐하는 모습을 보이면 이전에는 아무짝에도 쓸모없고 무의미하다고 생각했지만 이제 점점 더 중요하게 보이는 그런 대화를 점점 더 오래 끌고 가게 되었다. 중요한 것은 대화의 내용이 아니라 대화 그 자체, 다른 인간과의 만남, 누군가와 가까워진다는 것이었다.

할머니가 내 옆 벤치에 앉으면 보바는 할머니의 무릎 위에 머리를 올려놓고 우리가 대화하는 동안 자신을 쓰다듬게 했다. 보바는 누구에게나 마음이 열려 있었고 그건 처음 본 사람에게도 마찬가지였으므로, 나는 종종 그러고 있는 보바가 내게 윙크를 보내며 이렇게 말하고 있는 것 같았다.

"나한테 이런 건 일도 아니야. 그리고 할머니도 아주 행복해하잖아…. 작은 것들… 삶에서 중요한 건 작은 것들이라고…."

모든 감정 있는 존재를 고통에서 벗어나게 하겠다 엄숙히 맹세한 사람을 보살이라고 한다면 보바는 분명 '니르바나 아우스빌둥 센터('열반' 직업교육 센터 - 옮긴이)'의 최고 모범생이 분명하다.

보바는 내가 피하고 싶어 했던 사람들에게 특히 매료되었다. 당신이 나를 구제 불능의 인간 혐오자로 낙인찍기 전에 이쯤에서 말해두고 싶은 게 있다. 나는 당시 먹고살기 위해 24시간 주유소에서 일했는데 매주 두세 번은 부랑자, 알코올 중독자, 만취한 영국 병사, 기분 좋은 날이 없는 새벽 근로자들과 밤을 꼬박 새워야 했다. 특히 이 새벽 근로자들이 '빌둥(Bildung)과 피피(Fiffi)'가 없냐고 물을 때는 눈물 나게 웃겼다(사진이 대부분이고 선정적인 표제어가 판치는 삼류 프로파간다 신문을 '빌드 차이퉁'이라고 하는데, 이 새벽 근로자들은 이를 줄여서 교육이라는 뜻의 '빌둥'으로 불러 저자를 아이러니하게 웃겼다는 뜻이다. 피피는 한국의 소주 같은 독주의 상품명이기도 하지만 흔한 개 이름이기도 하다 - 옮긴이). 독일에서 제일 많이 팔리는 프로파간다 신문과 밀로 주조된 그 작은 독주 말이다. 일하면서 금단 현상으로 손이 떨리면 안 되니까 이들은 출근 전에 미리 독주를 마셨다. 그러니 바닥을 알 수 없는 절망과 알코올 오용이 만들어낸 멋지고 멋진 세상을 나는 이미 겪을 만큼 겪고 있었다. 그런데 보바는 그런 세상이라면 충분함을 몰랐다.

내가 철학 강의를 빼먹고 매일 죽치던 공원의 모퉁이에는 기껏해야 1, 2층 정도로 낮고 엉망으로 지어진 건물들이 모여 있는 작은 구역이 있었다. 낙후한 건물들은 흡사 쓸모를 다한 공사장 컨테이너들 같았고 그 안에는 어떤 이유로든 사회 보장 제도가 주는 혜택으로 연명하게 된 사람들이 살고 있음이 분명했다. 그곳에 사는 사람들도 좌초한 철학도와 비슷한 일과표를 갖고 있는지, 나처럼 그 공원에서 소일하기를 즐겼다. 각자 벤치 하나씩 차지하고 축 늘어져 있거나 단체로 서서 가장 좋아하는 듯한 싸구려 캔맥주를 들이켜며 고래고래 소리를 지르기도 했다.

바로 그들 틈 사이에 내 개가 있었다. 그 어떤 반감도 없이, 스타인벡의 소설에나 나올 듯한 술 센 군상들의 그 모임을 오히려 감격스럽다는 듯 우러러보곤 했다. 새 친구들이 토해내는 맥주 냄새에 인지 기관이 멍해진 게 분명한 보바는 내가 아무리 불러도 일절 반응하지 않았으므로 나는 좋든 싫든 그들 사이로 비집고 들어가야 했다. 그럼 어김없이 그들과의 대화 시간이 이어지고, 내 개가 얼마나 멋진지로 시작해서 그 공원 근처에 있는 케밥 가게가 얼마나 좋은지를 칭찬하는 걸로 끝났다. 그 케밥 가게가 간 양고기를 엄청나게 많이 줄 뿐 아니라(그렇다!) 싸구려 캔맥주도 팔았기 때문이다.

이 '우러러볼 만한' 군상들을 자꾸 만나다보니 나는 그들이 보바를(그리고 나도) 진심으로 반가워하고 우리를 향한 애정이 더할 수 없이 솔직하고 정직함을 알게 되었다. 친절한 보바는 비정한 쪽에 가까운 그들의 회색 일상에 한 줄기 빛 같은 존재였다. 게다가 보바와 놀다보면 다음날 숙취로 머리 아플 일도 없다. 이것이 뜻밖의 횡재가 아니고 무엇이랴!

이 친구들을 알고 나자 나는 내가 보바에게 막대기로 얻어맞아서 공원 잔디밭에 코를 박고 누워 있을 때 어째서 산책하는 사람들 가운데 그 누구도 나를 걱정하지 않았는지 알게 되었다. 다들 내가 음주 과다로 쓰러져 자고 있다고 생각했던 게 분명하다. 그러니 걱정은 무슨 걱정!

보바가 내 영향권 안으로 밀어 넣어준 할머니들에 이어, 공원의 이 '홉 - 맥아 - 미식가들'도 내가 씨름하던 책들과는 달리 진짜 삶을 보여준다는 것을 나는 얼마간 시간이 지난 후에야 깨달았다. 존재론, 형이상학, 담화 분석, 혹은 십이연기에 대해 이론적으로 토론하는 것보다 훨씬 더 많은 것을 가르쳐주고, 살아볼 가치가 있는 진짜 삶 말이다. 물론 십이연기는 다른 철학들과 달리 진짜 삶을 말하고 있긴 하지만.

보바는 세상과 사람에 대한 나의 관점을 바꾸었다. 예전의 나는 주정뱅이 손님들을 짜증스러워했지만 보바 덕분에(참고로 보바는 항상 나와 함께 주유소에서 밤을 보냈다) 이제는 순간에 살게 하고 진정한 삶을 살게 하는 고마운 사람들로 여기게 되었다. 나는 어떤 사람들에게는 술이 존재에 베푸는, 모든 것을 압도하는 애무이거나 나약해지지 않게 하는 보호막이므로 거부할 수 없음을 이해했다. 그리고 계산대 뒤에서 료칸(良寬, 1758~1831) 선사의 게송을 읽곤 했다. 료칸 자신도 사케(일본의 전통주 - 편집자)를 그 무엇보다 사랑했고 직접 경험을 강조하는 선불교의 세상에 매우 아름다운 게송들을 남겼다.

보바는 모든 손님을 반겼고 모든 손님이 보바를 좋아했다. 맥주와 휘발유 냄새가 풍기는 불빛 아련했던 그 작은 섬에 수없이 많은 밤이 오고 가는 동안, 보바는 모두에게 아낌없이 넉넉하게 친절을 선사했다. 그들은 허리를 굽혀 보바의 머리를 쓰다듬거나 아예 옆에 쪼그리고 앉아서 받아본 지 너무 오래된 사랑을 맘껏 표현했다. 그렇게 마음이 열리면 대개 이런저런 이야기를 하기 시작한다. 누가 들어도 거짓말이 분명한 이야기도 있지만, 능력과 성공이 전부인 이 사회에서 좀처럼 듣기 힘든 진솔한 이야기도 있었다.

누군가 손이 너무 떨려서 지갑째로 건네면 나는 그 지갑을 열고 직접 돈을 꺼내 계산하곤 했는데 그럴 때면 여자, 혹은 아이가 찍힌 누렇게 변한 사진들을 보게 되었다. 내 앞에 서서 쓰러질 듯 위태하게 몸을 흔들어대는 이 사람이 이미 오랫동안 보지 못했을 여자와 아이들 말이다. 실업, 이혼, 알코올 중독이 그들이 내게에서 설명하던 이야기들의 단골 소재들이었다(물론 순서는 바뀔 수도 있다).

나이 지긋한 여성 한 명도 알게 되었다. 40년 동안 거리에서 매춘을 하며 살아온 탓에 얼굴은 이미 찌들 대로 찌들어 있었지만 보바만 보면 항상 기뻐하며 반갑게 인사했다. 보바의 신뢰 가득한 갈색 눈이, 그 눈이 보내는 시선이 사람들의 마음을 열었고 그렇게 열린 사람들이 내 마음을 열었다. 이전의 나는 누군가 비틀거리며 들어오면 뻣뻣해졌지만 이제 나는 훨씬 여유를 갖고 대하게 되었고 내면의 평화도 잃지 않게 되었다. 그리고 그들의 말을 주의해서 듣고 정말로 그 순간을 살았다.

료칸 선사는 19세기 초에 이런 게송을 썼다.

> 세상 존재들의 고통을 생각하면
> 그들의 슬픔이 나의 슬픔이 된다.
> 아! 내 승복이 충분히 크다면
> 흘러가는 세상 속
> 고통받는 인간들을 모두 품을 텐데….[15]

료칸 선사의 시대 이후 지금까지도 변한 건 별로 없는 듯하니, 그가 이 시를 쓸 당시의 마음을 나는 잘 이해할 듯하다. 최소한 보바의 마음은 분명히 이해했다. 사람들의 힘을 북돋는 무언가 구체적인 것을 제공했던 그 마음 말이다.

그런데 새벽의 주유소에는 다른 곳에서는 좀처럼 보기 힘든, 상대하기 무척 괴로운 사람들도 나타난다. 그들 중에 한 달에 두

세 번 정도 출현했던, 내가 본 가장 경악할 만한 사람이 있었다. 그는 과거 언젠가 악마와 계약을 하나 했음이 분명해 보였다.

"내가 7년 동안 씻지 않으면 내 몸무게만큼의 금을 주시오."

아니면 그 비슷한 계약이라도 맺었을 것이다. 석유가 유출된 해안가에서 기름 범벅이 된 시커먼 새를 본 적이 있는가? 그 사람의 머리가 바로 그랬다. 으스스한 농담이 아니고 과장도 아니다! 냄새가 너무 지독해서 나는 아무리 호의를 보이려고 해도 주유소 밖으로 뛰어나가 주문을 받을 수밖에 없었다. 그는 이해한다는 듯 고분고분했다. 사실 굉장히 선한 사람이었다. 단지 방금 하수구에 빠졌다 나온 사람처럼 보일 뿐. 내가 콜라와 잔돈을 가지고 나오는 동안(그는 늘 콜라만 샀다) 그는 얌전히 주유소 매점 밖에서 보바와 함께 기다렸다. 안타깝게도 나는 그에게 왜 그렇게 사는지 감히 묻지 못했다. 악마와의 계약 스토리가 내 머릿속에 확고하게 각인된 나머지, 이미 타락한 몸이지만 악마를 물리치는 부적을 지니고 다녀야 할지도 모른다는 두려움에 떨었을 뿐이다.

보바에게는 그가 그저 흥미롭기만 했다. 보바는 냄새를 판단하지 않고 인지할 뿐이었다. 양들의 분비물 위를 환희에 젖어 뒹구는 존재라면 고약한 냄새에 대해 나와 완전히 다른 생각을 갖고 있음에 분명했다.

하여튼 내 야간 일터에 나타났던 그 사람들은 그들 내면의 상처와 흉터, 기벽, 중독, 냄새까지도 어떤 조건이나 이의를 달지 않고, 있는 그대로 받아들이는 누군가가 이 세상에 존재한다는 사실을 알게 되었다. 하지만 그 네 발 달린 누군가가 다름 아닌 살아 있는 보살임을 아는 사람은, 그 보살의 모범적인 삶 덕분에 누구보다 득을 보고 있던 나밖에 없었을 것이다. 나는 보바를 관찰했고 보바를 통해 매 순간 드러나는 불완전한 것들의 아름다움에 대해, 많은 가면 뒤에 숨어 있는 인간들의 인간적임에 대해, 그리고 인간들끼리, 혹은 개와 인간들이 서로 나눌 수 있는 친밀함에 대해 배웠다.

당시 나와 잘 통했던 철학 강사가 한 명 있었는데, 그는 내가 일하는 동안 나와 함께 주유소에서 카드 게임을 하며 밤을 새우곤 했다. 그는 기묘하게도 그곳에서 만나는 세상에 매혹된 듯했다. 또한 내가 왜 언젠가는 철학 공부를 그만둘 것인지를 잘 이해했던 내 주변의 몇 안 되는 사람 중의 한 명이었다. 맥주와 휘발유를 판매하는 일이 그 자체로는 전혀 성취감을 주지는 않았지만, 나는 보바의 도움으로 그 긴 밤들에서 강의실에 있을 때보다 삶에 대해 더 많은 것을 배웠던 것이다.

보바는 '조건 없는 사랑'의 화신이었고 어떻게든 나를 더 나은 사람으로 만들어주었다. 이제 나는 더 주의해서 듣고, 더 많이 받아들이는 사람이 되었다. 사람을 볼 때면 늘 보이는 것 너머를, 때에 따라서는 적응하는 데 노력이 필요한 습관 그 너머를 집중해서 보려고 노력했다. 늘 성공한 건 아니었지만 발전하고 있었다고 말할 수는 있겠다. 그리고 진짜 삶에서의 발전이 곧 대학 공부에서의 퇴보를 의미했음도 밝혀둬야겠다.

바로 그즈음 보바가 내가 다니던 대학에서 특별 입학 허가를 받은 것은 그런 의미에서 참 흥미로운 일이었다.

이미 언급했듯이 당시 내 여자 친구는 심리학과에서 연구 조교 일을 하고 있었다. 일의 특성상 교수와 함께 불안증 환자들, 그중에서도 특히 어린이 환자들을 자주 만났다. 이 아이들은 대개 기묘한 강박 관념과 불안증을 갖고 있었는데 예를 들면 곤충, 잔디밭 밟기, 자동차 타기 등을 무서워했다. 그리고 모르는 것이나 분류할 수 없는 것이면 무조건 무서워하는 아이도 있었다. 그리고 무엇보다도 개를 무서워하는 아이들이 많았다. 이 경우는 특히 부모가 아이에게 그런 공포심을 심어준 경우가 대부분이었다.

우리는 보바를 매일 보았기 때문에 보바가 사람들과 얼마나 잘 지내고, 사람들이 보바를 얼마나 금방 신뢰하게 되는지 잘 알았다. 그래서 내 여자 친구는 치료 시간에 보바를 동참시키면 어떨까 하는 생각을 하게 되었다. 그리고 그 생각을 교수에게 이야기하자 교수는 보바를 만나보고 싶어 했고, 그렇게 생각에만 그칠 것 같던 아이디어 하나가 이의의 여지 없이 훌륭하게 작동하는 하나의 치료 형태로 변모했다.

보바는 대학 체류 허가를 받아 심리학과에 드나들 수 있게 되었으며, 아이들 상담 시간에 투입되었다. 어찌나 감정 이입 능력이 좋았는지 그 즉시 졸업장과 함께 심리학과 소속의 정규직 자리를 꿰찰 것만 같았다. 팔 뒤꿈치에 패치가 달린 코르덴 재킷은 덤이다. 보바는 보통 누구를 만나든 달려가곤 했지만 치료 시간에는 늘 아주 조용히, 구석의 자기 자리를 지켰다. 대부분 담요 위에 앉아 더할 수 없이 평안한 눈길로 아이들을 바라봤다. 그야말로 네 발 달린 붓다였다. 상담이나 치료가 무르익을 즈음이면 아이들은 자진해서 보바에게 다가가 만지려고 했다. 보바는 아이들이 서투른 손으로 아무리 주무르거나 가볍게 때려도 눈썹 하나 까딱하지 않고 가만히 있었다. 아이들은 보바의 귀에 손가락을 넣어보기도 하고, 더워서 내밀고 있는 혓바닥을 잡아 끌어내기도 했다. 보바가 무얼 하든 내버려두자 아이들은 더 이상 개를 무서워하지 않게 되었다. 물론 그러는 동안 부모들은 의자에 꼿꼿이 앉아 두려움 가득한 눈길로 그들 눈에는 야수같이 보이는 보바가 행여나 무슨 돌발 행동을 하지 않을까 주시했다. 이쯤 되면 교수는 '진짜 환자들'(부모)에 더 집중하면서 불안증이 얼마나 자주, 무의식적으로 다른 사람에게 전이되는지 말하곤 했다.

나는 보바가 매우 자랑스러웠다. 그 치료 시간은 한 학기만 시도하는 데 그쳤고 내 전공을 심리학으로 바꿀 정도는 아니었지만, 정신적으로 안정된 개를 옆에 두는 것이 인간에게 얼마나 좋은 일인지 보는 것만으로도 크게 감동했다. 나는 지금도 그 어떤 치료든 일단 긴장을 풀고 마음의 평화를 되찾는 일이 선행되어야 한다고 생각한다. 병원이나 노인 복지 시설에 반려동물을 두는 시도가 많이 이루어지고 있는 것만 봐도 그 관계성을 잘 알 수 있다. 물론 이런 시도들은 슈퍼 개 보바가 아니라 보통 개들과 함께 진행되지만 말이다.

보바는 대학에서의 일을 마치고 다시 일상으로 돌아와 나와 함께 공원에서 시간을 보냈다. 이번 생에서의 공직은 그것으로 충분했다는 듯 이제 다시 자그마한 할머니들, 술이 세고 우악스럽지만 마음만은 따뜻한 사람들을 위해 봉사하기로 한 것이다. 그리고 무엇보다 이 생을 어떻게 살아야 할지 모르는 어리바리한 한 남자를 돌보기로 한 것이다.

시작도, 끝도 없다

잡으려고도
거부하려고도 하지 말고
그냥 머물러라 - 그대로.

겐둔 린포체(Gendün Rinpoche)

나는 우연한 기회에 선불교 수행과 함께 티베트불교 공부도 병행하게 되었다. 당시 친구 녀석 하나가 남프랑스의 어느 티베트불교 사원에서 진행되는 불교 캠프에 참가할 거라고 하면서 나에게 같이 가지 않겠느냐고 물어왔던 것이다.

달리 할 일도 크게 없던 터라 그러기로 했다. 우리는 녀석 아버지의 회사 차를 한 대 빌린 후, 그 회사 법인 카드를 긁어서 산 여분의 경유 300리터를 드럼통에 가득 채워 뒷좌석 아래에 집어넣고 길을 나섰다. 나는 보바도 데려가기로 했다. 친구가 티베트 사원에는 늘 개가 몇 마리쯤 뛰어놀고 있다며 한두 마리 더한다고 해서 문제 될 건 없다 했으니까. 보통 자동차를 타면 보바는 창밖으로 목을 내밀고 풍경을 즐겼지만, 이번에는 그러지 못하게 했다. 그럼에도 늘 그렇듯 보바는 주어진 상황에서 최고를 선택하므로 대부분의 시간을 깊은 수면에 빠진 채 조용히 잘 보냈다.

가는 길에 긴 머리의 히피 히치하이커를 두 명 태웠는데, 아니나 다를까 국경에서 철저한 수색을 당했다. 나는 자동차에 여분의 경유를 많이 넣고 다니는 것이 혹시 불법이라면 자원 밀수꾼으로 체포되지나 않을까 겁을 먹었지만 금방 기우였음을 알게 되었다. 프랑스 공무원들은 모든 가방을 하나도 빼놓지 않고 뒤졌다. (무슨 생각에선지) 책이란 책은 모두 휘리릭 펼쳐보았고 곱게 접혀 있던 티셔츠도 모두 털어보았는데 그러는 내내 뒷좌석에서 경유 드럼통을 깔고 앉아 있었다. 그러고 있는 공무원들을 눈이 벌겋게 충혈된 우리 히피 히치하이커들은 얼빠진 표정으로 멍하니 보고만 있었다. 지금 그 히피들의 모습을 떠올려보면 나라도 그 차를 수색했을 거라는 생각이 든다. 그레이트풀 데드(Grateful Dead: 1965년 결성된 미국의 록 밴드. '죽은 자들의 영혼', 또는 '매장을 준비하는 사람들에게 자비로서 감사를 표현하는 천사'라는 의미 - 옮긴이)의 콘서트 투어 버스를 보고도 국경 검사원이라는 사람들이 그냥 손만 흔들지는 않았을 테니까 말이다. 어쨌든 그렇게 꼬박 한 시간의 소동 끝에 우리는 아무 일 없이 가던 길을 계속 갔다.

마침내 사원에 도착해서 '캠핑카'이기도 했던 우리 차를 위해 주차 장소를 배치받는 등의 절차를 마치자 곧 첫 가르침이 시작되었다. 수업은 겐둔(Gendün) 린포체가 관장했다. 당시에도 그는 서양에서는 아직 잘 알려지지 않았지만, 티베트불교 카규파에서는 큰스님에 속했다. 지금도 나에게 누구의 가르침을 받았냐고 물어보는 사람이 가끔 있는데 불교를 좀 아는 사람이라면 내가 겐둔 린포체를 언급하는 즉시 헉 하고 놀란다. 그 정도로 큰스님인 것이다.

겐둔 린포체는 몸집이 큰 사람은 아니었다. 영화 〈스타워즈〉 시리즈의 요다보다 머리 반 개 정도 더 클까 싶었지만, 내면의 힘만큼은 정말이지 탁월한 사람이었다. 보바는 불교의 가르침에는 흥미가 없었으므로 대부분 사원 주변을 쏘다녔다. 그러면서 거대한 털북숭이에 적갈색인, 괴물 같지만 평화를 매우 사랑하는 다른 개들과 인사하는 것을 비롯해 여기저기 킁킁거리기, 오줌 싸기, 먹을 거 찾아다니기, 아무 생각 없이 놀기 같은 개들이 주로 하는 일을 하며 시간을 보냈다. 반대로 나는 겐둔 린포체의 수업과 그와 함께 하는 명상에 꽤 깊은 인상을 받았으며, 무엇보다 선불교와 티베트불교 사이의 중대한 차이점을 알아차리게 되었다. 겐둔 린포체의 모든 말에는 믿을 수 없이 큰 연민과 온정이 깃들어 있었다. 덧붙여 티베트불교에서는 모든 것이 매우 화려했고 아주 종교적으로 보였는데, 이는 때때로 거의 강박적이라고 느껴질 정도로 단순함을 추구하는 선불교의 길과 매우 달랐다. 세계 각국에서 온 명상자들도 (좀 다른 의미에서) 나를 깊이 매혹시켰다. 그중에 캐나다 사람도 한 명 있었는데 그는 자기도 알 수 없는 어떤 이유로 칼루(Kalu) 린포체의 책을 하나 훔친 것이 계기가 되어 불교를 알게 되었다고 했다. 이 캐나다 사람은 우리에게 티베트 사원 생활의 '참모습'을 보여주었다. 사원의 이면에서는 거의 매일 광란에 가까운 술 잔치가 벌어지고 있었던 것이다. 불교 캠프와 함께 주연(酒宴)이 벌어지고 있다는 것을 사원의 노스님들이 결코 좋게 생각했을 것 같지는 않다. 어쩌면 내 주변의 사람들만 그랬을 수도 있다. 이 캐나다 사람은 사원에 이미 반년 동안이나 머물렀음에도 우리 같은 초심자가 뭐가 그렇게 좋았는지 거의 즉시 우리 '캠핑카'에 죽치고 있기 시작했고 거의 매일 자신이 얼마나 바람둥이인지 증명했다. 게다가 우리 차 바로 옆에서 야영하던 네덜란드 청년 둘도 꽤 낙천적이었던 것이, 사원 어디에선가 비밀의 포도주 우물이라도 하나 찾아낸 것 같았다. 아니면 우리에게는 여분의 경유가 중요했듯이 그들에게는 여분의 포도주가 매우 중요했을 수도 있다.

내 친구 녀석은 그리스에서 온 어느 절세미인에 빠져 언제부턴가 보이지도 않았다. 나만 이미 '임자 있는 몸'이었으므로 불교 수업에 온전히 집중하는 사람은 무리 중에 나뿐인 것 같았다. 다시 말해 나는 툭하면 분위기를 깨는 사람이었다!

어쨌든 나는 강의실 겸 명상실로 쓰이던 대형 천막에서 매일 몇 시간씩 보내며 겐둔 린포체가 펼쳐 보여주는 수많은 통찰을 열심히 들었고, 때로는 깊은 생각에 잠기기도 했다. 모처럼 말이다! 티베트불교의 화려한 세상 덕분에 내 뇌는 모처럼 풀가동되었고 나는 그 통찰들에 흠뻑 빠져본 다음에 내면에서 낱낱이 분석한 뒤 동의하거나 항변했다. 머릿속이 부산해져서 나는 다시 예전의 나로 돌아간 것 같았다. 무엇 하나 그냥 넘기지 않았던 철학도로서의 나로 말이다. 티베트불교의 세상은 참 아름답고 따뜻해서 좋았지만, 거부감을 부르는 것이 없지는 않았다. 무엇보다 나는 캠프 참석자 대부분이 환생한 라마를 찾는 의식이나 라마가 갖고 있다는 놀라운 능력에 대해 어떻게 그렇게 곧이곧대로 믿을 수 있는지 알 수 없었다. 저녁에 마지막 명상이 끝나고 나면 그때부터 나는 몇 시간이고 보바와 산책을 하면서 이런저런 주제들에 대해 숙고했고, 이론들을 이리저리 재보며 일부는 받아들이고 일부는 버리곤 했다.

보바의 상쾌한 '생각 없음'은 늘 나를 단단한 사실의 땅으로 끌어내렸다. 그런데 내 네 발 달린 스승도 새롭게 깨달은 바가 하나 있었으니, 아무래도 나에 대한 스승으로서의 책임감을 겐둔 린포체에게 줘버리긴 싫었던 것 같다! 언제부턴가 겐둔 린포체의 설법이 어느 정도 진행되면 사원에서 기르던 개 한 마리가 나타나 내 바로 옆에 살포시 앉았고, 그러면 보바도 나타나 그 옆에 앉기 시작했다. 아무리 얌전한 개라도 설법 시간에는 원래 강의실 안으로 들어올 수 없었으므로, 캠프 첫날에 그런 일이 있었다면 조용히 내보내졌을 것이다. 하지만 이제 캠프가 막바지를 달리고 있었으므로 개들의 출현에 신경 쓰는 사람은 아무도 없었다.

그러던 어느 날 겐둔 린포체가 지나가는 말로 티베트 라마 몇 명이 일으킨 기적에 대해 이야기했다. 갑자기 날씨가 바뀌도록 했다거나 뭐 그 비슷한 기적들이었는데, 그러자 또 내 내면이 재빨리 반박하기 시작했다. 그런데 바로 그때 내 옆에서 자고 있던 사원의 개가 보바와 함께 크게 코를 골기 시작하는 것이 아닌가. '왕도둑 호첸플로츠[Räuber Hotzenplotz: 독일의 작가 오트프리트 프로이슬러(Otfried Preußler)가 쓴 동화 속 악당 캐릭터 – 옮긴이]'가 그의 큰 형과 함께 티베트 사원에 떨어져 태평한 시간을 만끽하고 있는 것 같았다. 나는 그 둘 때문에 린포체의 말에 더는 집중할 수 없었다. 둘의 코 고는 소리가 내 머릿속을 그야말로 하얗게 쓸어버렸기 때문이다.

나는 무엇을 거부하고 무엇에 동조할지에 정통할 대로 정통한 내 정신의 구조를 감지했다. 그리고 그 구조가 내 본질의 전부일 수는 없다는 것도 알아차렸다. 나는 그 구조를 이용할 수도 있고, 무시할 수도 있다.

내가 이해할 수 없는 겐둔 린포체의 말을 그냥 이해할 수 없는 상태로 두면 왜 안 되는가? 그는 나와는 전혀 다른 문화적 배경에서 출발하여, 나와는 전혀 다른 경험들을 해왔다. 우리는 기본적으로 완전히 다른 두 개의 세상에서 자랐다고 해도 과언이 아니다. 그런데도 그가 하는 모든 말이 나에게도 정확하게 들어맞아야 하나? 왜 모든 것이 꼭 '영적 통일장 이론(einheitliche spirituelle Feldtheorie)' 속에서 정돈되어야 하는가? 나는 왜 나에게 도움이 될 것 같은 것만 받아들이고 다른 것은 다른 문화 속 사람들이 천 년 전부터 보아왔던 대로, 혹은 예전에 그랬던 그대로 두면 안 되는가? 티베트, 중국, 인도, 베트남, 태국, 일본 등 불교 전통이 살아 있는 나라 어디든 그 나라의 불교에는 문화적인 것일 뿐 붓다의 기본적인 가르침과는 거의 상관없는 것들이 깊이 침투해 있다. 그렇다면 내 일상에 정말로 도움이 되는 것은 무엇인가? 불가지론자인 나는 불교의 어떤 생각을 받아들이고 내 삶에 적용할 수 있나?

명상, 모든 것과 나 자신을 있는 그대로 보는 것, 이것이 나에게 정말 중요하지 않았던가? 툴쿠나 라마들이 날아다니거나 서로 다른 두 장소에서 동시에 출현할 수 있다면… 네, 참 좋겠습니다! 하지만 나는 멈추지 않고 뱅뱅 도는 생각을 고요한 마음 상태로 바꾸고 감정에 치우쳐 무분별하게 반응하는 대신 깊은 통찰로 행동할 수만 있다면, 그리고 내 에고가 세상의 중심이 되지 않아도 괜찮고 다른 존재를 사랑과 연민으로 대할 수만 있다면 그걸로 충분하다. 나는 세상으로 나가 세상 안에서 깨어나고 싶고 그런 나에게는 붓다의 방식들이 약속해주는 바가 많은 것 같다. 반면 불교가 자신의 길을 가는 동안 서로 다른 문화로부터 받아들인 것들은 나에게 특별히 와닿지 않는다. 다양한 학파와 길들 사이의 경계와 차이점들도 마찬가지이다. 내 털 달린 친구가 주창한, 존경할 만한 다르마 전통이 어쨌든 나의 길인 것 같다. 이 전통은 명상 도구로 삑삑이 공을 한 번도 써보지 않은 다른 전통에서 볼 때는 매우 의심쩍은 쪽에 가까울 것이다.

티베트불교로의 그 소풍은 불교의 핵심적 가르침만이 나에게는 의미 있을 뿐, 나머지는 신경 쓸 필요가 없음을 가르쳐주었다. 나는 또 선불교 세상을 새로운 눈으로 다시 한 번 적극적으로 볼 수 있었다. 승복, 향, 절, 빈틈없는 행동 방침, 알아들을 수 없어 불편했던 일본어 염불 소리, 자신에게 엄격했던 동료 명상자들에게 큰 의미를 선사했던 그 모든 형식과 고행들. 나는 그런 것들이 필요한가? 가만히 앉아 마음을 고요히 하고 내 자기애가 사라지는 순간 내 앞에 저절로 펼쳐지는 삶을 엿보는 것, 이것으로 충분하지 않은가? 나에게 중요하고 도움이 되는 것을 알고, 나머지 것들에는 그냥 조금 코를 골아줘도 괜찮지 않겠는가?

돌아오는 길에 우리는 파리에 들러야 했다. 친구 녀석이 허겁지겁 호텔을 예약해놓고는 새 여자 친구와 꼭 거기서 '작별 인사를 나누어야 한다고' 했기 때문이다. 파리는 보바와 함께 걷기에는 꽤 성가신 도시였지만 다행히도 친구 아버지 회사 차 구석에서 낡은 목줄을 하나 발견했기에 보바에게 그 줄을 채우고 파리 시내를 함께 활보할 수 있었다. 그런데 모퉁이를 돌기만 하면 거의 매번 경찰이 다가와서 알아들을 수 없는 영어로 목줄을 절대 벗기면 안 되고 그 어떤 '더미'의 흔적도 남겨서는 안 됨을 암시했다.

후자에 관해서라면 나는 참 운이 좋았던 게, 보바는 기본적으로 덤불이 있어야 볼일을 보는 개였으므로 아스팔트에서는 절대 실례하는 법이 없었다. 연인들의 도시 파리에서도 예외는 아니어서 보바는 차라리 그 작은 엉덩이를 꽉 다무는 쪽을 택했다. 녹색 지대를 찾아보았지만, 개의 출입이 엄격하게 금지된, 울타리가 쳐진 공원 몇 개만 발견했을 뿐이었다. 나는 파리지앵 개들은 모두 기저귀를 차고 다니는 게 아닐까 싶었고, 마침내 파리를 떠나게 되었을 때는 정말 기뻤다. 그도 그럴만 했던 게 정찰 중인 파리의 경찰들을 다 만나본 것 같았고, 실제로 어떤 파리지앵 귀부인의 아기 푸들이 멋진 옷과 목줄을 '깔 맞춤'하여 장착하고는 낡은 줄에 끌려다니는 내 잡종견을 거만하게 내려다보기까지 했기 때문이다. 그쯤 되자 파리에는 한시도 더 있고 싶지 않았다.

파리에서의 에피소드에도 불구하고 프랑스에서 받은 전반적인 느낌은 나쁘지 않았다. 티베트불교에서 새 안식처를 발견했다고 까진 못하겠지만 티베트불교는 나를 시험했고 지금도 여전히 시험하고 있다. 그래서 지금도 나는 다르마에 대한 나만의 접근 방식을 철저히 조사하고 '나만의 불교'를 계속 축소하고 줄여나가며 나에게 본질적이고 가장 중요한 것들만 찾아나가고 있다.

동시에 믿음 여부와는 별개로 겐둔 린포체의 가르침 가운데 내 안에서 뿌리를 내린 것도 몇 가지 있다. 예를 들어 겐둔 린포체는 이 우주에서 원인 없이 생기는 것은 아무것도 없다고 했다. 혼자 생기는 것은 아무것도 없으며, 모든 것에 원인이 있고 이 원인들은 서로 얽혀 있다. 마찬가지로, 존재하는 모든 것은 미래에 영향을 주고 그렇게 에너지는 유지되고 계속된다.

간단히 말해 절대적 시작, 무에서의 창조, 하늘에서 화학 실험 용품을 갖고 노는 노인(창조주)은 없으며, 처음부터 있었던 존재의 연속만이 있다는 말이다. 그리고 이 연속은 계속 이어지며 자라고 발전하고 변화할 것이다. 그러므로 시작도 없고, 끝도 없다. 물론 이 정도는 선불교 책들로도 이미 숙지한 바 있었다. 그런데 티베트불교는 이 관념에서 자신의 일본 친구와는 아주 다른 방향으로 나아갔다. 티베트에서는 우리 개인의 삶까지 이 영속의 척도에 비춰보고, 이것을 아주 중요하게 생각한다. 우리 개인들도 모두 태초부터 존재했고 또 다른 형태로 계속 존재할 것이라는 말이다. 초기불교의 가르침 중 하나인 윤회는 원래 붓다와 동시대의 종교인 힌두교에 그 뿌리를 둔 것으로, 사실 선불교에서는 거의 중요하지 않은 개념이 되었다. 하지만 티베트에서는 매우 진지하게 받아들여질 뿐만 아니라 일상 속에서도 아름답게 살아 있다.

늘 그렇듯 보바와 함께 공원에 앉아 있던 어느 맑은 날 오후, 나는 티베트불교 윤회론의 결과물 하나를 분명히 보았다. 무슨 이야기를 들을 때면 때때로 그랬다. 그것은 마치 씨앗처럼 내 속 어딘가에 묻혀 있다가 때가 되면 무의식의 심연으로부터 떠올라 그 본연의 모습을 드러내게 되는 것이다.

보바에 관해서라면 나는 우리가 처음부터, 혹은 이미 오래전부터 아는 사이처럼 느껴졌다. 우리는 서로 더할 수 없는 친근감을 느꼈다. 그날 오후, 나는 '끝없이 재탄생한다'는 티베트불교의 관념을 어쩐지 분명히 이해할 수 있었다. 내가 공원 벤치에 앉아 대학생답게 강의 후 찾아온 달콤한 휴식을 만끽하는 동안 보바는 내 앞에 앉아 나를 바라보며 어떻게 저렇게 움직일 수 있을까 싶게 양쪽 눈썹을 번갈아 올렸다 내렸다 하며 늘 그렇듯 침묵의 의미심장한 기운을 퍼트리고 있었다. 나는 보바의 진한 갈색 눈동자, 그 검은색 동공을 응시했다. 그리고 바로 그 다음 찰나에 시작이 없다는 것은 사실 영원을 의미하고, 이는 곧 끝없이 다양한 만남의 가능성을 의미한다는 것을 거의 온몸으로 깨달았다. 그래, 모든 만남의 가능성 말이다. 보바와 내가 시작 없이 존재했다면 우리는 수없이 많이 서로의 아버지였고 서로의 어머니였을 것이다. 서로 사랑하고 미워했을 것이고, 최고의 친구였고 최악의 원수였을 것이다. 나는 여우였고 그는 발악하다 나에게 잡아먹힌 수탉이었다. 그는 늑대였고 나는 노루였다. 우리는 서로를 사냥했고 서로를 먹었고, 함께 '동성애 퍼레이드(Christopher Street Day)'에 참여했고 만취한 상태로 '몬스터 트럭 경주(Monster-Truck-Rennen: 험지

달리기에 맞게 개조된 사륜 구동 자동차 달리기 시합 – 옮긴이)'를 보며 고래 고래 소리를 질렀다. 나는 그의 버릇없는 강아지였고, 그의 갱단의 수하였고, 감옥 동기였고, 그의 사랑하는 아내였고, 그를 죽인 살인자였고, 그의 목숨을 살린 은인이었다. 우리는 펭귄으로 살면서 같이 어떻게든 날아보려 애썼고, 박테리아가 되어 배양 접시 안에서 나란히 꿈틀대며 빈둥거렸다.

이쯤 되면 서로가 편하고 서로를 잘 참아내는 것이 정말이지 당연하다. 그가 그의 천성에 충실해서 사랑스러운 여자 푸들의 꽁무니를 쫓는데 내가 왜 짜증을 내야 하나? 그 비슷한 일을 하고 있던 나를 그가 이미 열 번도 넘게 말리려 들지 않았을까? 어느 때 어느 삶에서 아무 보람도 없이 말이다.

그날 오후 나는 그 모든 것을 볼 수 있었다. 시작도, 끝도 없다는 것은 끝없이 많은 삶 속에서 끝없이 다양한 역할로 끝없이 서로 연결되어 있다는 뜻이다. 그리고 그 생각은 보바와 나를 넘어 이 세상의 모든 생명체에게로 나아갔다. 배고픈 개와 러시안 룰렛 게임을 하는 다람쥐, 지빠귀를 피하려 애쓰는 지렁이, 늘 머리를 흔드는 친절한 노부인, 통제 강박증이 있는 자칭 공원 관리

인, 이들 모두 수없이 많은, 수없이 다양한 방식과 조합으로 나를 만났을 것이다. 이곳에서든, 이 우주의 원인이 된 또 다른 우주에서든. 그리고 계속 나를 찾아올 것이다. 다시 그리고 또 다시.

내가 정말 그렇게 믿느냐고? 정말 솔직히 말하면 모르겠다!

하지만 치유를 부르는, 참 아름다운 생각인 것 같다. 최소한 나에게는 그렇다. 감상적으로 들리리라는 것을 잘 알지만 내 눈앞에서 그 모든 것이 선명해지던 그 순간 이미 오랫동안 알고 지냈고 앞으로도 영원을 함께 할 그 모든 존재에 대한 강한 사랑이 솟아났다. 그와 동시에 평소였다면 나를 짜증 나게 했을(예를 들어 공원 관리인!) 그 모두와 깊이 화해했다(과거 언젠가 나도 그들을 짜증 나게 했음이 너무도 자명했기 때문이다). 과거를 모두 기억할 수 있다면 우리는 서로 어떤 말을 하게 될까? 커피를 마시며 모든 존재와 수다를 떤다면…. 과연 쉽게 끝날 것 같진 않다!

지난 생이 어땠는지 기억하지 못하는 편이 나을지도 모른다. 지난 생 내내 주차 딱지와 펜으로 무장한 채 주차 위반 딱지만 발부하며 살았다면, 그렇게 욕만 먹었던 삶을 누가 기억하고 싶겠는가? 적어도 나라면 환생이 준 알츠하이머의 자비에 깊이 감사하겠다!

이미 말했듯이 삶이 정말로 그렇게 돌고 도는지는 잘 모른다. 어쩌면 이 모든 것이 사고의 유희일 뿐, 실제로 우리는 유일한 한 번의 생을 산 다음 영원히 사라질지도 모른다. 우리는 죽고, 불은 꺼지고… 끝!

그럼에도 티베트불교의 세계관은 모든 존재는 근본적으로 하나의 친족임을 이해하기 좋은 하나의 상징으로 삼을 만하다. 우리는 우리가 알고 있는 것보다 훨씬 더 깊고, 더 의미심장한 차원에서 하나로 묶여 있는지도 모른다. 어쨌든 우리의 육체는 모두 약 140억 년 전 폭발한 별들의 잔해들이 모여서 만들어진 요소들에서 나왔다. 그 요소들이 모여서 행성이 되었고 그 행성의 그 똑같은 요소들로부터 단세포 동물, 물고기, 양서류, 파충류, 공룡, 조류, 포유류, 영장류를 거쳐 마지막으로 우리가 생겨났다. 생명체는 태어나서 늙고 죽어 해체되고, 그 구성 성분은 자연에서 다시 이용된다. 죽은 생명체의 단백질과 무기질은 다른 생명체에 먹히고, 그 다른 생명체는 번성하면서 단백질과 무기질에 새로운 형태를 부여한다. 이런 과정은 계속된다. 죽음에서 생명이 나오고, 그 생명이 죽어 또 다른 방식으로 '다시 태어난다'.

세상을 자연과학적으로 이해하는 것이 편한 사람이라면 티베트불교의 환생 개념과 생명체의 과학적 생성 과정을 접목하여 우주적 생성과 소멸에 대한 상징적 설명으로 이해해볼 수도 있을 것이다.

불교적으로 사는 데 윤회와 환생 개념이 꼭 필요하지는 않다. 윤회와 환생 개념을 도덕성을 '강요하는 데' 쓸 필요도 없다(도덕적으로 살기 위해 이런 개념들까지 필요한 사람이라면 어차피 이 개념들도 소용없을 것이다!). 그런데도 이 개념들은 존재하는 모든 것들을 하나로 묶어주고 인간, 나무, 불쌍한 서커스단의 코끼리들, 도살장의 돼지들, 유기견 보호소의 개들 등, 이 모두가 그 어떤 방식으로든 우리의 일부임을 아름답게 보여준다.

나는 최소한 보바와 함께한 전생들만큼은 쉽게 상상할 수 있다. 적어도 보바는 그 정도로 나와 연결되어 있다. 또한 앞으로도 영원히 함께 한다고 해도 좋을 것이다.

보바는 자기 자신에 대해,
그리고 자신이 외부에 어떻게
보일지에 대해 전혀 생각하지 않았다.
적어도 자기 털을 빗는다거나 자진해서
욕조로 들어간 적은 한 번도 없다.
보바는 작은 치와와든, 한 덩치 하는
세인트 버나드든 가리지 않고 같이 놀았다.
보바에게 있어 함께 어울리기에
부끄러운 존재는 없었다.
보바는 다른 수컷 개와 같이
뒹굴며 노는 것도 할 수 있었다.
동성 연애를 혐오하여 즉시
비명을 지르며 도망치지도,
그런 상황을 정당화하지도 않았다.

뭘 지키고 있는 거야

찰나마다 무(無)에서
모든 존재가 떠오른다.
이것이 삶의 진정한 기쁨이다.

순류 스즈키(Shunryu Suzuki)

보바에게는 청소하는 습관이 있었다. 장난감을 잘 정리한다거나 내가 부엌을 맨발로 돌아다녀도 걱정 없을 정도로 자기 밥그릇을 깨끗하게 관리한다는 뜻은 물론 아니다. 아쉽게도 그건 아니었다. 그보다는 1980년대 미국 영화 속, 척 노리스가 즐겼던 경찰 순찰대 류의 청소를 좋아했다.

우리가 매일 몇 번이고 산책했던 공원에서 보바는 언제부턴가 '그 보안관'으로 통했다. 개 두 마리가 어디선가 싸우는 것 같으면 보바는 쏜살같이 달려가 그 사이를 비집고 들어갔다. 그러느라 이 개, 저 개를 쳐서 넘어뜨리기도 했지만 다들 조용했다. 보바는 평화를 사랑하는 털 달린 대포알이었다. 그래서 가끔은 진짜 거칠어 보이기도 했지만 아무도 다치게 하지는 않았다. 보바는 공격적인 행동은 그 싹부터 자르고 싶었을 뿐이다. 이미 싸움이 시작되었다면 어느 한쪽, 또는 양쪽 모두가 동물 병원 신세를 지기 전에 물고 뜯기를 멈추게 하려 했다. 그런 보바를 지켜보면서 나는 보바가 슈퍼맨 옷으로 갈아입을 수 있도록 공원에 전화 부스를 하나 설치해볼까도 싶었지만 그만두었다. 아무리 멋져 보이는 가면이라 해도 보바에게는 필요하지 않았다. 내면에서 우러나오는 그 훌륭한 품행만으로도 효과 만점이었으니까. 보바는 흔한 잡종 개였지만 큰 개들조차 즉각 겁먹게 하는 에너지와 힘이 있었다.

문제는 없었다. 우리 무대, 그러니까 우리가 다니는 공원에 록키가 등장하기 전까지는 말이다. 록키는 맹견인 마스티프와 도게의 잡종으로, 몸무게가 보바보다 두 배는 더 나가는 것 같았고 언뜻 보기에도 사슬만 두르면 고철 하치장의 경비견으로 딱일 것 같은 외모였다. 록키의 주인은… 흠, 뭐랄까? 자기 개를 '록키'나 '람보'라고 부르는 사람이 가질 만한 클리셰를 모두 충족시키는 사람이었다. 뒷머리가 긴 울프컷 헤어스타일, 콧수염, 금목걸이, 벌룬 패브릭 조깅 바지(품이 넉넉하고 발목 부분에 고무줄을 넣어 조인, 광택이 있는 원단으로 만든 조깅용 바지 – 편집자)까지. 정말이지 그런 사람이 현실에 존재한다는 것을 믿을 수가 없어서 어디 몰래 카메라가 숨겨져 있지 않나 찾아볼 정도였다.

이제 당신은 마스티프 – 도게 견과 그보다 훨씬 작은, 잡종 중의 잡종인 보바가 서로 물어뜯고 피를 튀기며 싸웠다는 이야기를 기대할지도 모르겠다. 그리고 정말 그렇게 기대했다면 실망시켜서 미안하다. 그런데 바로 그게 문제가 되었다!

록키와 그의 주인이 공원에 등장하기만 하면 공원의 공기에서 테스토스테론 냄새가 나는 것 같긴 했다. 그런데 록키는 포주처럼 당당하게 걷지 않았고 오히려 끌려 들어왔다. 그 주인의 60킬로그램어치 무거운 에고가 쇠붙이가 다닥다닥 붙어 있던 록키의 목줄에까지 퍼져 있었음에도 말이다. 둘은 전형적인 캐리커처 같은 모습을 하고 있었다. 문제는 록키가 그 주인이 (분명 체코 국경 근처 고속도로변의 휴게소 겸 주차장에서) 데려올 때 상상했던 것과는 매우 다른 개라는 점이었다. 록키는 양같이 순했으며, 킬러의 몸을 가졌지만 불안에 떠는 작은 기니피그 같았고, 주인이 자신에게 뭘 원하는지 전혀 이해하지 못한 채 요크셔테리어와 숨바꼭질이나 하고 싶은 개였다. 그리고 자신에게는 털끝만큼도 관심이 없는 보바가 저 멀리서 나타나기만 해도 벌러덩 누워서 낑낑거렸다. 록키가 그럴 때면 주인은 얼굴이 칠면조처럼 벌게져서 개를 다시 일으켜 세우려고 목줄을 당기며 험악한 말을 내쏟았다. 그럼 더 불안해진 록키는 저 갈색의 잡종견이 뭔가 대단히 무서운 개임에 틀림없다고 더 확신했다.

'지금은 살얼음판이니 꼼짝하지 말자. 그래야 안전해.'

록키에게는 좀 더 나은 보호자가 필요한 것 같았다. 하지만 나는 그런 록키가 불쌍했을 뿐 그 이상 별다른 생각은 하지 않았다. 그런데 일이 그렇게 쉽게 흘러가지는 않았다.

록키와 보바 사이에서 그 똑같은 연극이 열다섯 번쯤, 아니 스무 번쯤 반복 상연되면서 한두 달이 지났나 싶었던 어느 날, 록키 주인의 에고는 그 깊은 모욕감을 더는 참을 수 없었다. 자신의 개가 겁쟁이라면 최소한 자신은 그렇지 않음을 보여주어야 했다.

너무 가소로워서 말할 거리도 안 되지만 그는 공원을 걷고 있던 내 앞에 갑자기 나타나서 한 방 제대로 먹여주겠다고 협박했다. 진짜로!

그는 내 앞에 서서는 콧수염을 떨며 자기 개가 내 개의 행동 때문에 도무지 어쩔 줄 몰라 하고 있다며 미친 듯이 항의했다. 그러고는 내가 공원에 한 번만 더 나타나면 가만 두지 않겠다고 했다. 내 옆에 있던 보바는 지루하다는 듯 입맛을 쩝쩝 다셨고, 그러는 동안 록키는 당연히 또 벌러덩 누운 채 소심하게 우리 쪽을 힐끔거렸다. 그 벌룬 패브릭 조깅 바지와 대조되게도, 나는 솔직히 그냥 이게 무슨 황당한 일인가 싶었다. 그리고 랄프 리히터가 주연한 영화 〈탕 쾅 탕(Bang Boom Bang: 1999년 독일에서 개봉되어 큰 성공을 거둔 범죄 코미디 영화 - 옮긴이)〉의 장면들이 떠올라 웃음보가 터져버렸다. 내 웃음이 벌룬 패브릭 조깅 바지를 당황하게 만든 게 분명했다. 그는 할 말을 잃은 채 안면 근육 운동만 몇 번 시연했는데 그 모습이 마치 게임 캐릭터 '전사 잉어(Kampfkarpfen)'가 고혈압에 걸린 것 같았다. 보기 좋은 모습은 아니었기에 나는 가던 길을 계속 갔다.

돌이켜보니 지금이라면 그렇게 대응하지는 않았을 것 같다. 그런 상황에서 웃음을 터트렸다가는 자칫 봉변을 당할 수도 있다. 옥색 - 검은색 조합의 벌룬 패브릭 운동복을 껴입은 남자라면 나보다 더 몸싸움에 능할 게 분명하니 말이다. 하지만 아무 일도 일어나지 않았고 그 후로 록키도, 그 남자도 보지 못했다. 그들은 공원에 더 이상 나타나지 않았다.

그 후에 들어보니 남자는 록키를 파양했다는데 그리 놀랄 일은 아니었다. 물론 잘생긴 마스티프 - 도게 견인 록키에게는 정말 슬픈 일이다. 녀석은 주인이 자신에 대해, 나아가 주인 자신에 대해 갖고 있던 이미지에 호응하지 않고 다만 자기 자신이었던 것뿐인데 말이다. 그 후에 그 남자는 곧장 인도네시아산 코모도 왕도마뱀을 사서 두르고 함부르크 홍등가인 레퍼반(Reeperbahn)을 배회했을지도 모르겠다.

그런데 이 이야기는 재미있기도 하지만 사실 '위험을 자청하는 한 남자(나)'의 인생에서 일어난 단순한 이야기 그 이상의 의미를 내포하는 듯하다. 다름 아니라 이 이야기는 확실히 우리 모두의 이야기이기도 한 하나의 원형을 보여주기 때문이다. 우리는 모두 '누군가가' 되어야 한다고 믿는다. 굳건하고 독립적이면서 자족적이고 가능하면 영원한 그 무엇 말이다. 우리는 스스로 가면을 쓰고 특정 역할에서 정체성을 찾으며 "이것이 나야!"라고 확신하려 든다.

우리 에고에게는 그런 명확한 경계와 자기 정체성이 필요한 것 같다. 그래서 우리는 늘 자신이 이런저런 사람이라고 확신한다. 성공한 경영자, 거부할 수 없는 매력의 남/녀, 헌신적인 어머니, 환경운동가, 특정 분야의 전문가 등등. 기본적으로 불확실한 세상에서 이런 꼬리표를 많이 붙일수록 자신만은 점점 더 확실해지는 것 같다. 나머지 세상에 대해선 잘 몰라도 최소한 자기 자신이 누구인지는 아니까 말이다.

하지만 당연하게도 이런 자기 이미지는 너무 쉽게 부서진다. 경영자는 부도를 내고, 천하의 바람둥이는 가발과 비아그라를 검색하고, 헌신적인 어머니는 이제 다 커버린 아이들에게 거부당하고, 환경운동가는 스스로 만들어놓은 높은 척도에 무너지고, 전문가는 갑자기 처음부터 길을 잘못 들었다고 확신한다. 기본적으로 이들은 모두, 강한 사람이고 싶었던 공원의 그 남자와 별반 다르지 않다. 자신에 대한 이미지, 그리고 자신이 세상에 대해 갖고 있던 이미지를, 사랑스럽고 겁 많은 쪽에 가까운 자신의 개에 투사했던 바로 그 남자 말이다. 대부분의 경우 자기 이미지의 위협적인 파괴는 경계선의 강화를 부른다. 자기 안에 아무도 들이지 않고 바깥 세상을 철저히 배척하는 것으로 그나마 남아 있는 자기 이미지라도 어떻게 해서든 지키려고 드는 것이다. 그리고 공격적, 방어적, 이기적이 된다.

하지만 자기 이미지가 깨질 때 우리는 사실 감사해야 할지도 모른다. 바로 그 순간 우리 자신이 그동안 자신이라 믿어왔고, 또한 그렇게 믿게 만들었던 그 사람보다 사실은 훨씬 더 큰 어떤 존재임이 드러난 것이니까 말이다.

이 점에서 불교는 매우 사실적인 관점을 하나 제시한다. 다름 아니라 불교는 '나'를 나의 행동이나 결정, 좋아하는 것과 혐오하는 것, 경험과 인식은 물론이고 내가 받은 교육, 내가 속한 사회의 특성들, 내가 갖고 태어난 육체적 · 정신적 유산 같은 수많은 조건, 혹은 영향력의 집적, 혹은 합성으로 본다.

순류 스즈키는 "'나'라고 하는 것은 단지 우리가 숨을 들이쉬고 내쉴 때마다 앞뒤로 흔들리는 여닫이 문 같은 것이다."[16]라고 했다. 우리는 매 순간 죽고, 매 순간 태어난다. 모든 순간이 그 흔적이나 자취를 남기므로 우리는 매 순간 그 전 순간과는 다른 사람이다. 존재의 분명한 요체 같은 것은 어디에도 없으므로 찾을 수도, 이름 붙일 수도 없다. '나'는 없고 무아(無我), 즉 아나타(anatta)만 있다. 무아이므로 방어할 것도 없다. 그렇기 때문에 세상은 자유롭게 우리를 관통해 흐를 수 있다. 상처 입는 것은 특정 자아상을 갖는 에고뿐이다.

보바는 자신이 어떤 존재로 보이는지 전혀 신경 쓰지 않았다. 보바는 강아지였다가 자라면서 코를 하늘 높이 들고 여기저기서 살다가 이제 여기서 나와 함께 살게 되었다. 그뿐이다.

그런 의미에서 보바의 삶은 자기 존재의 요체를 공(空)으로 보았던 다른 대선사들과 다르지 않았다. 그들의 삶이 공허하고 무의미해서 국숫집에 앉아 마찬가지로 공허하고 무의미한 TV 리얼리티 쇼나 보았다는 뜻이 아니다. 자아로 존재하지 않았으며 그 무엇에도 의존하지 않았다는 뜻이다. 이들은 자신이 자기 자신이 아니라 수많은 것들로 존재함을 잘 알고 있었다.

보바는 단지 한 마리 개에 그치지 않았다. 보바는 애초에 그의 삶을 가능하게 했던 태양이었고, 비였고, 공기였다. 보바는 분명 개는 아니었던 기본 성분들, 말린 내장과 소시지와 물의 분자들, 장내 박테리아들, 쓸모를 다해 색이 바랜 삑삑이 공, 고양이에 대한 특이한 애정, 그리고 나에 대한 애정으로 존재했다. 빛이 보바의 눈 속으로 침투하면 그 광자가 보바 인식 체계의 일부가 되었다. 반경 10킬로미터 내에만 들어와도 냄새로 분명히 알 수 있었던 암컷 개들도 보바의 일부가 되었다. 보바는 주변 세상과의 교류를 끝없이 허락했던 투명한 막이었다. 보바에게는 내부와 외부의 구분이 없었다. 보바는 자기 자신에 대해, 그리고 자신이 외부에 어떻게 보일지에 대해 전혀 생각하지 않았다. 적어도 자기 털을 빗는다거나 자진해서 욕조로 들어간 적은 한 번도 없다. 보바는 작은 치와와든, 한 덩치 하는 세인트 버나드든 가리지 않고 같이 놀았다. 보바에게 있어 함께 어울리기에 부끄러운 존재는 없었다. 보바는 다른 수컷 개와 같이 뒹굴며 노는 것도 할 수 있었다. 동성 연애를 혐오하여 즉시 비명을 지르며 도망치지도, 그런 상황을 정당화하지도 않았다.

보바는 말 그대로 '아무도 아니었기' 때문에 당연히 모두가 될 수 있었다. 보바는 보호해야 하는, 자신에 대한 이미지를 단 하나도 갖고 있지 않았다. 보바는 에고를 상상해내지 않았다. 그러다보니 에고에 집착하지 않았고, 그래서 자유로웠다. 록키의 주인이 이런 자유를 언뜻이라도 볼 수 있었다면 모르긴 몰라도 그 착한 록키와 서로 최고의 친구가 되었을 것이다.

그러나 에고는 공원의 덩치들만이 아니라 참으로 놀랍게도 불교계에서조차 그 세를 맘껏 확장해놓고 있다. 다르마에 대한 책을 한 권 읽는다고 해서 지혜의 번갯불을 맞고, 그 즉시 에고를 몽땅 버리고 모든 걸 초월한 듯한 미소를 짓게 되는 일은 대체로 없다. 물론 좋은 일이지만, 주말에 열리는 불교 워크숍에 참석한다고 해서 금방, 또 반드시 어른이 되는 것도 아니다. 몇 년 동안 명상을 해도 놀라울 정도로 납작해진 엉덩이 외에는 그다지 달라진 게 없다고 말하는 동시대 사람들도 많다. 그런데도 자칭 무슨 무슨 선사라는, 이른바 스승들이 툭하면 나타난다. 그렇게 그럴듯한 이름을 붙여야 헌신적인 제자들을 모으기도 수월하고 돈도 많이 벌기 때문이다. 자칭 선사라는 사람들이 얼마나 많은지는 놀라울 정도이다. 그들은 그런 칭호로 치장한 에고와 판타지 가득한 이력으로 추종자를 최대한 모으려 든다.

그중에는 언뜻 보면 진짜인 것 같은 사람도 많다. 어떤 대선사의 가르침을 받아 법의 전승자가 되었다는 등의 소리를 들으면 말이다. 전승자가 되었다는 말은 역사 속 붓다로 거슬러 올라가는 법통을 계승했다는 뜻이다. 하지만 그 사람이 수행했다는 사찰에 가서 물어보면 그곳의 스님들은 그의 이름을 들어본 적도 없다고 하거나 잠시 같이 수행한 적은 있으나 전승자로 지명된 적은 없다고 한다. 아니면 갑자기 어떤 대선사의 사촌이나 조카가 되어 전승자로 지명되기도 한다. 어쨌든 지명되기만 하면 다른 '붓다 전문 사업체'에 취직하기 쉽기 때문이다. 서로 끌고 밀어주는 행태는 바이에른 주 지방 정치에만이 아니라 명상 홀에서도 일어난다. 여기서도 속아서는 안 된다.

예를 들어 '시카(shika)'라는 멋지게 들리는 칭호도 아주 흔하다. "오호, 저 사람은 심지어 시카라는군." 누군가 호의를 가득 담아 당신에게 은밀히 속삭일 것이다. "얼마 안 가 곧 깨닫겠어!" 하면서 말이다. 하지만 시카란 원래 사원에서 손님 시중을 드는 사람, 여인숙 매니저 같은 사람임을 안다면 그 사람이 그다지 대단해 보이진 않을 것이다.

'자아'를 없애기 위해 선불교라는 샌드 페이퍼(사포, 연마지)를 갖고 수년을 보냈는데 결국 그 샌드 페이퍼로 자아에 광택만 내고 인정받고 싶은 마음, 뽐내고 싶은 마음은 건드리지도 않았다면 애초에 도대체 얼마나 강한 에고를 갖고 있어야 할까? 그저 놀라울 따름이다.

참고로 일본 선불교는 행정 절차로 따지면 독일 세무청 저리가라 할 정도로 강박적이라 할 만하다. 거의 모든 일에 필요한 서류가 있고 공식적인 허락을 받아야 한다. 법을 전수할 인물을 지명하는 데조차 증명서가 있다. 그러니까 전화해보라. 물어봐서 손해볼 건 없다!

스승의 자질을 전혀 갖추지 못했지만, 수년 동안 아무 소득도 없는 면벽 수행을 했다는 이유만으로 스스로 스승이 될 자격을 부여하고는 제자들과 의존관계, 혹은 그보다 더 나쁜 관계를 만드는 사람들이 너무도 많은데 과연 누구를 신뢰할 수 있겠는가? 선불교 공동체를 찾아가려 한다면 나는 가까운 동물 보호소로 가보라고 권하겠다. 개들은 선불교 스승 자격증을 처음부터 갖고 태어난다. 네 다리로 서서 혀를 내밀고 있지만 모든 존재를 평등하게 대하고, 늘 털을 떨어트리지만 자신의 지혜를 아무런 대가 없이 전수해준다. 권력 관계에 관심이 없고 자신의 존재 자체로 깨달음을 준다. 어디서든 명상하며 되지도 않는 법석은 떨지 않는다. 정말 그렇다! 말이 없는데도 걸어 다니는 공안 그 자체이다! 그리고 자신의 에고보다 당신에, 그리고 당신의 기쁨에 더 관심이 있다!

진짜 솔직히 말해보자. 당신은 이 이상 뭘 더 바라는가?

개는 적지 않은 선불교 스승들이 그토록 얻기 위해 분투했던 것들에는 분명 아무런 관심이 없다. 제자가 자신의 생계를 책임질 거라고 말도 없이 단정해버리기는 하지만, 단지 밥과 약간의 간식, 가끔 수의사에게 데려가주는 것과 잠자기 좋은 푹신한 방석 정도만 원할 뿐이다. 선불교 팝스타 스님들이 애용하는 비행기 일등석, 별 네 개 호텔, 화려한 리무진과 비교하면 이 얼마나 저렴한가.

거기다 개는 당신이 끊임없이 찬양해줘야 하고 기꺼이 복종해줘야 하는 에고도 전혀 갖고 있지 않다. 개는 당신이 자신의 가르침을 받아들이고 실천하는지, 아니면 그냥 자신과 함께 행복하기만 한지에도 관심이 없다. 개는 조건 없는 사랑의 끝없는 물결이고 '모든 벚꽃이 완벽한' 찰나의 지혜이다(영화 〈라스트 사무라이〉를

봤다면 무슨 말인지 잘 알 것이다). 게다가 개는 자신에 대한 '헌신'을 증명하라면서 성적인 호의를 요구할 가능성도 백 퍼센트 없다. 욕구불만을 느낀다해도 당신의 소파를 물어뜯는 정도로 만족할 것이다. 그것도 그리 유쾌한 일은 아니라는 것은 인정한다. 하지만 당신 자신이 그 소파가 되는 것보다는 낫지 않겠는가?

그러므로 나는 더는 헤매지 말고 네 발 달린 스승에게 기회를 주기를 권할 뿐이다. 동물 보호소에 가보면 젊거나 나이가 지긋하거나 크거나 작은 스승들이 많다. 당신이 제대로 보기만 하면 지금 당신에게 필요한 존재가 다가와줄 것이다. 지금 당신 인생이 스트레스로 가득하다면 쓰다듬기에 환장한 크고 푹신한 존재가 나타나 당신과 조용히 산책할 것이고, 그 존재와 함께 어느 여름날 밤 달이 뜨는 것을 보게 될 것이다. 당신이 게을러지기 쉬운 사람이라면 운동을 광적으로 좋아하는 작은 존재가 좋을 것 같다. 이 존재는 아침 6시면 당신의 이불을 물어 내릴 것이고 목줄은 이미 갖다 놓았을 것이다. 모든 것이 정돈되어 있어야 하고 좀처럼 풀어지지 못하는 사람이라면 혼돈의 왕 같은 개가 참으로 이타적이게도 세상을 너무 진지하게 살지 말라고 충고해줄 것이다. 꼬맹이 치와와라면 마음의 크기와 몸의 크기가 서로 비례하지 않음을 증명해줄 것이고, 아이리시 울프 하운드는 그 거대함에도 불구하고 당신의 무릎에 앉으려고 해서 당신을 깜짝 놀라게 할 것이다. 래브라도는 세상에 미친 듯이 기쁘게 갖고 놀지 못할 건 없다는 걸, 정말 하나도 없다는 걸 확인시켜줄 것이다.

개들이 그렇다. 그런 개가 당신의 집 현관문 안으로 들어오는 순간부터 빠르게 모든 것이 변할 것이다. 물론 당신에게 좋은 쪽으로 말이다. 가끔 힘들고 곤란한 순간이 찾아오기도 하겠지만 모든 것은 당신에게 좋은 쪽으로 변하고 있음을 금방 또 알아차릴 것이다. 니체가 낡고 낡은 것은 다 타파한 '망치의 철학자'였다면 개는 '전기톱을 가진 명상 스승'이다. 이전의 것은 아무것도 남아 있지 않을 테고, 그래서 그대로 좋다. 우리는 살면서 때때로 완전히 뒤집어볼 필요가 있다. 우리 인생이 지루한 일상으로 굳어지지 않게. 이것이 선(禪)이냐고? 이것이 선이 아니라면 무엇이 선이란 말인가!

와, 또 밥이야!

진정한 만족

개를 절반쯤 인간으로 만들려 하지 않고
스스로 절반쯤 개가 되어볼까 하는 생각이 들면
그때부터 개와 함께 하는 삶이 즐거워질 것이다.

에드워드 호아그랜드(Edward Hoagland)

몇 년 전, '만족'을 주제로 한 원고를 하나 정신세계 전문 출판사에 투고한 적이 있다. 그 출판사의 사장은 솔직함과 합리적이기가 남달랐던 사람인데 이렇게 말하며 출판을 거절했다.

"그걸로는 부족해요. 독자들은 만족 이상을 원한답니다…."

당시에는 '무슨 그런 말도 안 되는….' 싶었는데 지나고 보니 젠장! 정확한 지적이었다. '더 높이, 더 빨리, 더 멀리'를 추구하는 주류 정서와는 거리를 두며 영성과 정신세계를 추구하는 사람들조차도 표면만 다를 뿐 자신들이 비판하는 것들과 크게 다르지 않다. 오히려 매우 비슷한 자세로 거듭 빠지거나 더 심하게는 그 자세를 견지하곤 한다. 자신을 정신적이라고 보는 사람이라면 큰 집, 큰 자동차, 글로벌 주식형 펀드 같은 것에 관심이 많음을 인정하지 않을 것이다(물론 원하는 것은 무엇이든 우리 우주에 주문할 수 있게 된 후론 인정하는 사람도 많지만). 하지만 영원한 행복은 염원해도 된다고 생각한다. 최대한 이국적인 그림으로 위장한 '비법 전수'를 통해 얻을 수 있는 그 행복 말이다.

배만 부르면 몇 시간이고 늘어져 있고 창문에 어른거리는 햇살을 관찰하는 것만으로도 만족하는 보바 같은 스승이라면 오늘날 구도자들의 마음에는 그다지 만족스럽지 않을 것이다. 이제는 주말 수행 워크숍에서 대부분 기본 레퍼토리가 된 것들을 보바는 대부분 할 수 없다. 예를 들어, 보바는 뇌를 어떻게든 조작해 양자 세상으로 들어간 다음, 자신의 두 발을 아픈 사람의 몸에 올려놓는 것으로 그 사람을 치유할 수 없다. 천사나 외계인과 접속한 다음, 일일 달력 속 문구 같은 지루한 격언을 받아 적게 할 수도 없다. 저승에서 보내주는 정보를 받지도 못하므로 돌아가신 오토 삼촌이 나는 참 잘 있으니 걱정하지 말라고 할 일도, 그 삼촌의 온 가족 친지들이 머리를 조아리며 울며불며 고맙다고 할 일도 없다. 게다가 지금의 놀라운 영성 세상에서 경력을 키워나가기에는 절대적인 제명 조건에 해당하는, 치명적인 단점이 하나 있었으니 바로 보바가 육식을 한다는 점이었다(최소한 유니콘이라도 쫓아다녔다면 일말의 가능성이라도 있었으련만, 그럴리가! 보바는 불쌍한 새끼 토끼를 쫓아다니는 것으로도 대만족이었다)!

그러니까 오늘날 기준에서 보바는 스승으로서 많이 부족했고, 대단한 약속 같은 것도 전혀 하지 않았으며, 자신을 포장할 줄은 더더욱 몰랐다. 보바에게 산책은 산책일 뿐, 인생을 완전히 바꾸는 변신 여행이 아니었다. 공놀이도 공놀이일 뿐, 발명가 니콜라 테슬라가 자신의 작업실에서 두들겼다는 기묘한 기적의 공이 아니었고, 그 공을 이용한 다이내믹 치유의 시간도 아니었다. 언어는 어차피 보바에게 아무 의미가 없었고 잘 팔리기 위해 눈 가리고 아웅 식으로 만든 듣기 좋은 칭호들은 더더욱 아무 의미가 없었다. 낮잠은 낮잠일 뿐 어떤 사람들이 주장하듯 고대 이집트 사원에서 그랬다는, 깨달은 자의 특이한 가르침이 아니었다.

보바의 가르침은 정말이지 그리 대단한 것이 아니었다. 가르치는 방법도 마찬가지였다. 보바는 기본적으로 매 순간 만족했고 즐겼고 그래서 빛났을 뿐인데 이것이 나에게 늘 효과가 좋았다. 보바는 삶에서 바라는 것이 그다지 없었으므로 인간이라면 절망에 빠질 무수한 상황에서도 평정심을 유지하며 만족할 수 있었다.

평생 매일 똑같은 음식만 받아먹어야 한다고 생각해보자. 매일 점심때가 되면 누군가 나타나 말 한 마디 없이 소시지가 들어간 죽과 소금물에 삶은 감자를 툭 던져주고 간다. 매일 그 똑같은 일이 가차 없이 일어난다. 그렇게 몇 년을 보낸 후에도 먹을 걸 받는다는 것만으로도 진심으로 기뻐할 사람이 있을까? 별로 없을 것 같다. 오히려 어느 날부터 그 접시를 벽에 던져버리고는 왜 나냐고, 왜 '나에게' 이런 무자비한 일이 일어나야 하느냐고 따지기 시작할 것이다. 하지만 보바는 눈 위의 굴뚝새처럼 언제나 폴짝폴짝 뛰며 좋아했다.

"아! 좋아, 좋아! 또 밥때가 왔군! 내가 제일 좋아하는 음식이 잖아!"

보바는 밥투정을 단 한 번도 하지 않았다. 물론 인정하건대 보바라면 오븐에서 저온으로 천천히, 부드럽게 익힌 유기농 연어에 초록 아스파라거스를 곁들인 요리나 레몬 호두 무스를 올린 송아지 볼살 요리도 분명 마다하지 않았을 테지만 20킬로그램 자루에 든 닭 건조 사료도 아주 좋아했다. 그것도 늘 언제나!

가득 찬 밥그릇을 받을 때마다, 날씨가 좋든 나쁘든 밖으로 나갈 때마다, 그리고 빽빽이 공을 향해 수천 번 넘게 달려갈 때마다, 혹은 내가 몇 분 정도 귀 뒤를 만져줄 때마다 꼬리를 흔들며 기뻐하고 즐기는 그 개를 나는 보았다. 그리고 그와 한참 대조되는 나의 욕구들을 보았다. 오늘은 먹고 싶지만 내일이면 쳐다도 보지 않을 것들, 수없이 많은 책과 CD, 옷장에 가득한 옷, 그리고 영화, 술집, 피트니스 클럽 같은 여가 거리, 운동복, 등산화, 실내용 운동화, 평상시용 신발, 결혼식 겸 장례식용 구두 등등.

금수저 대학생과는 거리가 멀었지만 내가 사실은 얼마나 풍족하게 살고 있는지, 그런데도 얼마나 불만인지 돌아보게 되었다. 솔직히 말해 당시 나의 인생은 내가 상상했던 것과는 상당히 거리가 멀었다. 냉온탕을 오가던 학과 공부는 악몽과 발작적인 웃음을 번갈아 선사했고 야간 아르바이트는 그곳에서 쌓을 수 있었던 그 모든 인생 경험만큼이나 힘에 부친 것도 사실이었다. 희망을 비롯한 온갖 감정의 쓰나미 속에서 시작하곤 했던 연애는 명백하게도 존재하지 않는 그 어떤 것을 갈망한 탓에, 늘 몇 년 안에 끝나고 말았다. 그리하여 밤샘 아르바이트를 끝내고 돌아온 아침이면 나는 어느새 자신에게 무언가 보상을 내리고 있었다. 하룻밤을 다시 한 번 참아낸 나에게 새 CD나 새 책을 선물로 주곤 했던 것이다. 당연히 그래선 안 되는 것이었기에 나는 그렇게 써버린 돈을 보충하기 위해 또 밤샘 아르바이트를 꾸역꾸역 나가야 했다. 다른 사람이 보면 상당히 멍청한 짓거리가 아닐 수 없었지만 정작 나 자신에게는 당연했고 이해할 만한 일상이었다.

그런데 내 네 발 달린 스승을 자꾸 보고 있자니 나도 만족감과 물질은 전혀 관계가 없음을 인정하지 않을 수 없었다. 이런 말은 물론 그전에도 수백 번 들었고 또 읽었지만 진짜로 각성하지는 못했었다. 당시 내가 사 모으던 정신세계에 관한 책이라고 하더라도 소비는 나를 행복하게 만들지 못했다. '정신적 소비'도 '보통의 소비'와 다를 바 없었다. 양자 수준의 무지개색 페가수스의 시각화가 에로틱한 상상, 혹은 전지전능한 신이 되는 상상과 크게 다르지 않은 것처럼. 어떤 소비든 소비로부터는 어차피 만족감도, 충만감도 얻지 못한다. 이런 것들은 현대 사회에서 인간으로 사는 한 어쩔 수 없이 받아야 하는 내면의 상처를 반창고로 잠시 가려주는 정도이다. 그 반창고를 떼고 나면 상처는 상처대로 남고 끈적끈적 잘 지워지지도 않는 반창고의 흔적까지 덤으로 얻게 된다.

"우리를 정말 만족하게 하는 것은 만족뿐이다."

밤새 진탕 마신 다음날 아침 화장실에서 조주 선사가 떠올렸음직한 공안 같지만, 생각해볼 만한 말이다. 만족감은 사실 우리 인생에 무언가를 더해서 얻을 수 있는 상태가 아니라 일종의 원칙에 가까운 하나의 자세이다.

보바는 가장 좋은 의미에서 단순한 인간으로 살았던 선사들, 그들 이전 도인들의 전통 그 선상에 서 있었다. 이들은 가진 것에 만족했고 순간에 머물 수 있었다. 무언가를 잃을까 봐 전전긍긍하지도, 무언가를 성취하리라는 희망 하나로 하루하루를 꾸역꾸역 살아가지도 않았다. 당시 사람들과 비교해도 이들은 가난했고, 현대 서양에서 사는 우리와 비교하면 최저 생계비도 못 되는 돈으로 살았다. 그런데도 이들은 행복하게 사는 능력만큼은 우리보다 훨씬 앞서 있었던 것 같다. 중국과 일본의 옛 시화도에 자연이 꼭 등장하는 것만 봐도 당시 동양의 관조적인 사람들은 자연에서 기쁨을 찾았던 것이 분명하다. 이 그림들은 무엇보다 자연이 변화함을, 모든 것이 흘러감을, 그리고 모든 것에 그것만의 아름다움이 있음을, 그 아름다움은 깊이 들여다봐야만 알 수 있음을 거듭 말해주고 있다.

그리고 깊이 들여다보는 사람은 그 아름다움만이 아니라 자신도 그 아름다움과 떼려야 뗄 수 없음을 보게 된다. 자신이 이 세상의 중요한 부분이고 자신이 없다면 이 세상은 그만큼 덜 아름답고 덜 다양해질 것임을 알게 된다.

나는 보바가 지금 여기 이곳에서 얼마나 만족하고 행복해하는지 매일 보았다. 보바는 너무도 당연하다는 듯 자신의 자리를 찾았고 이를 받아들였다. 그리고 그곳에서 자신이 잘하고 있는지, 혹은 사랑받을 자격이 있는 존재인지 절대 묻지 않았다. 또한 자신이 혹시 방해되지는 않는지, 자신이 그곳에 있을 권리가 있는지 묻지 않았다. 많은 인간을 불행하게 만드는 그 모든 질문을 보바는 절대 하지 않았다. 자연과 보바 사이에는 아무런 차이가 없었다. 자연에 과함도, 무가치한 것도 없듯이 보바도 그 자체로 좋았으며 자신만의 가치를 누군가에게 호소할 필요도 없었다. 우리 모두도 마찬가지다. 그런데도 이 사실을 우리는 좀처럼 알아차리지 못한다. 동양의 지혜 방면에서 나에게 가장 설득력 있는 스승인 앨런 와츠는 이렇게 말했다.

> 제대로 보면 우리 모두 나무, 구름, 일정하게 흘러가는 물, 불꽃, 하늘 위 행성들의 움직임, 은하수의 모양과 똑같이 놀라운 자연적 현상임이 보이기 때문이다. 우리는 모두 바로 이런 현상들이고, 그렇게 우리는 지금 있는 그대로 괜찮다.[17]

이 말을 정말 제대로 이해하고, 머리로만 아는 것이 아니라 진짜 그렇게 느끼고 싶다면 내 경험상 개 한 마리와 같이 살면서 같이 명상해보는 것만큼 좋은 방법도 없다. 공원에서 할 일 없는 사람처럼 태연히 자연을 바라보는 것만으로도 우리는 성공한 삶, 행복한 삶을 위해 필요한 것을 모두 배울 수 있다. 여기 이 공원의 낡은 벤치에 앉아서 우리 네 발 달린 동행자의 존재 그 자체로부터 순간에 사는 법을 배울 수 있다. 우리 자신을 포함한 모든 것이 그 본연의 자연 상태에 맞게 변하고 있는 그 순간 말이다.

이제 우리는 나무들에 둘러싸여 바람 소리와 털 달린 평안한 친구가 내는 짭짭 소리, 새소리를 들으며 모든 숨이 그 순간의 모든 것과 연결되는, 본래의 도(道, 삶) 속에서 평안해하고 만족한다.

그리고 거기 그렇게 앉아 아무것도 하지 않고 그 무엇도 바라지 않고 그 무엇도 쫓지 않으며 단지 세상의 일부로 존재할 때 비로소 우리는 알게 된다. 우리를 정말로 만족하게 하는 것은 만족뿐임을 말이다.

료칸 선사는 단순한 삶과 자신이 삶의 동반자로 삼았던 만족하는 자세에 대해, 현대 사회를 향한 경고처럼 들리기도 하는 다음과 같은 말을 남겼다. 이는 많은 생각을 하게 한다.

> 내 오두막은 울창한 숲 한중간에 있네.
> 매년 담쟁이는 더 높이 올라가고
> 가끔 나무꾼이 나무하는 소리가
> 시가 되어 들려올 뿐
> 인간사 소식은 전혀 찾아오지 않지.
> 햇살이 비치면 나는 내 옷을 깁네.
> 달이 뜨면 경전을 읽고.
> 친구들이여, 보고할 것이 없네그려.
> 의미를 찾고 싶다면,
> 너무 많은 것들을 쫓아다니는 짓일랑 그만두게나.[18]

이 게송이 실려 있는 게송집은 료칸의 단순하면서 소유물이 전혀 없다 싶은 삶을 강조하는 "주발 하나, 옷 한 벌"이라는 제목을 갖고 있다. 나는 보바와 함께 이사할 때마다 이 제목을 떠올리곤 했다. 책과 옷, 주방 도구들을 비롯한 나의 수많은 물건들은 상자 몇십 개로도 모자라지만 보바의 물건은 쌀 것도 없었다. 기껏해야 밥그릇과 물그릇(보바는 웅덩이 물을 더 좋아하기 때문에 물그릇은 거의 건드리지도 않았다), 삑삑이 공, 프리스비, 그리고 담요 하나가 전부였다. 참으로 조촐하기 짝이 없다. 이삿짐을 옮기느라 등이 휘고 팔이 쭉쭉 늘어날 때마다 나는 보바와 료칸처럼 살기를 바랐다. 그리고 늘 그렇듯, 보바는 이런 나의 바람을 그 누구도 따라 할 수 없는 자신만의 방식으로 지지해주었다.

나에게는 작은 호텔을 경영하여, 친척 중에 유일하게 어느 정도 부유하게 살았던 삼촌이 있었는데 이 삼촌이 호텔에서 쓰던 머리받이가 달린 오래된 안락의자를 하나 물려주었다. 거대하고 아름다운 이 의자는 요즘은 제작하려야 할 수도 없는 것이었다. 30년이 지나도 새것 같은 쿠션에 짙은 녹색 천을 씌운 좋은 나무로 만든 의자였다. 내가 가진 가구 중에 가장 값비싼 것이었으므로 이케아 책장 일색인 내 아파트에서는 필요 이상으로 두드러질 수밖에 없었지만 나는 그 안락의자를 사랑했다. 거기에 편하게 들어앉아 좋은 책을 읽을 때가 세상에서 제일 좋았다. 이쯤에서 당신은 이미 이 이야기가 어떻게 전개될지 예상했으리라. 강조하건대, 보바는 그때까지 단 한 번도 무언가를 망가트린 적이 없었다. 보바는 착한 행동의 화신이었고, 개의 몸을 한 영국 신사였다. 물론 불교를 가르친 경험이 풍부한 신사 말이다.

어느 날이었다. 나는 다시 한 번 학교에 가서 학업을 계속할지 말지 고민해보았는데 그 일이 생각보다 좀 오래 걸렸다. 그리고 집에 돌아와보니 내가 없는 동안 칭기즈칸의 기병대가 내 아파트를 습격했음이 분명했다. 용감한 보바는 하필이면 내가 없을 때 일어난 그 상황에서 믿을 수 없이 좋은 카르마 덕분에 살아남은 것 같았다. 보통은 현관문 앞에서 나를 반기던 보바가 그날은 온 거실에 흐트러져 있던 짙은 초록의 작은 천 조각들 한가운데에서 승리를 확신하듯 당당하게 앉아 있었다. 나무 틀과 스프링을 다 드러낸 안락의자는 앙상하기 짝이 없었다. 누군지 모르겠지만 꽤나 애를 쓴 것 같았다. 이빨과 발톱에 의해 갈기갈기 찢겨 나갔던 그 모든 것들은 아파트 절반에 걸쳐 골고루 분포되어 있었다. 천이고 쿠션이고 어찌나 갈기갈기 찢어졌던지 내 손바닥보다 넓은 조각이 하나도 없었다. 보바는 그런 자신의 능력이 자랑스러웠나보다. 좀 피곤해 보이기는 했지만(당연한 거 아닌가?) 내 안락의자의 가련한 잔해물들 속에 앉아 죄 없는 어린 양 같은 표정을 하고 기분 좋게 헥헥거리며 나를 쳐다보는 모습이 그보다 더 행복해 보일 수 없었다.

나는 보바가 내가 없는 동안 대체 무슨 짓을 한 건가 싶었다. 안락의자를 매머드, 자신은 검치호랑이라고 여기고 한바탕 놀았던 걸까? 네 발 달린 해적이라도 되어 적들이 타고 있는 초록 배로 살기에 차 쳐들어가기라도 한 걸까? 귀퉁이나 한번 갉아볼까 하고 은밀하고 조심스럽게 시작했는데 봉긋하고 팽팽한 쿠션을 뜯는 느낌이 너무 좋아 계속하다보니 어느새 휑하니, 자기보다 두 배는

무거웠을 그 가구에 더 이상 남은 게 하나도 없게 된 걸까? 진실은 아무도 몰랐다. 나는 내 집 거실에 당황한 채 서 있었다.

하지만 이미 엎질러진 물이었다. 벌써 몇 시간이나 지난 일을 두고 개에게 불평을 늘어놓자니, 혹은 어떤 식으로든 벌을 주자니 어쩐지 싱거운 느낌이 들었다. 무슨 소용이 있겠는가? 악의 없이 슬쩍 건드려보았을 뿐인데, 그 초록 괴물이 너무나 쉽게 굴복해버린 작금의 사태에 보바 자신도 깜짝 놀라고 있음이 분명했다.

나는 최소한 다음 이사의 수고로움은 많이 덜게 되었다 생각하기로 했다. 그리고 마지막 잔해까지 쓸어 담아 지하실의 쓰레기통으로 보내고 나자 넓어진 거실의 모습이 눈에 들어왔다. 사실 거실이 더 쾌적해진 것 같았다.

"거봐, 잘했지?"

소유물 개념이 없는 존재만이 이렇게 말할 수 있을 것이다. 하지만 내가 헐크로 돌변해서 보바의 밥그릇을 깨부수는 것으로 복수했더라도 보바는 마찬가지로 태연했을 것이다.

"이제 바닥에 놓고 먹으면 되지, 문제없어!"

그래서 나는 그냥 보바와 함께 공원으로 갔다. 그리고 그 사건이 한 번으로 끝나기를 기도했다. 우리는 프리스비를 갖고 놀았는데, 보바는 안락의자를 해체한 후임에도 불구하고 놀랍게도 혈기왕성했다. 미친 듯이 달리며 노는가 싶더니 갑자기 목이 아주 많이 마른 듯, 프리스비를 입에 문 채 근처 개울로 달려가 물을 마셨다. 당연히 보바의 입에서 떨어진 프리스비는 개울물 바닥의 진흙 속으로 가라앉아 버렸다.

사라져가는 프리스비를 내려다보는 보바의 멍청한 표정이라니, 무척 흥미로웠다. 하지만 어찌나 금방 단념해버리던지, 그 점이 더 흥미로웠다. 어쨌든 이제는 좀 쉴 때였다. 그래서 우리는 오후의 햇살 아래에 앉았고 곧 꾸벅꾸벅 졸기 시작했다. 레이먼드 스멀리언(Raymond Smullyan)의 말처럼, 개들은 "아침부터 밤까지 멈춤 없이 도(道)의 물결 속에서 수영하고" 있는 것 같다.[19] 보바가 그것이 사실임을 또 한 번 증명해주었다. 안락의자도, 프리스비도 과거일 뿐이다. 더는 어쩔 수 없는 것들을 돌아보고 절대 후회하지 않는다. 내가 내일 당장 나가서 새 프리스비를 사다줄 거라고도 생각지 않는다. 그리고 나한테서 용돈을 받더라도 나에게 새 안락의자를 사줄 생각은 꿈에도 하지 않을 것이다. 보바는 내일에 대해서도 어제만큼이나 관심이 없다. 중요한 것은 가장 친한 친구와 함께 하는 바로 지금 이 시간일 뿐이다. 보바는 바람에 흔들리는 풀잎을 그네 삼아 타고 있는 벌레들을 관찰하고, 나는 공원 벤치에 늘어져 편하게 쉬고 있는 바로 지금 이 시간 말이다.

숨이 저절로 들고 나간다. 나는 아무것도 할 필요가 없다. 내 아랫배는 내 숨에 맞게 올라갔다 내려가고 내 심장도 뛴다. 거위 두 마리가 꽥꽥거리며 지나간다. 산뜻한 라일락 향기가 편안한 바람에 실려오고 나는 공기가 따뜻해졌음을 느낀다.

그 순간 모든 것이 적절했다. 모든 것이 자신이 속하는 곳에 있었고 나는 말 그대로 무산자(無産者: 가진 것 없는 자)였다. 무엇을 얻으려 하지도, 추구하지도, 지금의 나와 다른 사람이 되려 하지도 않았다. 보바가 나에게 눈을 찡긋해 보인다.

"어이! 우리를 정말 만족하게 하는 것은 만족뿐이라니까, 안 그래? 물론 닭고기는 마다하지 않겠지만!"

공 좀 던져줄래?

인생은 괴로운 게 아니야

개는 기쁨의 화신이다.

헨리 워드 비처(Henry Ward Beecher)

자신이 아무것도 아닌 듯 느껴지는 20대 초반, 우리가 실존주의자가 되는 것은 당연하다. 무의미로 가득한, 질식할 것 같은 세상에 저항하며 삶에서 옳고 좋은 것은 하나에서 열까지 스스로 구축해야 한다 생각한다. 사르트르, 카뮈, 보부아르, 하이데거 아저씨, 나아가 라캉과도 한 패거리가 되고, 연애마저 정신 분석의 차가운 불빛에 비춰보다보면 좌초한 삶과 인간에 대해서만 끊임없이 천착하게 된다.

바로 이때 시기적절하게 붓다가 나타난다. 적어도 진짜 명상이 무엇인지 모르는 동안에는 그런 것 같다. 이것을 로버트 서먼(Robert Thurman)은 다음과 같이 요약했다.

> 불교의 가르침은 마치 붓다가 다른 불평가들과 마찬가지였던 것도 모자라 그 으뜸인 것처럼 잘못 전달되었다. "인생은 괴로움[苦]이다. 그러니 괴로움에서 벗어나기 위해 노력해라."라고 붓다가 말했다고 한다. 이 얼마나

> 암담하고 슬픈 말인가! 그런데 붓다는 그렇듯 피할 수 없는 고난과 불행으로 우리를 저주한 적이 없다. 사실 그 반대이다. 붓다는 모든 생명체가 따를 수 있는, 고통에서 완전히 벗어나 계속해서 탁월한 기쁨을 느끼게 하는 법을 발견했고 선언했다.[20]

"인생은 괴로움이다."는 붓다가 공식화했던 사성제(四聖諦: '네 가지 성스러운 진리'라는 뜻 - 옮긴이) 중 그 첫 번째에 지나지 않는다. 이것만 보면 붓다의 법이라는 것도 또 다른 허무주의이자 현실 도피주의에 지나지 않는 것 같다. 세상은 끔찍한 곳이고 결국 모두가 고통받게 되어 있다. 그러니 당장 떠나라! 하지만 진실은 하나가 아니라 네 개이고, 붓다의 심중을 제대로 이해하려면 네 가지 진술을 모두 같이 숙고해보아야 한다. 그럼 금방 알아차릴 것이다. 이 '사성제'가 그 어떤 독단을 가르치는 것이 아니라 인생의 흐름을 말하고 있고, 그 흐름에 반하지 않고 따르는 것에 진정한 자유가 있음을 말한다는 것을.

붓다는 두 번째 진술에서 괴로움이 일어나는 법을, 세 번째 진술에서 그 괴로움을 없애는 길이 있음을, 그리고 네 번째 마지막 진술에서 그 소멸 방법에 대해 설명한다. 붓다는 괴로움이 아니라 불필요한 괴로움에서 벗어나 자유롭게 되는 길을 가르쳤다.

나는 여기서 불교의 기본적인 이론을 설명하는 것으로 당신을 지루하게 할 생각은 없다. 다만 '네 가지 성스러운 진리'라는 말 자체가 좀 그런 면이 없지는 않지만, 붓다 자신은 이 진술로 그 어떤 교리를 제시하려던 게 아니었음은 분명히 해두고 싶다. 아주 보통의 인간이었던 붓다 자신은 자신의 알아차림을 절대 '성스러운 진리'라 명명하지 않았다. 경외심을 요구하는 '성스러운'이란 말은 가능한 모든 비판을 그 싹부터 잘라버린다. 이 이름은 불교의 승려 계층이 전문화되고 (모든 종교에서 그렇듯) 반론이 터부시되는 풍토가 조성된 후대에 덧붙여진 것이 분명하다.

다시 본론으로 돌아가서, 붓다는 '인생은 기본적으로 괴로움'이라고 말한 것이 아니라 "인간은 살면서 고통스러운 경험을 완전히 피하기는 어렵다."라거나 "살다보면 누구나 언젠가 불안 혹은 아픔을 느끼게 되어 있다."라고 말한 쪽에 더 가깝다. 그 다음 붓다는 우리가 고통받게 되는 것은 무엇보다 어떤 생각들에 집착하기 때문이라며 논의를 확장한다. 생각 자체, 삶이 어때야 할 것 같다는 생각, 세상에 대한 바람 같은 것에 집착하기 때문이라는 것이다. 이런 생각을 버리고 세상을 있는 그대로 볼 수 있어도 우리는 여전히 슬픔을 느끼고 늙어가고 아프고 죽는다. 하지만 그래서 고통받지는 않는다. 대신 받아들이는 것에서 오는 자유를 경험한다. 달리 말하면 이렇다. 사랑받기 위해 영원히 젊음을 유지해야 한다고 생각한다면 육체의 불가피한 늙음이 고통스러울 수밖에 없다. 불사를 바란다면 늙고 병들어가는 과정이 끔찍할 수밖에 없다.

붓다는 근본 원인을 제대로 조사하고 정말로 보고 이해한다면 그 어떤 고통도 극복할 수 있다고 확신했다.

“개처럼 괴로워한다.”고들 말한다. 이 말에 들어 있는 오류가 어쩌면 고통받는 현상의 진실을 좀 더 잘 설명해줄지도 모르겠다. 왜냐하면 이 말은 절대적으로 허튼소리이기 때문이다. 개는 전혀 괴로워하지 않는다. 유리 조각을 밟으면 개도 통증을 느끼지만 그렇게 다친 후 그날 내내, '왜지? 신이시여, 왜 나한테 이런 일이 벌어졌습니까? 내가 뭘 잘못했길래 이런 불행을 당해야 하나요? 오늘 아침에 소시지를 훔쳐 먹은 것 때문인가요? 여호와의 증인들이 찾아왔을 때 물어버린 것 때문인가요?' 같은 생각으로 괴로워하지는 않는다.

며칠 동안 붕대를 감고 절뚝거리며 걸어야 한다고 원통해하지도 않는다. 그리고 공원에서 만나곤 하는 푸들 아줌마가 이제 자신을 못생겼다 생각하지 않을까, 혹은 개 훈련소에서 승승장구하던 경력에 흠집이 생기지 않을까 걱정하지도 않는다. 이 모든 것에 전혀 관심이 없다. 순간 아프기는 하지만 그것이 전부다!

개에게는 인간처럼 언짢아하고 모욕을 느끼는 에고가 없다. 또한 자신의 삶이 어때야 하는지 생각하지 않는다. 단지 자신의 삶이 이 순간 구체적으로 어떻고, 어떤 느낌인지만 안다. 그 삶과 그 느낌은 그다음 순간이면 벌써 바뀌고 만다. 이런 변화를 받아들이는 것이 선불교와 도가가 보여준 삶의 기술이다. 도(道)는 곧 삶이고, 삶은 곧 끊임없이 흐르는 강물 같은 것이다. 우리는 그 강을 탄 채 힘들이지 않고 존재의 바다로 떠내려갈 수도 있다. 하지만 어차피 항복해야 할 텐데도 굳이 물결을 거스르느라 기진맥진할 수도 있다.

앨런 와츠는 이와 관련해서 자신의 훌륭한 책 『선의 정신(The Spirit of Zen)』에서 다음과 같이 썼다.

> 변화를 부르고 관장하는 것은 자연의 흐름, 그 법칙이고 삶은 한순간도 멈추지 않는 부단한 전진이다. 도가에서 절대적으로 멈춰 있는 것, 혹은 절대적으로 완전한 것은 절대적으로 죽은 것이다. 자라고 변할 가능성이 없다면 도(삶)도 없기 때문이다. 실제로 이 세상에는 완전한 것도, 정지해 있는 것도 없다. 완전한 것과 정지해 있는 것은 인간의 상상 속에서만 존재하며 바로 이 상상이 … 인간 고통의 근본 원인이다. 변하지 않기를 바라는 허황한 희망 속에서 … 무언가에 집착하기 때문에 고통스럽다. 변화가 일어남에도 받아들일 수 없다. 삶[道]이 흐르도록 두지 않는다.[21]

앨런 와츠는 여기서 "허황한 희망"이라 했는데 말 그대로 이해하면 될 것 같다. 그 모든 집착과 그것으로 인한 고통은 사실 모두 인간이 허황하기 때문이다. 자신이 우주의 중심, 모든 창조물의 왕이라 생각하고, 실제로도 매 순간 "그럼 나는?" 하고 질문하기 바쁜 사람이라면 당연히 자신이 통제할 수 없는 것도 있고 자신이 원하는 대로 진행되지 않을 때도 있음을 받아들이기 어렵다.

개들은 그렇게 허황하지 않다. 개들은 온 몸과 마음으로 세상 속으로, 또 세상의 끝없는 변화 속으로 녹아 들어가고 우리 인간처럼 세상에서 소외되었다고 느끼지 않는다. 개들은 모든 것을 있는 그대로 받아들이는 기술에 대단히 통달해 있다. 세상의 개들 사이에는 심지어 이 기술을 더 완벽하게 연마한, 일명 '개 비밀결사대'까지 있다. 바로 '세 발 개 비밀결사대'다. 이 결사대 대원들은 그 기술을 볼 능력이 있는 사람들에게 그 기술을 시연하기도 한다! 세상에는 암이나 자동차 사고 등으로 다리를 하나 잃은 개들이 많다. 이 개들이야말로 고통에서 벗어나게 하는 붓다의 가르침, 혹은 도가의 길을 아주 깊이 이해한 존재들임이 분명하다. 절망 속에서 사는 대신 상대적으로 짧은 치료 기간을 보낸 뒤 그냥 세 다리로 자기 구역을 마음껏 뛰어다닌다. 느낌이 좀 다르기는 하지만 즐겁기는 이전과 다를 바가 없다! 이런 개를 관찰해본 적이 있는 사람이라면 잘 알 것이다. 여전히 생기발랄해서 별다를 것 없어 보이고, 두 번 돌아봐야지만 실제로 다리가 하나 없음을 알아차리게 된다는 것을 말이다.

개는 몸은 아니더라도 정신만큼은 강철이다! 개는 말 그대로 '무아(無我)'가 될 수 있다. 개는 매일같이 어르고 달래고 모셔줘야 하는 에고가 없다. 변하지 않는 '내가' 없다면 고통의 희생자도 없다. 그럼 이제 삶의 기쁨이 저절로 펼쳐지는 큰 방이 하나 열린 것과 같다. 개들은 노자, 장자, 붓다, 황벽, 한산과 똑같이 이것을 잘 알고 있다.

민간 전승 쪽에서 나온 이야기일 가능성이 크지만, 붓다는 우리와 달리 자신의 전생을 모두 기억할 수 있었다고 한다. 그리고 최종

적으로 깨닫기 전에도 가끔씩 에고가 사라져 끝을 가늠할 수 없는 깊은 희열을 느끼곤 했다고 한다. 이 장 앞 부분에서 로버트 서먼의 인용이 말하듯 붓다는 불평가가 절대 아니었다. 그렇다면 붓다는 아이들이 개를 사랑하고 반나절이나 공을 던지며 같이 놀아주는 어느 작은 마을에 개로 살았던 전생도 기억했을 것이다. 개와 놀 때 느끼는 기쁨보다 더 정직하고 더 아름다운 기쁨은 세상에 없다. 나는 붓다도 자신만의 경험으로 이 사실을 잘 알았으리라 확신한다.

개가 동네를 활보하는 모습, 잔디 속으로 쉬지 않고 코를 킁킁거리다가 결국 작은 삑삑이 공을 찾아내고는 기쁨의 광채를 내뿜으며 주인에게 달려오는 모습을 볼 때면 삶은 괴로움이 아니라 자유임을 알 수 있다. 개라는 세상 가장 아름다운 모습으로 변신한 자유 말이다. "인생은 괴로움이다."라는 말은 이제 심기불편한 불교도 장의사가 던지는 광고 문구처럼 보인다.

공을 갖고 놀 때 보바는 그 공이 되고, 달리기가 되고, 움직임이 되고, 공을 잡고 던지는 그 행위가 되고, 파헤쳐진 땅이 되고, 헥헥거리는 숨이 되고, 순수한 기쁨 그 자체가 되고, 인간 친구의 손이 되고, 공에 묻은 침이 된다. 그리고 이것이 그 비밀이다!

보바는 자신을 온전히 잊고, 말 그대로 '무아'가 되어 행동 속으로 완전히 녹아 들어가는 법을 보여주었다. 던지기, 달리기, 잡기는 보바에게 서로 크게 다르지 않았다. 보바는 그 일 하나하나를 특별히 멋지게 하려던 게 아니었다. 단지 자신을 기쁘게 하는 일을 좇았던 것뿐이다. 네 발 달린 공 중독자를 위한 인간 공 던지기 기계 입장에서는 물론 힘들기도 했다. 어깨 회선근개 염증으로 정형외과에 가본 적이 있다면 무슨 말인지 잘 아시리라….

하지만 보바는 즐거울 뿐이다!

공놀이는 하고 싶은 만큼 한다. 놀다보면 피곤해지거나 다른 것에 주의를 빼앗기는 때가 온다. 그럼 보바는 미련 없이 공을 떠난다. 그 순간은 바로 그 전의 순간과 다르니까. 무엇이 더 좋고 더 나쁜 게 아니라 다를 뿐이다. 도(삶)가 변해 다른 행태를 취한 것이다. 삶이 바로 전까지만 해도 뛰어다니고 날아다니던 무방비 상태의 공이었다면 이제는 행인의 손에 놓인 베이컨 빵이다.

늘 변화하는 삶, 이것이 선(禪)의 본질이다. 늘 흐르는 삶의 강은 놀기를 좋아하고 자신을 너무 진지하게 생각하지 않으며 단지 원

하는 대로 흘러가기만 한다. 가끔은 조용히, 가끔은 휘몰아치며 늘 변신하고 대양 속으로 소멸해 들어감에도 개의치 않는다. 거기서 구름이 되고 비가 되고 다시 샘물이 될 테니까.

털실로 만든 공을 팔 속에 숨기고 이 마을 저 마을을 다니며 바보가 되어 아이들과 놀던, 훌륭한 고승 료칸도 이 점을 잘 내면화했다.

> 놀면서, 그래 놀면서,
> 나는 이 흘러가는 세상을 가로지른다.
> 여기 내가 있는 이곳이
> 참 좋지 않나?
> 다른 사람의 악몽들을
> 날려버리기에.[22]

나의 악몽은 보바가 분명 날려주었다. 내가 무언가로 머리를 쥐어뜯고 있을 때마다 보바는 어디서 홀연히 공 하나를 구해와서는 놀자며 서 있다. 내 잘못으로 여자 친구가 떠나버렸을 때도 나만 자책하고 있었을 뿐 보바는 프리스비를 갖고 와서는 나와 함께 공원에 갈 준비만 했다. 물론 식구라고 생각했던 사람이 자신의 물건을 다 챙겨 나가버린 것에 아주 잠깐 어리둥절해하기는 했다.

자책을 몰랐고 모욕당할 예고도 없었기 때문이다. 기대하지 않았으니 실망하지도 않았기 때문이다. 아무도 보바의 행복한 본성에 생채기를 낼 수 없었다.

방 다섯 개짜리 아파트에서 하나 짜리 아파트로 이사할 때도 보바는 움찔하지조차 않았다. 어제 좋았던 날씨가 오늘 나빠진 것뿐이라는 듯. 내가 결국 학과 공부를 중단하고 이제 무엇으로 먹고살지 생각하며 골머리를 썩일 때도 보바는 나와 함께 포장 놀이를 하는 데 더 흥미를 보였다. 놀랍게도 나로서는 세상에서 제일 좋은 직장에서 출근하라는 소식이 왔고 모든 것이 다 좋게좋게 흘러가는 것 같을 때도 보바는 나와 함께 줄다리기만 하고 싶어 했다. 게다가 힘은 또 어찌나 세던지!

모든 것은 변하기 마련이고 보바는 그것을 절대적으로 당연하게 받아들였다. 자기 자리를 우리 집 주방 탁자 밑에서 내 새 사무실 책상 밑으로 옮길 때도 기꺼이 바꾸었다. 나는 보바가 그곳에 앉아 편하게 코를 고는 모습을 바라봤다. 그리고 보바는 한순간도 자신을 중요한 존재로 보지 않음을, 그래서 세상에서 가장 행복한 존재임을 깨달았다.

나는 앨런 와츠의 필독서, 『선(禪) - 고요한 정신(Still the Mind)』의 "명상 수행" 편에 나오는 글을 떠올렸다.

> 나는 정직하고자 하지만 진지하지는 않다. 나는 우주가 특별히 진지하다고는 믿지 않는다. 세상에 문제가 생기는 이유는 기본적으로 사람들이 모든 것을 놀이처럼 대하지 않고 너무 진지하게 받아들이기 때문이다. 무언가를 대단히 중요하게 생각할 때 진지해짐은 당연하다. 그런데 무언가를 대단히 중요하게 생각하는 것은 기본적

으로 그것을 잃어버릴 것이 두렵기 때문이다.[23]

보바와 놀면 놀수록, 그리고 그 드넓게 열려 있는 존재를 받아들일수록 잃어버릴 것은 아무것도 없음이 점점 더 분명해졌다. 인생이 어떻게 바뀌든, 경탄의 눈으로 보며 그 새로운 상황과 놀 수 있다.

공, 프리스비, 아니면 막대기 몇 개는 늘 구할 수 있으니까….

매일매일 새로워

우리가 보고 듣는 것 중에
완전한 것은 하나도 없다.
하지만 그런 불완전 가운데
완전한 진실이 있다.

순류 스즈키(Shunryu Suzuki)

사람들은 개와 함께 살다보면 실수를 해도 매일 새롭게 시작하는 법을 배운다고 말한다. 맞는 말이다. 하지만 내 소견으로 개들이 매일 새롭게 시작할 수 있는 것은 어제의 실수를 기억하지 못해서가 아니라 개들의 마음이 우리 인간보다 넓어서 용서하는 능력도 그만큼 뛰어나기 때문이다. 용서하는 능력을 습득하기 위해 개들은 일요일마다 교회에 나가 졸리는 설교를 듣거나 기이한 찬송가를 부를 필요도 없다. 개들은 마음이 넓고 열려 있으며 거의 모든 것을 용서하는 재능을 원래부터 타고났다.

무슨 일이 일어났든 다음날이 되면 개들은 백지에서 다시 시작할 수 있다. 안타깝게도 너무도 많은 개가 주인의 고함을 듣고 매질을 당하면서도 그 주인, 혹은 새 주인을 거듭 신뢰하는 능력을 발휘한다. 하지만 트라우마를 부른 경험이 다시 눈앞에 펼쳐지면 분명히 반응하는 것으로 자신이 그 경험을 정확하게 기억하고 있음을 알려준다.

보바도 그런 경험이 있었다. 그리고 그 탓에 내가 의도치 않게 보바를 저세상으로 보낼 뻔한 사건이 하나 있었다.

어느 흐린 가을날 늦은 오후, 나는 해가 완전히 지기 전에 다시 한 번 보바와 산책을 나가고 싶었다. 그날은 종일 가랑비가 오락가락했으므로 나는 현관 옆에 있던 우산을 집어 들었다. 우리 집에는 원래 우산이 없었는데 누군가가 놀러왔다가 두고 간 것 같았다. 나는 기꺼이 그 우산을 써보기로 했다.

보바와 나는 늘 그렇듯 느긋하게 집을 나섰다. 그날은 큰 차도 옆으로 이어지는 공원의 다른 쪽 길을 걸어보기로 했다. 내가 인도(人道)에서 걷는 동안 보바는 늘 그렇듯 트뤼프를 수색하는 돼지 새끼처럼 코를 땅에 묻고는 인도 옆으로 줄지어 서 있는 키 작은 관목들 사이를 지그재그로 킁킁거리며 훑어갔다. 사실 그때까지만 해도 거의 30초마다 고개를 돌려 나를 보며 제자가 잘 따라오고 있는지 확인했다. 그런데 갑자기 무슨 냄새에 홀린 것 같았다. 그날 그곳을 우리 바로 전에 발정 난 암컷 개라도 지나갔던 걸까? 아니면 장을 보고 지나가던 어떤 사람이 슈니첼 부스러기라도 흘렸던 걸까? 모르겠다.

어쨌든 보바는 나는 까맣게 잊어버리고 자신의 연구 활동에 몰두했다. 하지만 이제 정말 어두워졌으므로 나는 집으로 돌아가고자 보바를 불렀다. 보통은 내가 부르면 막대기나 죽은 비둘기 따위를 물고 뛰어오는데 그날은 전혀 반응이 없었다. 열 번, 아니 스무 번을 불러도 반응이 없자 머쓱해진 나는 보바에게 가서 조심스럽게 어깨를 툭 쳐보기로 했다. 그런 다음 실망했다는 표정을 짖고 내 지혜로운 머리통을 절레절레 흔들어볼 생각이었다. 이 얼마나 천재적인 계획인가!

그리고 나는 재빨리 보바에게로 향했는데 마침 바로 그때 보바가 고개를 들어 나를 보았다. 그런데 나를 보던 그 작은 개의 표정이 갑자기 공포에 질린 듯하더니 큰 차도 쪽으로 도망치는 것이었다. 보바의 뒤를 쫓아 나도 달렸다. 그 시각 차도에는 자동차, 자전거, 전차가 양쪽으로 쉴 새 없이 달리고 있었으므로 나는 보바가 차도로 뛰어드는 것만큼은 어떻게든 막아야 했다.

하지만 보바는 어느덧 트뤼프를 찾는 돼지에서 날랜 족제비로 변신해 있었다. 그 족제비를 잡는 일은 거의 불가능에 가까웠다. 나는 최대한 빨리 달렸지만 보바가 더 빨랐다. 차도까지 달려간 보바는 중앙선까지만 달렸을 뿐 다행히 차도 반대편으로는 건너가려 하지 않았고(그랬다면 별 탈 없었어도 정말 끔찍했을 것이다) 방향을 바꾸더니 차도 중앙에 있는 전차 선로를 따라 시 외곽 쪽으로 달리기 시작했다. 나는 중앙선으로 건너가려 했지만, 촘촘히 달리던 차들 사이로 도무지 틈이 보이지 않았다. 어둡고 비는 내리고 차들은 경적을 울리고 나는 공포에 사로잡혔다. 나는 인도를 따라 계속 보바를 쫓아가다가 결국 차들을 멈춰 세우고 가까스로 중앙선으로 들어가서 전차 선로를 따라 보바를 쫓았다. '지금 맞은편에서 전차가 밀고 들어오면 어쩌지?' 나를 뒤돌아보던 보바는 여전히 공포에 질린 표정이었다.

나는 미친 듯이 생각했다. '뭐가 다른 거지? 오늘 대체 뭐가 달랐던 거지?' 그러자 우산 때문이라는 생각이 스쳤다! 그 즉시 나는 우산을 내팽개쳤다(어디다 내팽개쳤는지는 기억나지 않으니 묻지 말기 바란다). 나에게 우산이 없음을 확인한 보바가 그 즉시 도망치기를 멈추더니 그 자리에서 헉헉거리며 나를 기다렸다. 드디어 보바를 잡은 나는 안도감에 보바를 와락 껴안았다. 엉엉 울었던 것도 같은데 이것도 잘 기억나지 않는다. 나는 보바를 꼭 껴안고 계속 머리와 옆구리를 쓰다듬었다. 보바의 심장도 내 심장만큼이나 빠르게 쿵쾅거리고 있었다.

자동차가 오지 않는 틈을 타 보바를 다시 인도로 데리고 나왔다. 보바는 어느새 원래의 보바로 돌아왔고 얌전히 내 옆을 걸었다.

이전의 주인 중 한 명이 분명 우산으로 때렸거나 우산과 관련된 뭔가 다른 끔찍한 기억이 있음이 분명했다. 그렇지 않고서는 그 사건을 설명할 방법이 없다. 보바는 어금니도 하나 빠져 있었는데 그 나이 때 강아지에게는 드문 일이었다. 보바는 우산을 들고 빠르게 걸어오는 나를 보고 통제할 수 없는 공포를 느꼈다. 그런 상황에서는 그 즉시 도망칠 수밖에 없는 그 어떤 나쁜 경험을 했음이 분명했다.

당연히 나는 그때부터 우산은 쳐다도 보지 않았다. 모자나 후드 재킷이 있는데 우산이 왜 필요한가? 그리고 보바는 다시는 그와 같은 공포를 느끼지 않아도 되었다.

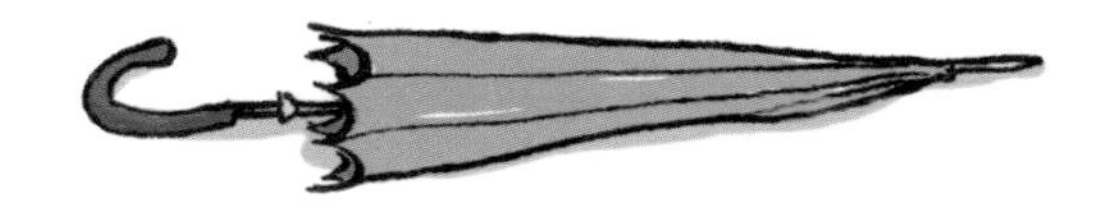

다음날 나는 바로 목줄을 구입했다. 만약을 위해서라고 주장했다. 물론 보바는 나의 주장에 수긍하기 힘들었는지 목줄을 채웠을 때 좋아하는 것 같지는 않았다. 그래도 나를 위해 가만히 있어주기는 했다. 직장인들이 싫어도 관습에 따라 넥타이를 매는 느낌과 비슷하지 않았나 싶다.

인간처럼 개에게도 역사가 있다. 인간의 역사처럼 개의 역사도 무(無)에서 만들어지지 않고 계속 변한다. 개도 좋고 나쁜 경험들을 어깨에 짊어지고 다니며, 그것들에 의해 변한다. 서로 살을 비비며 행복해했던 그 모든 일은 물론이고, 우산과 못된 놈들이 등장하는 나쁜 경험도 개의 일부가 된다. 보바는 단지 보바가 아니다. 과거와 현재의 그 모든 것과 함께하는 보바이다.

그렇게 우리는 모두 서로 의존하며 존재한다. 어쩌다보니 세상 사방팔방으로 마구잡이로 흩어져 존재하게 된 것이 아니다. 틱낫한은 그의 책 『태양, 내 마음(The Sun, my Heart)』에서 이런 불교적 관점을 이론물리학의 부트스트랩(Bootstrap) 가설과 비교하며 이렇게 말했다. "모든 것과 모든 생명체가 이 우주 안 다른 모든 것과 다른 모든 생명체에 의존한다." 이 이론은 "『화엄경』에 나오는 '하나가 모든 것이고 모든 것이 하나다.'와 다를 바 없다."[24]

이런 세계관은 세상을 해체해 보는 서양의 방식과 매우 다르다. 이 세계관에서는 절대 독립, 변하지 않는 정신, 종종 지나치게 강조되는 개인주의, 분석적 인식, 그리고 '모두가 적'이라는 생각은 절대적으로 의문시된다.

보바는 과거의 우산을 떠올렸고 공포에 질려 도망쳤다. 그리고 우산이 사라지자 그 즉시 신뢰감을 회복했다. 반면 인간의 트라우마는 생각과 상상을 통해 부풀고 강해지기 쉽고 그러다보면 어느덧 불안이 그 독자적 힘을 획득해 트라우마와 전혀 상관없는 상황들까지 좌지우지하게 된다. 보바도 우산에 대한 나쁜 기억을 갖고 있었지만 그때 받은 고통을 곱씹으며 그 고통을, 예를 들어, 지팡이, 야구 방망이, 드럼 스틱 혹은 아이스크림 콘에 투사하지는 않았다(특히 아이스크림 콘에는 절대 투사하지 않았을 것이다!). 사람들이 모두 자기를 때릴 거라 가정하지도 않았고, 단지 그 고통스러운 경험을 하나의 물건에 한정했을 뿐이다. 인간들은 종종 한 번의 나쁜 경험을 가능한 다른 모든 상황에 대비시킨다. 예를 들어, 어릴 때 회전목마를 타다가 떨어져 심하게 다친 경험이 있다면 롤러코스터는 물론이고 비행기나 심지어 자동차도 거부할 수 있다.

보바는 매일 그날을 온전히 새롭게 경험했다. 해가 뜨면 또 새 세상이 밝아왔다. 비록 어제는 내가 우산을 들고 사악한 의도로 자신을 뒤쫓아왔다고 해도 오늘 보바는 또다시 내 옆에서 내 무릎에 머리를 올리고 평화롭게 잔다.

나는 보바가 매일을 새롭게 보는 능력을 갖췄음에 그 누구보다도 기뻤다. 그런데 가끔은 그런 능력이 분명 기묘한 행동 양식을 부르기도 한다. 특히 미각적 향유에 대해서라면 늘 그랬다.

내로라하는 대선사들도 대부분 무언가 한 가지씩은 악덕을 보였고, 그런 악덕을 자기 인생의 일부로 기꺼이 두 팔 벌려 환영

했다. 잇큐 소준(Ikkyu Sojun, 1394~1481)이 자신을 두고 "이 작자로 말할 것 같으면 사케의 강 속을 반쯤 취해 수영하는 자다"[25]라고 했다면 보바는 자신에 대해 이렇게 말할지도 모르겠다.

"이 개로 말할 것 같으면 세상 최고의 개 사료로 채워진 욕조 속에서 터질 것 같은 배를 한 미치광이이다. 그래도 오늘만 살 것처럼 먹어야 한다."

'먹이'에 관해서라면 보바는 감탄을 자아내는 평소의 초연함일랑은 깡그리 잊어버리고 고기 처치 기계로 변신해버린다. 털 달린 진공청소기처럼 밥그릇으로 돌진한 다음, 단숨에 할당량을 흡입해버리고 그 즉시 고개를 쳐들고는 나무라듯 나를 올려다보며 말한다.

"지금 장난해? 이게 다라고?"

내가 양을 조절해주지 않았다면 보바는 절대 기운찬 개로 남아 있지 못했다. 단언하건대 얼마 안 가 공원을 굴러다녔을 것이다. 이런 생각을 하다보면 주인이 방심한 틈에 싱크대 문을 부수고 사료 포대를 결딴낸 이웃집 개를 떠올리며 오싹함을 느끼지 않을 수 없었다. 그날 이웃이 돌아와보니 그 개는 볼링공을 삼킨 것 같은 형상을 하고 있었다고 한다. 솔직히 말해 나는 개의 몸이 그렇게 유연하다는 사실에 깜짝 놀랐다…. 이미 암시했듯이 보바라고 해서 사정이 나을 것도 없었다. 그리고 그 머지않은 어느 날 보바는 그 아름다운 생각, '카르페 디엠(carpe diem: 현재에 충실하라는 뜻의 라틴어 - 편집자)'조차 역효과를 낼 수 있음을 몸소 증명해주었다.

그날도 종일 비가 내렸다(베스트팔렌 지역에서는 흔한 날씨라 이곳

토박이들은 우울증 저항력이 탁월하다). 공원의 개울물이 흘러넘쳐 보통 보바가 뛰어놀던 잔디밭이 얕은 바다, 혹은 늪처럼 변해 있었다. 그리고 상류에서부터 불어난 물이 무수한 쥐의 안식처들을 휩쓸어버렸는지 비참하게 익사한 쥐들이 불어난 물 위를 둥둥 떠내려오고 있었다. 그날 오후 산책에서 그 불쌍한 창조물 중 한 마리를 발견했던 보바는 그것이 사실 아주 맛있다는 것을 알게 되었다. 그런데 죽은 쥐들이 자꾸 둥둥 떠내려왔다. 한 마리, 또 한 마리…. 무릉도원에 도달한 개가 있다면 바로 보바였을 것이다. 어느 순간 보바는 자기 배까지 물이 찬 공원 잔디밭 중간에 서서 떠내려오는 쥐들을 한 마리씩 먹어치우고 있었다. 물이 차지 않은 잔디밭 가장자리에 서 있던 나는 그 모습을 보고 또 한 번 경악하지 않을 수 없었다. 나는 보바를 부르고 또 부르다가 어떻게 해서든 꾀어내려 갖은 애를 쓰다가 나중에는 통사정을 하는 지경에까지 이르렀다. 하지만 보바는 내 쪽은 쳐다도 보지 않았다. 다행히 목줄은 매고 있었지만 늘 그렇듯 리드 줄은 집에 두고 나왔다. 절박한 심정이 된 나는 어쩔 수 없이 몸을 돌려 집으로 돌아갔고, 녀석에게 혼꾸멍을 내주겠다 작정하고 리드줄을 갖고 나왔다. 그러느라 15~20분 걸렸는데 보바는 여전히 똑같은 자리에서 꼼짝 않고 있었다. 쥐 스시 뷔페가 따로 없었다! 그동안 대체 그 짐승들을 몇 마리나 삼킨 것인지 모르겠으나 폭주 중인 것만큼은 분명했다. 보바 입장에서는 이렇게 생각했을 것이다.

'쥐들이 이 축축하고 끔찍한 땅을 떠나 다시는 돌아오지 말자고 이미 모의를 끝냈을지도 모르잖아? 이런 기회는 두 번 다시 오지 않을 거야! 이 회색의 작고 차가운 몸뚱어리를 하나라도 더 삼켜둬야 한다고. 어차피 이런 횡재는 두 번 다시 오지 않아!'

나는 발이 다 젖음을 감수하고 잔디밭으로 저벅저벅 걸어 들어가 보바의 목줄에 리드줄을 채웠다. 그리고 무슨 봉변이라도 당한 듯한 표정의 보바를 냉정하게 끌고 나왔다. 보바가 온 힘을 다해 거부하며 절대로 그 자리에서 꼼짝 않을 태세였으므로, 휴! 정말이지 짜증스러웠다. 하지만 보바는 이렇게 말하는 듯했다.

"이거 보라고! 저 좋은 것들을 어떻게 포기하냐고…!"

나는 굽히지 않았다. 그래서 자꾸 다시 끌려가긴 했지만, 보바를 집까지 끌고 오는 데 성공했다. 먼저 나는 보바를 철저하게 씻기고 말려야 했다. 그다음에는 그날 오후와 저녁 내내 거의 쉴 틈 없이 이어지는 보바의 트림 소리를 들어야 했다. 아주 큰 트림 소리가 2분에 한 번씩 이어졌고 그때마다 나는 공동묘지 같은 보바의 뱃속에서 조금씩 해체되어 가고 있을 작은 쥐들을 상상해야 했다. 밤이 되자 이번에는 본격 방귀 콘서트가 시작되었다. 그러자 보바의 장이 여기저기서 심하게 압박을 가해왔으므로 우리는 세 번, 아니 네 번이나 집 안팎을 들락날락해야 했다.

보바는 분명 후회하는 눈치였다. 물론 그렇다고 보바가 그 일을 교훈 삼아 앞으로 절대 똑같은 일을 저지르지 않을 거라고는 생각하지 않았다. 잇큐 소준, 료칸 선사도 숙취로 머리 한 번 지독하게 아팠다고 해서 정신 차리지는 않았으니까. 이들도 늘 하던 대로 살았다. 세상에 대한 깊고 깊은 통찰조차 이들의 과도한 음주를 막지 못했으니 나는 그날 밤 내내 식탐만 빼면 더 할 수 없이 지혜로운 내 스승의 화장실 시중을 들으며 고개만 절레절레 흔들 뿐이었다. 세상에 완벽한 존재는 없다. 그리고 그 차갑고 축축한 쥐들이 보바에게는 정말 감자칩 같았을 것이다. 한 번 먹기 시작하면 도저히 멈출 수 없는.

왜 내 스승의 비교적 '선(禪)스럽지 못한' 모습을 굳이 밝혀두느냐고? 그 이유는 간단하다. 아무리 좋은 스승이라도 인생의 모든 면에서 완벽할 수는 없음을 잘 알아야 하기 때문이다. 그리고 우리는 스승이 하는 말을 모두 믿지는 말아야 하며, 모든 면에서 그를 따르려 애쓰지도 말아야 한다. 최소한 나는 지금도 쥐는 절대 먹지 않는다. 그리고 사케 대량 주문은… 흠, 일단 깨닫고 난 뒤로 미뤄볼까 한다.

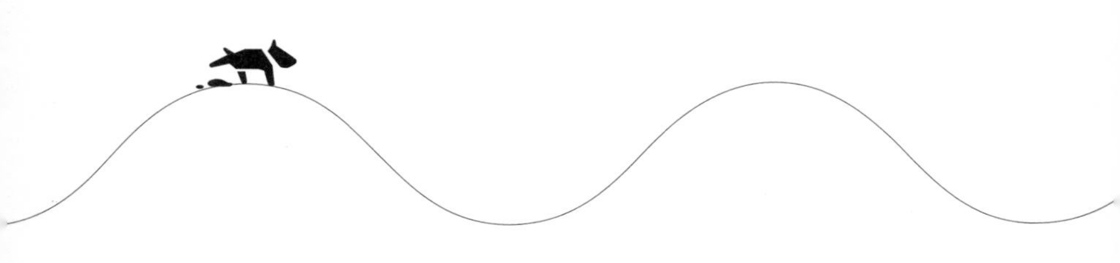

개를 인간처럼 대해선 안 된다고
말하는 사람도 있지만 나로서는
다른 수가 없었다. 내게 보바는 가끔
인간보다, 특히 나보다 더 똑똑해
보였으니 말이다. 그리고 살면서 한 번도
보바는 다른 존재를 경시하거나
불친절하게 대하지 않았다.
또 명확한 지배 - 피지배 관계가
개들에게는 자연스럽다고들 하지만
나는 잘 모르겠다.
보바는 모두를 동등한 친구로 대했다.
보바는 누구를 지배할 필요도,
누구의 지배를 받을 필요도 없었다.

훈련은 무슨!

아주 짧은 순간, 개의 눈에
경악과 경멸이 스치는 것을 본다.
개들은 기본적으로
우리 인간이
제정신이 아니라 생각할 것이다.

존 스타인벡(John Steinbeck)

이전의 주인들과 무슨 문제를 갖고 있었든, 보바와 나의 관계는 처음부터 거의 모든 것이 순조로웠다. 물론 안락의자, 우산, 쥐 사건만 빼면 말이다. 보바와 함께 하는 삶에 그 어떤 특별한 기대도 편견도 없었으므로 나는 많은 보호자들이 고심하는 게 분명한 그 생각은 떠오르지도 않았다. 바로 개를 무슨 태엽 인형처럼 규칙적으로 움직이게 하고, 네 발 달린 로봇처럼 모든 명령을 따르게 만들겠다는 생각 말이다! 개 스포츠 협회에서 개를 훈련시킬 때 흔히 쓰는 말투나 억양을 생각하면 전쟁 영화 〈풀 메탈 자켓(Full Metal Jacket)〉 속 미국 해병대의 무자비한 훈련소조차 은퇴한 뮤지컬 배우를 위한 요양소 같은 느낌이 든다.

나는 훈련에 관해서라면 처음부터 별다른 생각이 없었지만 보바와 함께한 시간이 길어질수록 점점 더 별다른 생각이 없어졌다. 하지만 솔직히 말해 우리 우정이 싹트기도 전인 아주 초반에 내 의도를 강요하는 훈련을 잠깐 시도한 적이 있기는 했다. 앉아! 엎드려! 이것 해! 저것 해! 등등. 보바는 도(道)를 아는 선사답게 피곤한 듯한 웃음을 지을 뿐 별다른 관심을 보이지 않았다. 내가 집게손가락을 높이 쳐들고 자기 앞에 서서 근엄한 목소리로 명령을 내리면 보바는 그대로 앉아서는 정신 나간 사람 보듯 나를 올려다보았다. 다른 사람들이 보고 있을 때는 더 무관심한 척하며 나를 세상에 둘도 없는 바보로 만들었다. 훌륭한 스승답게 보바는 내 에고를 약 올리는 법을 참 많이도 알고 있었다.

나는 그런 종류의 훈련은 달걀로 바위치기처럼 소용없음을 일찌감치 깨달았다. 대신에 단순하지만 모든 영적 수행에서 빠질 수 없는 것, 즉 친절함으로 승부를 걸어보기로 했다!

믿지 못할 수도 있지만 나는 붓다의 성스러운 귓불을 걸고 이 문단에서 진실만을 말할 것을 맹세한다. 보바가 앉거나 어딘가에서 나를 기다리거나 내 길을 가로막지 않게 하고 싶을 때, 혹은 산악 자전거를 타는 사람들이 숲을 질주할 때도 나는 불쌍한 사관 후보생의 하루를 잡치겠다 작정이라도 한 듯 "앉아!" 하고 소리치지 않았다. 절대 그런 일은 없었다! 대신에 보바에게 가만히 "보바, 여기 잠깐만 앉아줄래?"라고 물었다. 그럼 보바는 주저 없이 그렇게 했다. 그럴 리가, 싶은가? 믿을 수 없겠는가? 개로 하여금 "우리에게 순종 아니면 죽음을 달라."라고 외치게 만드는 독일 방범견 협회, 출납계 담당 보조 대리가 봤을 때 나 같은 사람은 개 사육 역사에 둘도 없는 겁쟁이처럼 보일 수도 있다.

하지만 내가 그렇게 공손히 부탁하면, 정말이지 보바는 내 말을 잘 들어주었다. 나는 보바에게 지시가 필요한 부하 혹은 신하가 아닌 친구에게 대하듯 무언가를 부탁했고, 그럼 놀랍게도 보바는 다 이해한 듯 행동했다. 개를 인간처럼 대해선 안 된다고 말하는 사람도 있지만 나로서는 다른 수가 없었다. 내게 보바는 가끔 인간보다, 특히 나보다 더 똑똑해 보였으니 말이다. 그리고 살면서 한 번도 보바는 다른 존재를 경시하거나 불친절하게 대하지 않았다. 또 명확한 지배 – 피지배 관계가 개들에게는 자연스럽다고들 하지만 나는 잘 모르겠다. 보바는 모두를 동등한 친구로 대했다. 보바는 누구를 지배할 필요도, 누구의 지배를 받을 필요도 없었다.

나는 달라이 라마가 '친절이 당신의 종교'라고 했다는 말을 들을 때마다 기분이 좋아진다. 달라이 라마와 보바는 분명 서로를 잘 이해했을 것이다. 달라이 라마처럼 내 개도 모든 존재에 웃어주었고 관심을 보였으며 기분 좋은 눈길을 주었으니 말이다. 보바와 함께 다니기 시작하면서부터 나는 많은 사람을 사귈 수 있었다. 부족한 연금에도 보바의 간식거리를 위해 기꺼이 지갑을 열던 할머니들부터, 술독에 빠져 밤만 되면 거리를 배회했음에도 보바만 보면 정신을 못 차리고 쓰다듬기 기계로 변신했던 사람들, 그리고 얼굴에 문신을 한, 나나 내 개를 못살게 구는 사람이라면 누구든 손봐주겠다던 참 친절했던 어느 코소보 알바니아 사람까지. 내 새 직장에서도 보바는 금방 사무실에서 제일 사랑받는 존재가 되었다. 아침마다 보바는 기분 좋게 직원들에게 돌아가며 인사를 했다(물론 몰래 빵 조각을 얻어먹는 재미도 쏠쏠했을 것이다). 그리고 보바 덕분에 우리 사무실을 찾는 사람들은 몇 분 안에 집처럼 편안함을 느끼곤 했다.

친절과 편안함은 서로 의존관계에 있는 것 같다. 그런데 다른 존재를 대하는 보바의 모습에서 매일 많이 배웠음에도 나는 다른 존재만이 아니라 나 자신에게도 친절해야 한다는 것에 대해서는 그때까지도 잘 이해하지 못했었다.

그런 나와 달리 보바는 그 점에서도 그 누구보다 뛰어났다.

공원에 새 화단이 깔렸다. 습도가 아주 높던 한여름이라 나무 아래 벤치에 앉아서 화단 일을 하는 사람들을 바라보기만 해도 땀이 나는 날이었다. 시에서 나온 정원사들이 땀을 뻘뻘 흘리며 시든 꽃과 식물들을 정리한 다음, 식물용 검은 흙을 다량 운반해 깔았다. 그런데 그 위에 작은 꽃모종들을 심으려 할 때 하필이면 소나기가 퍼붓기 시작했다. 정원사들도, 우리도 도망치듯 공원을 빠져나왔다.

그 탓에 충분히 걷지 못한 보바와 나는 소나기가 지나간 다음 다시 한 번 공원에 가서 몇 바퀴 돌고 공놀이도 하기로 했다. 소나기가 무더위를 씻어줄 거라던 기상청 예보는 이번에도 소망에 그친 듯, 비 오기 전이나 후나 변함없이 뜨거웠고 길에는 개미 새끼 한 마리 보이지 않았다.

물론 그렇다고 공원 그늘에 얌전히 앉아만 있을 보바가 아니었다. 보바는 늘 그렇듯 팔팔했고 앞장서서 걸으며 여기저기 킁킁거리거나 마구 뛰어다니며 삶의 기쁨을 만끽했다. 땀을 흘려 몸을 차갑게 할 수 없는 개의 신체 구조를 생각하면 더 놀라운 일이 아닐 수 없었다.

그다음 우리는 정원사들이 미처 조성을 다 끝내지 못하고 떠난 화단에까지 이르렀다. 정원사들은 남은 일은 다음날로 미루고 오늘은 차가운 맥주나 마시기로 했음이 분명했다.

그런데 갑자기 보바가 그 짙은 고동색 화단을 홀린 듯 바라보았다. 비를 맞은 화단은 끈적끈적한 점액질의 거대한 덩어리로 변해 있었다. 요양소에서 제공함직한 찰흙 욕장 같았다. 내 귀에는 보바의 머릿속에서 일어나는 아주 아주 좋지 않은 생각이 그대로 들려오는 듯했다.

"안돼, 그럼 안되지!"

"오! 되지!"

"오! 안돼!"

"어차피 나를 막지는 못할 걸!"

다음 순간 보바는 이미 그 진흙 속에 가슴과 주둥이를 박고 있었다. 그리고 뒷다리를 털 달린 쇄빙기처럼 이용하며 앞으로 나아갔다. 뱃머리에 부딪히는 파도처럼 진흙이 보바의 얼굴에 쏟아졌지만 개의치 않았다. 그렇게 화단 중간에 이르자 덥석 옆으로 쓰러지더니 좋아 죽겠다는 듯 비비적댔고 아예 등을 대고 누웠다. 그러고는 급기야 머리고, 배고 할 것 없이 진흙 속에 파묻기를 거듭했다. 덕분에 얼마 지나지 않아 보바는 다가올 크리스마스를 겨냥해 초콜릿 회사들이 출시할 만한 신제품, '실물 크기의 초콜릿 개' 같은 형상을 하고 있었다!

화단에 서서 웃고 있는 보바는 분명 더할 수 없이 행복해 보였다. 두 눈과 대충의 형상만이 내가 아는 보바임을 말해줄 뿐, 나머지는 도저히 알아볼 수 없게 흙으로 덮여 있었다. 그 상태 그대로 우리는 계속 공원을 산책하다가 개울에까지 도달했다. 나는 공을 계속 개울 쪽으로 던지며 보바를 개울로 유도했다. 그러자 최소한 내 개와 비슷한 모습으로는 돌아왔다. 하지만 나중에 목욕을 시켜보니 진흙으로 서로 들러붙은 개털들 때문에 얼마 안 가 금방 욕조 배수 구멍이 막혀버렸다. 손가락으로 구멍을 이리저리 만지며 뚫고 있는 동안 보바는 고개를 약간 기울인 채 흥미롭다는 듯 나를 보고 있었다.

"지금 여기서 몸을 털기만 해봐, 3주간 외출 금지야!"

보바는 쩝쩝 소리를 내며 내 뺨에 축축한 키스를 했다. "그럴 리가 없잖아!"라고 말하는 것 같았다. 물이 다시 빠져나가기 시작하자 나는 욕조 끝에 구부리고 앉아 흠뻑 젖어 있는 보바의 털을 쓸어가며 씻겨주었다. 두 번 정도 씻기고 나자 어느 정도 된 것 같았다. 나는 큰 수건을 꺼내 보바를 닦아주었고, 그렇게 쓴 수건은 버려야 했다. 그래도 보바는 깨끗했고 행복해 보였다. 냄새도 좋았다. 보바에게는 드문 일이었다.

"오늘 정말 신나게 놀았네, 그렇지?"

보바는 내 무릎에 머리를 올려놓았고 나는 보바의 몸을 쓰다듬었다. 보바는 양쪽 눈썹을 짧게 번갈아 올려보더니 금방 잠들었고 나지막이 코를 골았다. 누가 뭐래도 나는 분명히 알 수 있었다. 보바가 자기 인생을 아름답게 만들 줄 안다는 사실을. 그리고 솔직히 말하면, 그래서 내 인생까지 아름답게 만들었다.

삶이 진흙을 선물하면 일요일 오후를 위해 차려입은 멋진 옷을 더럽히지 않도록 조심해서 움직일 수도 있고, 그 속으로 뛰어 들어가 신나게 놀면서 살아 있음을 즐길 수도 있다.

나는 이제 (기본적으로 보바 덕분에) 영적인 길에 선 사람이라면 실없는 짓을 하며 보내는 일상의 아름다움을 포기해야 한다는 생각이 매우 잘못되었다고 확신하게 되었다. 불교 책들을 보면 "몸을 절제하고 마음을 절제하고 말을 절제해야 한다." 같은 이상한 기분이 들게 하는 표현들이 나온다. 종일 잠시도 긴장을 풀면 안 될 것 같고 재미라곤 없는 느낌이다. 처음에 나에게도 그랬듯 그런 수련은 자기 자신으로 오롯이 살아갈 공간을 전혀 허락하지 않는, 생동감이라곤 없는 단지 하나의 의무일 뿐이다.

보바는 내가 그 어떤 강제도, 명령도 없이 기꺼이 친구처럼 대해도 모범적으로 행동했다. 그리고 가끔은 행복을 누릴 줄 아는 자신의 성향을 진흙 목욕 같은 행동으로 드러냈다. 그런 보바를 보고 이해하면서 나는 사람도 자신에게 상냥하게 '대할 수 있으며' 그러는 동안 즐거움도 절대 놓치지 말아야 함을 배웠다. 순류 스즈키도 분명 사람은 누구나 자신에게 친절해야 한다는 걸 절대 잊지 말아야 한다고 지적한 바 있다.

> 자네들은 자신에게 충분히 친절하지 않네. 자네들은 스승의 가르침을 따르면 그게 좋은 좌선이라 믿지. 하지만 스승의 목적은 자네들이 기쁘게 자네들 자신으로 살도록 하려는 것이네… 좌선하며 호흡할 때마다 자네들의

호흡에 친절하다면 신선하고 따뜻한 느낌을 받게 될 걸세… 그러니 따뜻한 심장, 따뜻한 선(禪)에 가치를 두게나. 수련하면서 우리가 갖게 될 이 따뜻한 느낌이 다른 말로 깨달음이고 불성이라네… 중요한 것은 자네들의 자유를 속박하는 것이 아니라 자네들에게 자네들만의 방식으로 행동하고 살 자유를 주는 것이네.[26]

스즈키가 말한 그 따뜻한 심장을 보바도 분명 갖고 있었다. 그리고 보바는 매일 그 심장을 계속 따뜻하게 유지했다. 나와 함께 명상해주고 놀아주고, 또 자신의 갈색 귀 뒤를 쓰다듬게 해주고, 때로는 진흙 속에 뒹굴어주면서 말이다. 보바는 온전히 자신으로 사는 수련에 일생을 바쳤다. 그리고 그러는 동안 완벽주의에 대해서는 눈길 한 번 주지 않았다. 나는 바로 그래서 보바가 그렇게나 행복한 개였다고 생각한다. 보바는 정말 자유로웠고, 그래서 자유롭게 세상과 그 세상 속 존재들에게 자신의 온몸과 마음을 다 던질 수 있었다.

안타깝게도 우리 인간들은
보바 같지 않다. 자신이 좋아하는 것이
곧 진리라고 착각하기 때문이다.
환생설에 백 퍼센트 설득당하지
못하면 곧 '진짜 불교도가 아닌' 게 된다.
성경의 특정 구절을 '단지' 하나의
비유로 이해한다고 하면
당장 질타를 받고 교회에서
쫓겨날지도 모른다.
혹은 요가 박람회에 가서
소시지를 한 번 팔아보시라.

눈앞에 있는 걸 똑똑히 봐

처음 세상은 고요했는데
이제는 수다가 끝이 없다.

데시마루 다이센(Deshimaru Taisen)

불교는 종교보다 철학에 가깝다고들 한다. 신으로부터 받은 계시가 아니라 인간의 시각에 의지한, 지혜로운 가르침이라는 뜻이다. 붓다 자신도 우리에게 모든 가르침은 그 어떤 권위자가 주장했다고 해서 무조건 받아들일 것이 아니라 스스로 조사해봐야 한다고 했으므로 대체로 틀린 말은 아니다. 불교 경전도 들은 말을 무조건 믿을 것이 아니라 자신의 경험과 비교해봐야 한다고 분명히 말하고 있다.

> 단지 전해 들었다고 해서, 그리고 전해 내려온다고 해서, 혹은 다른 사람이 그렇게 생각한다고 해서 어떤 가르침을 믿지 마라. 성스러운 경전에 쓰여 있다고 해서, 혹은 논리적으로 그럴듯하다고 해서 믿지 마라. 꾸며진 이론들을 신뢰하지 마라. 그리고 많은 사람이 믿는다고 해서 믿지도 마라. 개인적으로 좋게 느꼈다고 해서, 혹은 그 어떤 스승이 그렇게 말했다고 해서 당연한 듯 받

아들이지 마라. 따라봤는데 불행과 고통이 생기고, 따라서 해롭다 깨달았다면 그 가르침은 버려야 한다. 따라봤는데 행복과 만족이 생기고, 따라서 이롭다 깨달았다면 그때는 받아들여야 한다.[27]

내가 강의할 때나 책을 쓸 때 기쁜 마음으로 자주 인용하는 구절이다. 이 구절 안에 다른 종교들, 특히 유일신 종교와 불교가 근본적으로 어떻게 다른지 잘 드러나 있다. 다른 종교들이 믿음을 미덕으로 높이 평가하고 종교적 전통에 귀의함을 중시하는 반면(최소한 기존 대중 종교들은 그렇다. 물론 각 종교의 신비주의 분파들은 다른 접근법을 취한다), 불교는 모든 가르침이 우리에게 해로운지 이로운지를 스스로 충분히 검사해보아야 한다고 말한다. 반면 기독교, 이슬람, 유대교는 성스러운 계시 문헌을 그대로 받아들이고 질문을 제기하지 않는 쪽을 권장한다.

그러므로 불교는 전통을 의식하고 신봉하는 다른 종교들과 달리 진리에 대한 깊은 조사를 권장하므로 철학에 더 가까운 특성들을 갖고 있다고 주장할 수 있다.

사실 좋은 점이지만, 나는 살면서 불교의 이런 기본적인 입장을 잘못 받아들이는 사람들을 왕왕 만나왔다. 이들은 맹목적으로 믿지 않고 불교 자체가 그것을 권장하지도 않으므로 종교 교리의 늪에 빠져 있는 듯한 다른 종교인들에 비해 자신들이 더 낫고 더 똑똑하며 더 발전한 것이라 생각한다.

게다가 불교에서도 사실 직접 경험보다 믿음과 관계하는 것들이 많음도 쉽게 간과되고 있다. 앞에서 나는 티베트불교에 평균적인 서양인으로서는 받아들이기 힘든 신념들이 다소 있음을 언급한 바 있다. 그런데 다른 계열의 불교에도 최소한 나로서는 진리로 받아들이기 어려운, 대체로 문화적 영향이 큰 내용을 기정사실로 받아들이고 있는 경우가 많다. 여기서는 그중에서도 가장 기본적인 두 관념인 윤회와 깨달음에 대해서만 한번 살펴볼까 한다.

윤회에 관해서라면 붓다가 제안한 '자체 검사'의 길을 걷기가 사실 매우 어렵다. 앞의 「시작도, 끝도 없다」에서 이미 언급했듯이 나는 윤회로 이어지는 경계 없는 삶을 매우 아름답게 보고 있으며, 착한 삶을 위한 도덕적 지팡이로 이용되지 않는다면 다소 위로가 되는 측면도 없지 않다고 생각한다. 이른바 잘못된 행동이 지옥에 가게 한다거나 더 나쁜 인생으로 태어나게 한다는 생각은 모두 협박이고, 성숙한 종교라면 하지 말아야 할 짓이다.

하지만 정말 정직하게 말하면 기본적으로 윤회의 가르침이 옳은지 그른지를 도무지 알 수 없음도 사실이다. 붓다가 일반적인 형이상학적 진술들을 기피했음을 고려할 때, 윤회 이론은 불교적 가르침에 스며 들어갔던 당시 힌두교적 배경에서 나온 것으로 봄직하다. 이미 널리 알려지고 받아들여졌던 윤회 개념이 어찌어찌해서 불교라는 새로운 정신세계 안에도 들어가 보존되어온 것이다. 사람은 한 번 안 것은 좀처럼 잊어버리지 않는 법이다.

관련해서, 선불교는 환생 가능성에 대해 그다지 주의를 기울이지 않는다는 점에서 적어도 나에게는 호감을 불러일으킨다. 도가의 영향 때문인지 선불교에서 윤회라는 주제는 그다지 큰 역할을 하지 않는다. 개와 함께 강가에 앉아 붓을 이리저리 휘갈겨 수묵화를 그리며 쌀로 빚은 술을 한 병씩 비우곤 했던 그 옛날의 도인이라면 윤회 개념에 오히려 무관심한 쪽에 더 가까웠을 것이다.

"정말 그런 게 있고 내가 다른 삶[혹은 도(道)] 속으로 다시 태어나야 한다면, 그럼 그런 거겠지. 내가 막을 수도, 권장할 수도 없는 일이야. 그러니 나는 그저 삶의 변화를 따르겠네. 나는 벌레나 파리로 태어날 수도 있고, 인간으로 태어날 수도 있겠지. 아니면 여기 내 개처럼 멋진 녀석으로 태어날 수도 있고… 아니면 더 존재하기를 멈추고 삶[혹은 도]의 텅 비었지만 창조적인 곳, 그 일부가 되어 정체성이라곤 찾아볼 수 없게 될 수도 있겠지. 뭐가 되든 나는 다 괜찮네!"

나로서는 이렇게 윤회 문제는 해결된 것 같다. 사실 이러쿵저러쿵 말할 필요도 없다. 그보다는 유익한 무지의 고요 속에서 살아가는 게 더 좋다. 단순함의 신선함이여, 불가지론의 즐거움이여. 보바도 세상을 바라보기는 좋아했지만, 세상에 대한 사변에 빠지지는 않았다.

나는 윤회를 이 도인들처럼 보고 싶다. 그 외의 다른 방식들은 모두 온전히 내 경험 밖에 있기 때문이다. 붓다의 가르침대로 나는 윤회 개념을 조사했다. 그 과정이 흥미진진했지만 제대로 된 판단을 내리기에는 정보가 턱없이 부족했다. 따라서 나는 지금 여기에서 바람직하고 좋은 삶을 사는 데 필요한 명상이나 팔정도 같은, 좀 더 긴요한 가르침에 더 집중하기로 했다. 생길 수도 있는 다음

생은 그것 스스로 알아서 할 것이다.

스티븐 배철러(Stephen Batchelor)도 윤회 개념을 비판적으로 보고 있다. 배철러는 한때 불교 승려였다가 지금은 불교 법사로서 불교를 여러 문화적 문맥 밖에서 그 효용성만을 철저하게 검사하는, 놀랍도록 가치 있는 작업을 하고 있다.

> 두 가지 가능성이 있는 것 같다. 윤회를 믿거나 믿지 않거나. 하지만 세 번째 대안도 있는데 바로 정직하게 모른다고 인정하는 것이다…. 인간적임에 용감하게 대면하는 것도 불교 수행의 하나다. 우리가 그린 천국, 지옥, 윤회의 그림은 알 수 없는 것을 아는 것들로 그려본 것뿐이다. 윤회의 확신은 질문을 제기하지 못하게 한다.[28]

다 안다 가정하고 더 질문하지 않는 것은 불법(佛法)에 반하는 행위다. 이것은 진리를 깊이 연구하는 게 아니라 단순하고 간단한 종교적 믿음일 뿐이다. 지혜로운 보바의 말을 빌리면 이렇다.

"동물의 내장으로 만든 개 간식이 어떤 맛인지는 당신 스스로 먹어보아야 한다. 맛이 없다면 그것도 좋다. 나에게 주기 바란다!"

또 다른 말도 많은 주제, 깨달음도 나에게는 윤회와 흡사한 개념이다. 불교에는 종교적 신념이 없다고 하지만 사람들은 깨달음을 단지 믿는다. 깨닫지 않은 사람은 당연히 깨달은 상태를 모르므로 붓다의 당부를 거스르면서까지 깨달음에 대해 조사하기를 포기하는 것 외에 다른 방법이 없기 때문이다. 나 스스로 깨달음에 도달해보지 않은 이상, 깨달음은 성처녀 마리아가 예수를 낳았다는 말과 비슷하다. 믿거나 믿지 않거나 둘 중에 하나다.

그런데 도대체 무엇을 두고 깨달음이라 하는 걸까?

보바에게 물어봤다면 보바는 벌러덩 누운 다음 부끄럼도 모르고 "봐봐, 내 불알 여기 있네!" 하고 소리치고는 미친 듯이 웃어 댔을 것 같다. 깨달음이 무엇인지 알고 싶어 하는 마음과 깨닫고자 노력하는 모습 둘 다 역사를 통틀어 대선사들에게는 늘 즐거운 놀림거리였다. 깨달음이 무엇인지 정말 질문해보았다면, 혹은 깨닫기 위해 각고의 노력을 다 해봤다면 언젠가는 자기 마음속 깊은 곳을 들여다볼 때가 올 것이다.

'나는 왜 깨닫고 싶은가? 깨달으면 뭐가 좋은 거지? 지금과 완전히 달라지나? 더 멋지고 더 흥미진진해지나? 지금 이대로 충분하지 않은가? 뭐가 아직도 부족한가? 그렇게 겸손하고 겸양한다 말해놓고 여전히 아주 특별해지고 싶은 건가?'

여기서 또 다른 개념 하나를 같이 살펴보는 것이 도움이 될 듯하다. 붓다와 관련해 자주 인용되는 일화에서 나오는 개념이다. 굳이 비유하자면 붓다의 명함에 새길 만한, 붓다를 아주 잘 표현해주는 개념이다. 여기 우리 의문을 해결하는 데도 적합할 듯하니 그 개념에 얽힌 일화부터 한번 보자.

보리수 아래에서 진리를 깊이 탐구하고 터득하고 내면화한 붓다는 자신이 배운 것을 다른 사람들과 나누기 위해 길을 나섰다. 그러던 어느 날 오후, 붓다는 그 전에 며칠 동안 이어졌던 밀교 축제 탓에 아직 술이 덜 깬 듯한 구도자 몇 명을 만나게 되었다. 그 축제에 조금 실망한 상태였던 이 구도자들은 그들 앞에 나타난 붓다가 진정 지혜로운 자임을 금방 알아보았다. 흥분한 그들은 말했다.

"오! 드디어 나타나셨군요. 후광이 대단하십니다. 긍정 에너지 말입니다. 당신은 신이십니까?"

"아니오." 붓다가 대답했다.

"그럼 성자이십니까?"

"아니, 그것도 아니오."

"그럼 지난번 '빛 수련'에서 우리가 보고자 했던 크리스털 매트릭스가 인간으로 형상화한 것입니까? 우리는 하늘을 나는 유니콘의 등에 앉아 전설의 사라진 아틀란티스 섬을 다시 발견하고 싶었거든요."

"아, 그래요? 흠… 그것도 아닙니다." 붓다가 당황한 듯 대답했다.

"그렇다면 당신은 그 모든 것을 안다는 그 개 님이십니까? 그 왜 막대기로 머리를 딱 때려 멍청한 생각을 못하게 한다는?"

"그랬던 적이 있었던 것도 같지만 지금은 아닙니다, 아니에요!"

"흠…." 구도자들은 당황한 듯 생명의 꽃(Flower of life) 부적만 만지작대다가 다시 물었다.

"그렇다면 당신은 도대체 누구십니까?"

"나는 깨어난 자요." 붓다가 주저 없이 대답했다.

주의력 좋은 독자라면 붓다가 자신을 '깨달은 자'가 아니라 '깨어난 자'라고 했음을 눈치챘을 것이다. 그리고 고타마 싯다르타의 존칭인 '붓다(Buddha)'란 산스크리트어에서 실제로 '깨어난 자'란 뜻이다. 그런데 '깨어남'은 '깨달음'과는 완전히 다른 말 같다. 대체로 후자가 엄청난 노력을 요구하고 거기에 또 엄청난 행운까지 주어진다면 언젠가, 아주 먼 미래에 어쩌면 도달할 수도 있을, 경악스러울 정도로 엄청난 것처럼 느껴지기 때문이다. 깨달음은 또한 승려 협회가 당나귀 구도자들의 코앞에 두고 흔들 '정신적 당근' 같은 매우 실용적인 개념이기도 하다. 그야말로 평범한 인간이 감히 넘볼 수 없고 명상 전문가들의 안내 하에서만(상응하는 대가를 치르고서야) 겨우 시도 정도 해볼 수 있는, 거창하고 원대한 목표인 것이다. 그리고 바로 그래서 불교도 다른 모든 종교와 다를 바 없는 하나의 믿음 체계가 되어버린다. 바로 그때 붓다조차 때로 착각도 하고, 괴로워도 하고, 실수도 하고, 코도 파고, 화장실도 가는 아주 보통의 인간이었음이 망각된다.

붓다의 일생 이야기는 후대에 전설에 가까운 황당무계한 승격을 경험하게 된다. 그 승격된 이야기 속에서 붓다의 이른바 깨달음은 엄청난 것이며, 그가 깨달았을 때 심지어 하늘과 땅이 흔들렸고 꽃비가 내렸으며 온 우주가 환호성을 질렀다고 한다. 하지만 실제로 그것은 한 인간이 눈을 뜨고 희망, 기대, 불안, 개념이라는 필터 없이 세상을 있는 그대로 인식했던 아주 겸손하고 고요한 순간 쪽에 더 가까웠을 것이다. 그 순간 모든 기만이 사라졌고 모든 것이 서로 연결되어 있어서 목숨 걸고 지켜야 하는, 혼자 봉

인된 자아 같은 것은 없음을 알게 되었을 것이다. 그것은 (어린 시절과 이른 청년기에 누렸던) 쾌락과 (세속적 영달을 모두 포기한 수행자로 살았던 몇 년 동안의) 엄격한 고행 둘 다 좋은 길이 아님을 알게 된 붓다가 깨어나기 몇 달 전부터 걸었던 중도(中道)의 길에서 얻은 평화롭고도 평화로운 순간이었을 것이다.

싯다르타는 단순히 자기 자신으로 깨어나는 경험을 했다. 그것은 세상 속 자신의 자리, 자신의 삶, 그리고 자기 자신이 서로 얼마나 단단히 묶여 있는지와 자신도 생성과 소멸의 일원임과 땅 위의 다른 모든 존재와 자신이 얼마나 서로 깊이 연결되어 있는지를 분명히 보았다는 뜻이다.

그러함을 붓다는 분명 훌륭히 설명할 수 있었다. 경전에 보면 붓다의 설법을 듣고 깨어난 사람이 얼마나 되는지 암시하는 구절이 종종 나오는데 '세 명, 다섯 명, 열 명…' 이런 식이다. 그러므로 깨어남은 늘 일어나는 일이었고 후대에 말해지듯 그렇게 대단한 일도, 큰 관심을 불러일으키는 일도 아니었다. 깨어난 사람들은 그저 그동안 그들의 눈을 가렸던 베일 없이 만물을 있는 그대로 볼 수 있었다. 그 직후 그들은 대개 붓다의 제자가 되어 붓다와 함께 설법 여행을 다녔다. 그렇게 계속 붓다의 설법을 들었고 명상을 하며 늘 현재의 순간과 접촉하는 삶을 살았다. 이 사람들에게 깨어남은 또 다른 길의 시작, 즉 온 의식으로 거듭해서 현재에 오롯이 집중하는, 계속되는 삶의 또 다른 시작일 뿐이었다. 이들에게는 분명 그 길 끝에 온다는 고색 찬연한 대박 사건(깨달음)이 전혀 중요하지 않았을 것이다. 이 대박 사건이야말로 오늘날의 구도자들로 하여금 내면의 점진적인 발전을 시도조차 하지 못하게 만든다. 그 목표 지점이 너무 고색 찬연해서 어차피 도달할 수 없을 것 같기 때문이다. 그래서 붓다는 인간이 도저히 가질 수 없는, 무언가 결정적인 것을 가진 사람, 즉 신의 반열에 오른다.

하지만 '깨어남'은 개와 공원에 앉아서 모든 것이 자연스럽게 제자리에 있음을 보는 순간처럼 간단한 것이다. 당신은 그 순간 개울물 소리, 산책하는 다른 사람들, 하늘의 구름, 당신이 먹다 남긴 푸딩으로 몰려드는 개미들… 그 모두를 있는 그대로 인식한다. 그리고 그것들과 당신 사이의 경계선이 사라진다! 당신은 그 순간 깨어난다. 인식의 간단한 변화로 주변 세상과 새롭게 연결되고 아주 자연스럽고 부드럽게 그 세상과 교감할 수 있다. 반면 '깨달음'은 백호와 반나체의 댄서들이 활개를 치고 폭죽이 터지는 라스베이거스 쇼 같다. 이 쇼를 위해서는 비싼 입장료부터 구해야 하지만 결국에는 (영성으로 위장한) 당신의 에고 치장용 새 보석에 지나지 않아 보인다.

그러므로 깨달음을 추구하는 게 자아에 집중하는 것이고 생각의 가상 공간에서 구도자 놀이를 하는 것이라면 깨어남은 세상을 위해, 그리고 세상 안에서 고요하고 태연한 일부로써 살아가는 하나의 과정이다.

그런데 이쯤에서 붓다의 깨어남은 최종적이었으므로 붓다는 깨어나 제대로 보는 그 상태에서 절대로 다시는 벗어나지 않았다고 이의를 제기하는 사람도 있을 것이다. 나는 개인적으로 그렇게 믿지 않으며 그런 생각은 붓다에 대한 전설에 해당한다고 생각한다. 전설은 늘 카리스마 강한 인격을 중심으로 펼쳐지게 되어 있다. 나는 붓다가 현재 순간에서 벗어나거나 생각이 현재를 앞서거니 뒤서거니 할 때마다 그것을 금방 알아차릴 정도로 깨어났었다고 생각한다. 붓다는 늘 아주 평화롭게 현재의 순간으로 돌아올 수 있을 정도로 주의 깊었고 사려 깊었다. 그리고 나는 당신과 나도 붓다처럼 깨어날 수 있다고 확신한다. 붓다와 우리 사이의 유일한 차이점은 붓다는 혼자 깨어났지만 우리는 동정심 많은 네 발 달린 스승의 도움이 필요하다는 것이다. 이 스승은 온몸과 행동으로 현재 순간을 거듭 암시하는 것으로 우리가 그 순간을 놓치지 않게 해준다.

깨달음이나 윤회 개념이 붓다의(그리고 보바의) 관심사였던 것 같진 않다. 이들에게는 주의집중이 곧 깨어남이었다. 늘 새롭게, 계속 현재 순간에 도달하는 상태가 바로 깨어난 상태이다. 그 어떤 이론에 대해 생각하기 시작하는 순간 손안에서 미끄러져 나가는 물고기처럼 현재의 순간도 빠져나간다. 보바라면 다람쥐처럼 빠져나간다고 말할지도 모르겠다. 땅에서 놀란 채 서 있기만 해야 하는 자신과 달리 터무니없게도 나무를 탈 줄 아는 다람쥐 말이다.

상좌부 경전에서 붓다는 이렇게 말한다.

> 삶을 상세히 조사할 때 존재하는 모든 것을 명확히 볼 수 있다. 그 무엇의 노예도 되지 않을 때 모든 열망을 떠나보낼 수 있다. 그 결과는 자유와 기쁨이 가득한 삶이다.[29]

이것을 불교의 기본 입장으로 본다면 우리는 종교적 구조를 멀리하고 우리 정신의 다소 속세 지향적인 연구들을 장려하게 될 것이다. 나는 신봉자의 자세가 아닌 붓다의 원래 의도를 보여주는 이 진술을 따를 때 더 유익할 것이라고 확신한다. 신봉자로서 접근할 때는 자신이 믿는 것이 진실이고 자신의 생각이 맞다고 증명되기를 열망할 수밖에 없다. 그래야 그 환상일 수도 있는 깨달음이라는 목표를 향해 계속 노력해나갈 수 있기 때문이다. 이 경우 자유와 기쁨이 가득한 삶은 거의 기대하기 어렵다. 깨달음에 대한 생각도 우리가 쫓는 다른 모든 것처럼 우리를 노예로 만들 수 있다. 족첸 폰롭 린포체도 이렇게 말했다.

> 불교는 종교가 아니라 학문임을 이해하는 것이 중요합니다. 불교는 우리 정신이 어떻게 기능하며 우리 정신을 어떻게 수단과 도구로 이용할 수 있는지에 대해 수천 년 동안 꾸준히 연구되어온 학문입니다. 불교의 이런 관점을 잘 안다면 불교 수행에 대해 완전히 다른 이해를 하게 될 것입니다… 기도, 소망, 독실한 바람이 설 자리가 더이상 없게 되지요.[30]

진실로 불교가 종교가 아니라 철학이라고 생각한다면, 내 생각에는 깨달음에 대한 추구(혹은 집착) 또한 존재 순환의 이른바 낮은 영역 속 나쁜 인생보다는 좋은 인생으로 태어나고 싶다는 생각과 마찬가지로 '독실한 바람'에 속함을 인정해야 할 것이다. 있을지

없을지도 모르는 다음 생에 우리의 카르마가 어떻게 발현될지에 대해 생각하는 대신 인과론의 법칙으로서 카르마를 구체적으로 이해하고 그 작용 그대로 인식하는 편이 더 낫지 않을까?

보바에게 있어 카르마란, 다음 생에 영향을 주는 얽히고설킨 상황들과는 거리가 먼 아주 간단한 것이었다.

"전기 울타리에 오줌을 싸면 식겁하게 된다! 고양이를 귀찮게 하면 코에 생채기가 생긴다! 음식물 쓰레기통을 뒤져 부엌 바닥을 어지럽히면 그가 뚜껑을 열 수 없는 쓰레기통을 사놓는다(손 없이 발만 네 개인 나는 침만 흘리며 볼 수밖에 없다!). 공을 찾아오면 그가 다시 던진다! 몸을 비비면(그리고 침을 질질 흘리지만 않으면) 그도 몸을 비벼준다."

정말이지 간단하고 이런 방식으로 우리 인간도 우리에게 맞는 몇 가지를 습득할 수 있다.

보바와 오래 살수록 나는 단순함, 간단함을 좋아하게 되었다. 영성 분야에서도, 아니 영성 분야라서 우리는 늘 실제보다 더 복잡하게 생각하는 경향이 있다. 특히 우리가 알지 못하고 어쩌면 영원히 알 수 없을 것들에 대해 생각할 때 그렇다. 생각이 꼬리에 꼬리를 물고 이어지고, 그렇게 해서 만들어진 이론들을 보면 차라리 드라마 〈X 파일(두 명의 FBI 요원이 초자연적 현상이나 괴물, 유령 등 과학적으로 설명할 수 없는 사건을 수사하는 이야기를 다룬 미국의 TV 드라마 시리즈 – 편집자)〉 속 이야기가 더 믿을 만하게 느껴질 정도다.

우리 인식 영역 너머에 있거나 어떤 사람에게서 듣기만 한 내용이라서 그 사실 여부를 알 수 없다면 우리 뇌는 대뜸 받아들이거나 거부하는 것 중의 하나를 선택하기 쉽다. 그러므로 종교적인, 혹은 형이상학적인 질문들은 대체로 열린 토론이 불가능하고 우리 에고와 세계관에 의해 좌우되는 신앙 안에서 그 답을 찾게 된다. 이건 피곤한 일이 될 수도 있다. 왜냐하면 신앙에 이의를 제기하고 조사하려면 에고에 이의를 제기하고 조사해야 하기 때문이다. 우리 에고는 그런 이의 제기를 좋아하지 않기로 유명하다.

보바는 아무런 신앙이 없으므로 최악의 경우 다른 사람들에게 대항해 그 무언가를 위해 자신을 방어해야 할 일도 없었다. 보바는 작은 삑삑이 공과 노는 걸 좋아했지만 다른 개가 일반 공을 더 좋아한다고 해도 전혀 상관하지 않았다. 보바는 건식 사료를 대단히 사랑했고 늘 놀라울 정도로 많은 양을 흡입했지만 바프(BARF)🐾를 섭취하는 동료 개들과도 주저하지 않고 잘 놀았다.

안타깝게도 우리 인간들은 보바 같지 않다. 자신이 좋아하는 것이 곧 진리라고 착각하기 때문이다. 환생설에 백 퍼센트 설득당하지 못하면 곧 '진짜 불교도가 아닌' 게 된다. 성경의 특정 구절을 '단지' 하나의 비유로 이해한다고 하면 당장 질타를 받고 교회에서 쫓겨날지도 모른다. 혹은 요가 박람회에 가서 소시지를 한 번 팔아보시라.

'내' 생각을 정직하게 조사해보고 '내가' 이해한 것이 절대 진

🐾 BARF는 "생물학적으로 적합한 생식 사료(Biologisches Artgerechtes Rohes Futter)"의 약자로, 야생 늑대처럼 먹는 방식이라는 이유로 논쟁이 되었던 동물 섭식법이다.

리가 아닐 수도 있다고 생각해보자. 사실은 그 옳음을 증명할 수 없는데도 그냥 편해서 믿어버리기 전에, 그래서 점점 더 복잡해지는 이론들로 '나'조차 설득해야 하는 지경에 이르기 전에 질주하는 생각들에 고삐를 잡아주자. 뇌의 생각 기능을 닫아버리라는 뜻이 아니다. 오히려 그 반대로 더 합당한 방식으로 이용하자는 뜻이다. 그리고 붓다가 제안했던 대로 모든 것을 조사해야 하고 제대로 봐야 한다는 뜻이다. 또한 단순한 믿음 문장들은 멀리해야 하며 모든 것을 구체적으로 생각해야 할 뿐만 아니라 직접 경험해봐야 하며 추상화하지 말아야 한다는 뜻이다.

개에게는 구체적인 것들밖에 없으므로 순간에 집중하는 삶의 기술에 관해서라면 이들을 능가할 자가 없다.

"삶을 상세히 조사할 때 존재하는 모든 것을 명확히 볼 수 있다."라고 붓다는 말했다. 명상이 곧 명확히 보는 것이다. 명확히 보기란 수련, 혹은 자기 최면술을 통해 마침내 내가 바랐던 것, 혹은 상상했던 것을 보는 것이 아니라 진짜 거기 있는 것을 발견하는 것이다. 바로 여기에서, 아주 간단히 그리고 솔직하게 보는 것이다. 이때 우리는 모든 것의 핵심으로 들어간다.

가만히 앉아서 뭐하는 거야

생각하지 않음을 생각하라.
어떻게 생각하지 않음을 생각하냐고?
생각하지 않으면서 생각하면 된다.
이것이 좌선의 본질이고 기본이다.

도겐 젠지(Dogen Zenji)

이 책의 멋진 표지 그림(한국어판이 아닌, 독일어판 표지를 말한다 - 편집자)을 처음 보았을 때 나는 그 즉시 명상하는 개 옆에 서 있는 사람이 나라고 생각했다. 그림 속 나는 이런 표정을 짓고 있을 것 같았다. '이 개는 대체 또 뭘 하고 있는 거지?' 아주 특별한 동물, 혹은 비범한 아이들과 함께 사는 특권을 누리는 사람들은 무엇보다 얼빠진 표정을 자주 짓게 된다!

나는 보바에게 놀라 얼빠진 표정을 짓게 되는 선물을 수도 없이 많이 받았다. 보바는 내가 예상치 못했던 새로운 일들을 끊임없이 생각해냈고 덕분에 나는 늘 순류 스즈키가 '초심(初心)'이라고 말했던 것을 다시금 떠올려야 했다. 선 수행이란 사실 새로운 상황이 닥칠 때 편견과 판단 없이 정직하게 놀라고 받아들이는 마음을 계발하는 것이다. 고요한 가운데 앉아 있는 명상, 혹은 좌선이 바로 그런 마음의 계발을 위한 것이다.

당연히 보바는 결가부좌를 틀고 앉아 명상할 수 없다. 하지만 그럴 필요도 없었다. 존재의 근원으로 내려가는 것, 영원한 현재 속으로 들어가는 것, 이것을 위해 보바는 그 어떤 의례도, 형식도, 특별한 방석이나 향도 필요하지 않았다(특히 향은 맛이 하나도 없다!). 보바의 명상은 그야말로 꾸밈없이 자연스러웠으므로 시간이 가면 갈수록 다리에 쥐가 나곤 했던 나의 명상에 좋은 본보기가 되었다.

내가 방석에 앉아 명상할라치면 보바도 금방 내 옆에 편하게 자리를 잡는다. 보바의 명상 방식은 나와 비교하면 매우 자유로워서 형식이랄 것도 없다. 단지 쿵 하고 앉아서는 눈꺼풀을 반쯤 감는다. 그리고 한숨 한 번, 입맛 한 번 다시기가 무섭게 삼매에 들어간다. 그런 보바가 내 앞으로 엉덩이를 쭉 내밀 때가 있는데, 그건 바로 명상이 잘되어 내 에고가 특히 뿌듯해하거나 자신을 자랑스러워할 때다. 그럴 때 보바의 로제타(Rosette: 장미 모양의 무늬, 혹은 항문을 뜻한다 - 옮긴이)를 보고 있으면 나는 모든 존재에 불성이 있음

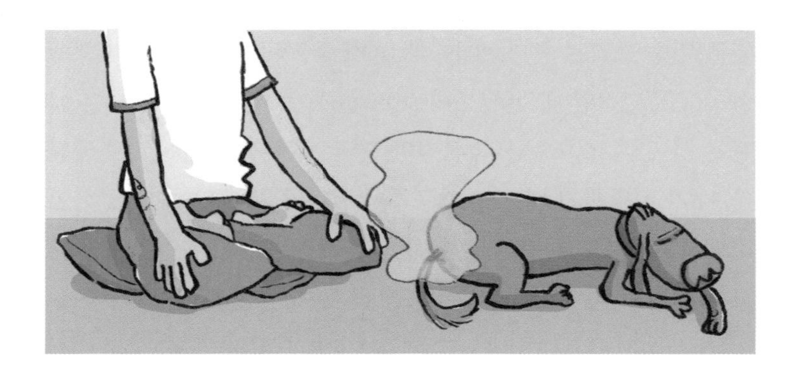

을 잊지 말자 다짐하곤 했다.

하지만 결국 나는 차라리 눈을 감고 만다. 그리고 보바가 어제 저녁에 먹은 것을 잘 소화했길 바란다. 대선사들이 멋지게 완성해놓은 전통에 맞게 명상이 한참 잘될 때, 그리고 하필이면 내가 참 멋지게 보일 때만 골라서, 보바는 뿌웅 소리를 내며 제네바 협약(전쟁 참여자, 비참여자, 포로의 인도적 처우에 대한 협약 - 옮긴이) 조차 깨고 싶게 할 굉장한 냄새를 풍긴다. 나는 보바가 자신의 가르침을 아주 한 방에 효과적으로 각인시키기 위해 의도적으로 소화가 잘 안 되는 음식을 먹었을 것이라고 확신한다. 사실 10년 넘게 '방귀 다르마 선사'의 제자로 지내면서 내가 알레르기성 천식이나 그 비슷한 질병을 얻지 않은 게 이상할 정도였다.

처음에는 지독한 냄새에 기절할 것 같아 벌떡 일어나서 창문을 열어야 했지만 나중에는 개 방귀 냄새나 명상할 때 찾아오는 다른 생각, 감정, 오금이 저리는 것, 지나가는 자동차 소리, 윙윙대는 파리 소리나 뭐 다를까 싶어졌다.

모두 왔다가 가는 것들이다. 순간의 일이고, 삶의 일부다. 그것은 뿌웅 소리로 온다(어쩌면 더 심하게 뿡뿡거려서 진짜 공포에 떨게 될 수도 있다). 그러면 내 뇌세포에 SOS 신호가 전달되고, 내 뇌는 기절할 것 같다고 호소한다. 하지만 결국 모든 것이 다시 조용해진다. 내가 집착하지 않으면 먹구름이 지나가듯, 내 스승의 발산이 일으킨 효과도 지나간다. 눈이 좀 따끔거리고 몸이 간질간질할 때도 있지만. 반대로 벌떡 일어나 코를 높이 쳐들고 룸펠슈틸츠헨(Rumpelstilzchen: 자기 이름이 발각되자 발을 구르며 자폭하는, 독일 동화 속 난

쟁이 - 옮긴이)처럼 방 안을 뛰어다녀봤자 방귀는 불쾌한 것이라는 개념화만 생기고 명상을 망칠 뿐이다. 일단 개념화가 하나 시작되면 세 개는 기본이고, 많게는 열여덟 개까지 이어진다. 에스키모인들에게는 눈[雪]을 지칭하는 단어가 열 개라던데(사실은 그렇게 많지 않다고 한다. 그리고 나는 알프스 산간의 농부들도 눈을 뜻하는 단어들을 그만큼 많이 알고 있으리라 확신한다) 개 반려인들도 '냄새 고문' 같은 적절한 표현의 시리즈를 많이 갖고 있을 듯하다.

9세기 황벽 선사도 이렇게 말하지 않았는가?

> 마음은 본디 부처이고 개념적 생각을 버리는 것이 방책이다.[31]

현상들을 말로 개념화할 수 있는 인간의 능력은 나도 절대 깎아내리고 싶지 않은, 문화적으로 대단한 능력임이 분명하다. 이 능력이 있기에 인간은 소통하고 같은 목적 아래 협력할 수 있다. 그런데 언어는 보통 이원적이다. 다시 말해 보통 '이것 아니면 저것'이지, '이것뿐만 아니라 저것도'인 경우는 거의 없다. 우리는 대개 모든 것을 판단하고 성격상 중립적인 현상들을 좋거나 나쁜 것으로 평가한다. 우리에게, 혹은 우리의 현재 감정 상태에서만 좋거나 나쁜 것임에도 불구하고 말이다. 이런 개념화를 동반하는 모든 평가는 현상 자체에 좀처럼 여지를 주지 못하므로 그 현상은 도무지 그 자체로 존재할 수 없다. 우리가 그것을 우리의 친구가 아니면 적으로 규정하기 때문이다. 대개 그 중간은 없다. 물론 평가를 해야 하는 상황들이 있다. 그래야 그 상황들에 적절히 대처할 수 있을 테니까. 차가 많이 다니는 대로로 아이가 달려나가는 상황인데도 그 상황은 그 자체로 중립적이랍시고 판단하지 않고 무슨 일이 일어나든 그대로 두는 건 절대 안 될 일이다. 이때 우리는 위험을 알아차리고 잘 대처해야 한다. 판단이 문제가 될 때는 단지 판단이 저절로 일어나서 멈출 수 없고, 모든 것을 에고가 원하는 대로 판단하여 에고가 이미 만들어놓고 이름 붙여놓은 서랍 속에 넣어버릴 때다. 이때 우리의 식별 능력은 하나의 도구가 아니라 우리 인생의 지배자가 된다. 편한 것은 쫓고 불편한 것은 어떤 수단을 써서라도 막으라고 끊임없이 우리를 떠미는 지배자.

이때 그 자체로는 전혀 해로울 것 없는 개의 방귀가 명상할 때 마땅히 그래야만 하는 고요함에 대한 실질적인 공격이 되고, 우리 에고에 대한 모욕이 되고, 몇 시간이고 그에 대해 화를 낼 수도 있는 대단한 사건이 된다. 하지만 사실로 말하자면 몇 분 안에 날아가는 것, 심지어 명상 혹은 반성에 도움이 될 수도 있는 방귀일 뿐이다.

명상 서적들을 많이 읽어보면서 나는 솔직히 선불교의 지혜와 개의 가스 배출 사이의 일반적인 거리감이 점점 사라지는 느낌을 거둘 수 없었다. 보바의 후각 공격과 조주 종심 선사의 말은 모두 내게 똑같은 가치로 다가온다. 둘 다 내 머리를 확실히 때려주고 나를 추상에서 현실로 데리고 나와준다. 조주 종심과 보바 둘 다 개념적인 생각일랑은 폭파하고 단지 그곳에 존재했을 뿐이다.

나의 이런 통찰을 옛 선사들이 옆에서 보았다면 "성공했구나!"라고 말해줄 것 같다. 물론 많은 비웃음을 사기도 하는, 왜곡된 의미의 '성공'이 아니라 진짜 성공 말이다.

어쨌든 최소한 보바는 내 수련을 적극 지지해주었다. 명상할 때마다 늘 보바가 내 옆에 있었다. 어쩌면 이 개는 좌선(坐禪)의 '좌(坐)'가 중국어로 두 사람이 나란히 땅 위에 앉아 있는 형상임을 잘 알고 있었던 건지도 모른다. 일반적인 생각과 달리 명상은 속세를 떠나 홀로 은거하는 것이 아니라 자신을 세상으로 온전히 들어가게 하는 것이다. 명상은 동등한 상태로 인한 유대감을 부르고 모든 생명체 사이의 근본적인 연결을 느끼게 한다. 보바의 편안한 쩝쩝거림이 있었기에 혼자 방석에 앉아 명상했을 때보다 훨씬 빨리 이를 알게 되었다.

나는 주인이 명상으로 긴장을 푸는 것을 개들이 좋아한다고 믿고 있다. 개들은 명상하는 주인을 모든 것이 괜찮고 따라서 자신들도 긴장을 풀 수 있다는 신호로 받아들이는 듯하다. 긴장 완화는 명상의 바람직한 부작용이므로 명상은 개와 인간의 유대감 형성에 도움이 된다.

보바와 나는 함께 명상하면서 몸과 마음이 점점 더 좋아짐을 느꼈다. 내가 명상하려고 앉으면 보바는 종종걸음으로 다가온다. 신나게 놀다가도 금방 명상 모드로 변하는 보바를 보면 나도 의식적으로 현재 속으로 빠져들게 된다. 보바는 열려 있음의 살아 있는 본보기였고 대단한 집중력의 소유자였다. 그리고 더할 수 없이 자연스러운 방식으로 현재에 살았다. 우리 인간은 어렵게 다시 배워야 하는 방식이다.

그렇지 않다면 명상을 가르치는 사람들, 스와미들, 선사들, 황야의 교부들[教父: 이집트의 황야에서 은자(隱者)로 생활하면서 최초의 그리스도교 수도원을 설립했던 수도사들 - 옮긴이], 베네딕트교 수도사들, 수피들, 린포체들이 왜 모두 하나같이 다양한 명상법들을 계발하고 전수해야 했겠는가? 현재 순간을 있는 그대로 받아들여야 하는 것뿐이라면 무엇 때문에 무언가를 해야 할까?

흠, 선사도 아닌 내 보잘것없는 소견을 말하자면 명상법들은 오직 우리 정신의 필터를 버리기 위한 용도로 사용된다. 장밋빛 혹은 어두운 구름이 낀 안경을 벗어버리고 순간을 맨눈으로 보기 위한 용도다. 황벽 선사가 방책이라고 했던 '개념적 생각을 버리는 것', 이것이 쉴 새 없이 돌아가는 우리의 정신을 쉬게 하고 그렇게 쉴 때 우리는 실재에 대한 백일몽, 바람, 개념, 상상을 실재 그 자체와 혼동하는 위험에서 벗어날 수 있다.

명상은 확신, 이론, 개념에 몰두하며 수다가 끊이지 않는 우리 정신에, 그래서 진짜 실재, 진짜 길, 진짜 삶을 놓치고 있는 우리 정신에 주는 진정제다. 나에게 있어 명상은 기본적으로 새롭게 보는 연습이다. 아니, 우리 눈과 가슴의 즉흥적인 열림을 위한 '준비 과정'이라고 하는 편이 더 낫겠다. 보바가 개념적 사고 능력이 없었던 덕분에 현재 순간의 자연스럽고 온전한 참여자로 살 수 있었던 반면, 나는 언어 능력과 그것에서 따라오는 현상들을 개념적 단위로 분류하는 능력 덕분에 오히려 망가진 셈이었다. 세상을 직접 인식하지 못하고 세상에 대해 생각만 하게 된 것이다.

그런 의미에서 방석에 앉는 행위는 명상 연습이라 할 만하다. 일상에서 늘 일어나는 진짜 명상을 위한, 이른바 준비 과정인 것이다. 앉아서 명상 연습을 해야 일상을 깨어난 채 살 수 있다. 정신을 진정시키고 넓히고 나아가 세상에서 일어나는 일에 열리게 하는 것이다. 그렇게 열릴 때 우리는 하늘을 나는 말똥가리 새를 인식하고 그 새가 우리를 진실로 관통해 날게 할 수 있다. 우리 에고의 경계가 사라지고 우리 안에 더 넓은 영역을 이해하는 데 필요한 공간이 마련되면 우리 정신과 하늘 사이에 더는 아무런 차이도 없게 된다.

프란체스코 수도회 신부로서 기독교 명상을 가르치지만 모든 영적 방향에 열려 있는, 내가 존경해 마지않는 리처드 로어(Richard Rohr) 신부는 어떤 책에서 대선사와 그의 제자 사이에서 일어난 대화 하나를 소개한다. 이 대화는 명상을 왜 해야 하느냐는 질문에 대한 독특한 대답으로 유명해졌다.

> "깨닫기 위해 제가 뭘 할 수 있습니까?"
> "아침에 해가 떠오르게 하려면 네가 뭘 할 수 있겠느냐?"
> "그렇다면 스승님께서 가르치는 수행은 왜 해야 하는 겁니까?"
> "해가 떠오를 때 자지 않기 위해서다."[32]

우리는 아무것도 할 수 없지만 바로 그래서 무언가를 해야 한다.

이것은 명상하면서 마주치게 되는 커다란 역설이다. 바람은 의도 없이 불지만 바람을 타려면 우리는 돛을 올려야 한다. 그렇지 않으면 평생 바닷가에서 바다를 응시하기만 할 것이다. 진짜 바다의 힘을 경험하고 느끼지 못한 채.

그러므로 명상이 목적 지향적인 것처럼 보일 수는 있지만 그렇다고 명상을 목적을 이루기 위한 기술로만 보는 실수는 저지르지 말아야 한다.

데시마루 다이센은 명상에 대해 말할 때 의도와 집착이 없음을 뜻하는 무소득[無所得: 이무소득고(以無所得故)에서 나온 말로, '더는 얻을 것이 없다'는 뜻. 『반야심경』의 요지로, 무소득을 무소유(無所有)라고도 한다 - 옮긴이]에 늘 큰 가치를 두었다. 명상으로 어딘가에 도달하려고 애쓰는 사람은 그것이 편안함이든, 지혜든 혹은 급기야 깨달음이든 얻지 못할 것이다. 목적 지향적인 정신은 명상할 수 없기 때문이다. 목적 지향적인 정신은 현재의 순간이 충분치 않다 판단하고 바꾸려 애쓴다. 그래서 현재에 있지 못하고 현재를 있는 그대로 보지 못한다. 데시마루는 이렇게 확언한다.

"좌선할 때 '나는 이것 혹은 저것이 되어야 한다'라고 말하는 것은 아무 의미 없다(무의식적, 자연적, 자동적으로 그 원하는 것이 될 수는 있다). 이것이 조동종(曹洞宗: 중국에서 생겨난 선불교 종파 중 하나 - 편집자)의 본질이다. 무소득, 목적도 대상도 없이 좌선 그 자체에만 집중하는 것이 본질이다."[33]

무소득은 활쏘기로 가장 잘 설명할 수 있을 것 같다. 목표에만 집중할 때 우리는 그 목표만 본다. 과녁의 중심만 응시하고 그 절대적으로 원하는 것을 맞추기 위해 온몸의 근육을 긴장시킬 테고 그럼 화살은 과녁에서 1미터는 가볍게 빗나갈 것이다. 그것보다는 활을 쏘는 사람과 과녁 사이, 그 주체와 대상 사이 아무런 구분이 없을 정도로 최대한 깊은 이완의 순간으로 들어가는 것이 더 나은 방법이다. 화살을 휙 뽑아 장착하고 시위를 팽팽하게 당긴 후 갑자기 풀어주는 행위, 화살이 날아가 과녁을 맞히는 행위는 모두 그저 하나의 행위일 뿐이다. 화살을 쏘는 자, 화살, 과녁이 모두 하나다. 이제 무언가 특정한 것에 도달하는 게 더는 중요하지 않고 행위 자체에 그 도달함이 이미 포함되어 있다. 이는 명상에서 좌선하는 순간 이미 붓다라는 의미가 된다. 명상할 때는 일상을 사는 우리의 정신이 곧 깨어난 붓다의 정신이다. 그리고 '일상의' 정신에서 '붓다의' 정신으로 발전해 나가는 데 필요하다고 생각하는 직선의 시간도 명상할 때는 환영으로 취급된다. 우리는 궁수이고, 화살이고, 과녁이다. 우리는 인간이고, 명상이고, 붓다다. 모두가 같은 시간 바로 지금 존재한다. 그런 의미에서 더는 도달할 것이 없다면 조주 종심 선사의 다음 말도 이해할 수 있을 것이다.

> 보상과 해탈의 붓다가 있다면 그 머리를 쳐버려라. 그럼 훌륭한 인간이 될 것이다.[34]

좌선의 끝에는 보상도, 해탈도, 후광도, 극락도, 상으로 받는다는 72명의 처녀도 없다. 심지어 아이스크림 한 덩어리도, 재미난 문구가 적힌 티셔츠도 못 받는다. 단지 명상하는 자와 명상과 그 현재의 순간이 모두 함께 온전히 하나로 존재하는 세상이 있을 뿐이다.

보바는 활을 쏘기는 좀 힘들었겠지만 명상에 관해서라면 따를 자가 없었다. 명상 시간을 따로 정해놓는 나와 달리 보바는 명상과 일상을 구분하지 않았다. 보바는 그저 매 순간 절대적으로 그곳에 있었다. 정신을 놓은 듯 공을 쫓아 달리다가도 다음 순간 더 할 수 없이 평온하게 잔디밭에 엎드려 머리를 온전히 비웠다. 어디서 자신이 끝나고 어디서 잔디가 시작되는지 몰랐다. 흥분과 이완의 극단을 오가는 보바의 모습은 놀랍기 그지없었다. 게다가 보바는 그 두 상태의 어느 쪽도 절대 선호하지 않았다. 보바의 세상은 생각과 기대에 의해 왜곡되거나 채색되지 않았다. 보바는 그 자신이 매 순간이었으므로 매 순간을 설명할 필요도 없었다.

보바의 가르침은 정말이지 끝이 없었다.

눈이 내렸어

즉흥 명상

그리고 우리는
단지 앉아서 혼자 보는 시간을 가져야 한다.

아스트리드 린드그렌(Astrid Lindgren)

나는 어느 겨울날을 떠올린다. 아주 먼 옛날 같기도 하고 마치 어제 일처럼 생생하기도 하다. 나는 거실에 서서 생각 없이 창밖을 응시하고 있었고 보바는 늘 그렇듯 뒷다리는 의자에, 앞다리는 창가에 올려놓은 채 내 옆에 서 있었다. 보바의 콧김으로 유리창에 작은 김이 서렸다. CD 플레이어에는 내가 좋아하는 토니 스코트(Tony Scott)의 〈선불교 명상을 위한 음악(Music for Zen Meditation)〉이 돌아가고 있었다. 1960년대 초 녹음된 앨범인데 그때까지만 해도 모든 '명상 음악'이 졸속으로 만든, 거친 신디사이저 음의 허접쓰레기는 아니었다. 스코트는 그만의 탁월한 방식으로 유럽의 재즈 전통을 일본 전통의 소리 미학과 결합했다. 그렇게 클라리넷과 샤쿠하치(shakuhachi)의 즉흥 연주가 시작되고 섬세한 코토(Koto)* 뜯는 소리가 합세하는 동안 바깥에서는 눈이 내리기 시작했다. 굵은

* 샤쿠하치는 대나무로 만든 일본 피리로, 보통 명상 음악에 사용되었다. 코토는 줄이 13개인 일본 현악기이다.

눈송이가 느릿느릿 땅 위로 내려앉자 온 세상이 느려진 것 같았다. 토니 스코트, 신이치 유이즈(Shinichi Yuize), 호잔 야마모토(Hozan Yamamoto)의 연주가 스피커를 뚫고 나왔고 음악에 맞춰 눈송이들이 춤을 추고 있는 것 같았다. 온 세상이 아름답게 즉흥 연주를 하고 있었다. 보바와 나는 그 모습을 볼 수 있었고, 그렇다, 음악이 고요에 공간을 내주고 틀을 마련해주자 심지어 그 세상의 일부가 되었다. 그것은 마치 종교에 귀의하는 순간 같았다. 다만 종교적 의례가 없었을 뿐. 우리는 계속 창밖을 바라보았다. 어느덧 음악이 끝났고 들리는 것은 우리의 숨소리뿐이었다. 나무 위에도, 집 위에도, 도로에도 어느새 얇게 하얀 눈이 쌓였는데 그보다 더 아름다운 광경을 나는 본 적이 없었다. 세상, 우리 집 거실, 내 정신에 고요가 찾아왔으므로 나는 그 기적 같은 순간을 볼 수 있었다.

그 전에 정식으로 명상을 꾸준히 해오지 않았더라도 그 순간을 그런 식으로 경험할 수 있었을까? 잘은 모르겠지만 명상을 꾸준히 해왔으므로 그렇게 그 순간에 있을 수 있었던 것 같다. 개들은 세상을 늘 그런 식으로 경험하지만 나는 그렇게 연습하지 않아도 될 정도가 되려면 연습이 좀 필요한 인간이다. 어쨌든 여기서는, 세상을 진정으로 인식할 수 있는 것은 고요함 때문임을 분명히 밝혀두려 한다. 이 고요는 무엇을 써서 만들어낼 수 있는 것이 아니라 자연스럽게 자신이 사라지는 순간에 선물처럼 다가오고 공기처럼 우리를 에워싸는 것이다. 우리는 일본식, 혹은 티베트식의 복잡한 의례의식들을 통하고 싶을 수도 있지만 단지 숨을 쉬고 경외감 속에서 세상 속으로 함몰될 때, 클라리넷 혹은 샤쿠하치 소리가 울려 퍼지는 가운데 우리 안의 불성을 만나게 될 수도 있다. 우리는 양자역학이나 다른 흥미진진한 이론들에 탐닉하며 자기를 계발할 수도 있지만, 온전히 한순간에 있으면서 진실로 그 순간에 눈을 뜰 때만이 진짜 중요한 것을 알아차릴 것이다.

그 겨울날, 보바 옆에 서 있던 나는 차가운 산속의 은둔자 한산의 오두막을 찾아가 마침내 그와 나란히 서서 눈 덮인 산을 바라보고 있는 것 같았다. 고요, 눈, 숨소리, 김 서린 창, 현재, 완전함….
나는 순간 속에서 나를 잃었고 따라서 온전히 그 순간에 있었다.

8세기 중국의 시인 이백(李白)도 이렇게 썼다.

산과 나는 같이 앉았다.
산만 거기 있을 때까지.[35]

보바와 나는 우리와 세상 사이 거리가 사라질 때까지, 우리가 세상 속으로 사라져 들어갈 때까지 세상을 보았고 숨을 쉬었다. 보바와 나, 눈과 우리, 샤쿠하치 · 클라리넷 소리와 그 소리 사이의 고요, 그 모두가 하나가 되었다. 모두가 바로 거기에 있었다. 무언가를 더할 필요도, 뺄 필요도 없었다. 상황을 바꾸려는 그 어떤 바람 없이 평화만이 있었다.

보바와 함께 있을 때 나는 자주 그런 순간을 경험했다. 보바의 편안한 숨소리가 내 정신까지 고요하게 만들어서 그랬을 수도 있고, 보바가 그 어떤 놀랍도록 정교한 마술 능력을 소유하고 있었기 때문일 수도 있다. 명상계의 덤블도어(Dumbledore) 선생🐾이라고나 할까. 하지만 나는 우리가 서로에 대한 애정 때문에 서로에게 자연스럽게 동조했기 때문이고, 보바가 옆에 있으면 기분이 저절로 좋아졌으므로 긴장감도 그만큼 사라졌기 때문이라고 생각했다. 때로는 가장 간단한 설명이 정답이 되기도 한다. 게다가 철학 공부가 나에게 남겨준 게 하나 있다면 바로 아주 날카로운 '오컴의 면도날('단순성의 원리', 여러 가설이 가능할 때 가장 간단한 가설이 옳을 가능성이 높음을 뜻한다 – 옮긴이)'이 아닌가.

🐾 덤블도어는 영화로도 제작된 소설 '해리포터 시리즈'에 등장하는 마법학교 교장이자 멘토이며, 이 시대 가장 유명한 마법 선생이다.

물론 보바가 그렇게나 조용히 눈송이를 관찰해서 조금 놀라기는 했다. 보통은 눈만 오면 외려 난리가 났기 때문이다. 보바에게 눈은 인간이라면 도달하기 어려운(최소한 대부분의 어른 인간이 그렇다는 말이다) 희열의 또 다른 원천이었다. 그것도 매년. 그날 산책을 나갔을 때도 역시 그랬다. 보바는 눈만 보면 미쳤다. 아주 좋아서 난리도 아니었다. 자신이 낼 수 있는 최고 속도로 몇 분이고 맴을 도는가 하면 땅끝까지 달려갈 기세로 질주했다가는 금방 돌아와서 내 주위를 껑충껑충 뛰었다. 막강 듀라셀 배터리를 장착한 토끼 인형조차 이 모습에 비하면 항우울제를 먹은 요괴 같았다. 그러다 보바는 머리를 눈 속에 박고 새끼 수염고래처럼 자기 입을 쟁기 삼아 눈을 파헤치는가 싶더니 눈을 막 삼켜댔다. 도저히 그만둘 기미를 보이지 않았으므로 나는 미안하지만 멈추게 할 수밖에 없었다. 하지만 보바는 돈주머니를 들고 혼자 아이스크림 가게에 간 어린아이 같았다. 자제를 몰랐으니까. 결국 그날 밤 나는 배탈로 담요 속에서 끙끙대던 녀석의 배를 쓰다듬어줘야 했다. 하지만 신나게 놀 수 있었으므로 그 정도의 배탈쯤은 괜찮았다. 보바 이전에도 이후에도 나는 무엇을 보고 그렇게 즐거워하는 존재를 보지 못했다. 보바는 온 세상에 하얀 개밥이 뿌려지는 개 천국이 열렸다고 생각한 걸까('이런 미친…. 이봐 친구, 이것 좀 봐봐…. 이게 다 내 거야! 정말 좋아서 돌아버리겠군!')? 모르겠다. 하지만 눈 속에서 물 만난 듯 좋아하는 보바의 모습을 보고 있자니 내 마음속 깊은 곳의 무언가가 변했다.

보바는 무엇을 하든 그 일 안으로 완전히 사라졌고 그렇게 나에게 명상이란 평온한 시간을 보내는 것보다는 각각의 상황에 자신을 절대적으로 함몰시키는 것임을 말해주었다. 그리고 그 상황이 눈 쌓인 잔디밭을 전부 다 가지라고 한다면, 그렇게 그것과 안팎으로 오롯이 하나가 되라고 한다면 바로 그렇게 해야 하고 다시 한 번 미친 듯이 놀아야 한다고 말해주었다!

편하고 폭신한 방석은 앉아서 명상하기 좋은 조건처럼 보인다. 하지만 진짜 삶, 함박눈, 폭우, 물기로 불어터진 나무 벤치는 몸이 젖게도 해주고 그런 식으로 현재의 순간으로 들어갈 수 있게 해준다. 보바는 방석, 비에 흠뻑 젖은 양말과 바지 사이에 아무런 차이가 없음을 보여주었다. 그 모든 것이 삶이며 우리는 그 삶의 유일무이한 부분들이며 그 삶을 우리는 거부할 수 없다(물론 늘 거부하려 든다). 그 삶이 우리를 낚아채고 우리 머리를 '휙!' 하고 쓸어버리면 우리는 단지 웃을 수밖에 없다.

'휙!' 같은 만화책 말풍선 속에나 나올 말을 써서 미안하다. 하지만 세상의 희열이 우리를 압도하면 우리는 그 속으로 빠져들어 갈 수밖에 없다. 그럼 우리 지성은 더는 우리와 그 일 사이를 인위적으로 구분할 수 없는데 그런 순간을 적절히 설명해주는 단어가 정말이지 없다. 그렇게 경계가 무너지고 희열에 빠지고 나아가 희열이 될 때를 인식론적으로 설명하자면 나에게는 '휙!'만이 적절한 표현 같다.

보바는 그런 희열을 너무 잘 알고 무엇을 하든 희열을 느낄 수 있었으므로 보바의 가르침은 지루하기는커녕 늘 나로하여금 곧장 아무것도 모르는 상태, 백 퍼센트 함몰의 상태로 기쁘게 빠져들게 했다. 보바는 이를테면 손바닥 자국이 선명하게 날 정도로 내

뺨을 때려 정신을 차리게 하는 광대 같았다. 붓다가 된 광대. 나는 그런 보바 외에 다른 스승은 생각도 할 수 없었다. 유머 넘치는 다르마 스승들은 대부분 이미 오래전에 영면에 드셨으니 말이다.

옛날 선사들에 대한 이야기를 읽어보고 그들의 즉흥성과 관습에서 벗어나는 삶의 방식과 넘치는 흥을 생각해보라. 그리고 그들이 제자들을 가르치는 방식과 그들의 시에도 반영되는, 세상에 대한 꾸밈없는 접근법들을 감상해보라. 그럼 오늘날 장려되고 있는, 선불교 의식들에서 볼 수 있는 그 모든 격식과 지나친 의례들에 가끔은 의아한 생각이 들지 않을 수 없다. 내가 보기에는 그런 격식과 의례들은 옛날 선불교 스승들의 단순하고 직접적이었던 가르침들이 완전히 전도된 것처럼 보인다.

나로서는 단지 지금 얼마나 전통에 입각한 진지한 일을 하고 있는지 보여주기 위해 검은 옷을 입은 삭발 스님이 다른 검은 옷을 입은 삭발 스님들 사이에서 정확한 지시와 순서대로 이쪽저쪽에서 절을 하고 여기저기 걷기를 완수한 다음에 향을 피워대는 것을 보는 것보다는 내 개와 함께 개울가에 앉아 매끈하게 닳은 조약돌 위를 깔깔, 꿀꺽꿀꺽 지나가는 물소리를 들으며 세상 속으로 녹아 들어가는 것이 훨씬 좋다.

의례를 수행하고 있는 스님들을 보았다면 보바는 "그렇게 무게만 잡지 말고 차라리 뛰어놀아!"라고 했을 것이다.

적어도 나는 선불교 의례 같은 유머라곤 없는 지루한 일에는 거의 참여하지 않았다. 단 한 번의 훌륭한 예외는 브래드 워너(Brad Warner)가 주재한 의례였는데 워너는 선 문화의 전형적 대변

자는 아니다. 워너는 그 의례를 아주 전통적인 형식으로 시작했으므로 나는 섣불리 '아! 또 잘못 들어왔구나!' 생각했더랬다. 하지만 그는 승복을 벗었고 키스 그림이 그려진 티셔츠와 카무플라주 바지(군복 바지 – 옮긴이)만 입은 채 선 수행을 위해 그곳에 모인 사람들에게 말했다. 그들은 모두 검은 기모노를 입은 채 딱딱하게 굳은 표정으로 무릎을 꿇고 뻣뻣하게 앉아 있었다.

"여러분들도 저처럼 해보세요. 이 옷이 아주 불편하네요!"

그때 내가 보았던 사람들의 당황하는 표정이라니…. 정말 재미있었다!

하지만 우리 한 번 솔직해보자. 나는 바로 그 순간이 그 의례 내내 그곳에 있던 모든 사람에게 최고의 순간이었다고 생각한다. 사실 선의 본질이 바로 그런 것 아닌가. 익숙한 생각의 틀을 깨는 것, 고유의 역할과 가면에 의문을 제기하는 것, 이 순간에 도착해 머무는 것, 자신과 그 모든 이른바 권위들을 비웃어주는 것 말이다.

그런 의미에서 브래드 워너는 선에 대한 자신의 이해를 다음과 같이 짧고 훌륭하게 표현했다.

> 선은 모든 믿음의 대상을 현실, 이 단 하나로 대체한다. 우리는 이 우주를 믿는다. 우리는 죽음 후 삶을 믿지 않는다. 우리는 국가 권력을 믿지 않는다. 우리는 돈 혹은 권력 혹은 명성을 믿지 않는다. 우리는 우상을 믿지 않는다… 우리는 붓다를 믿지 않는다. 우리는 단지 현실만을 믿는다. 단지 여기 이것만을 믿는다.[36]

보바는 내가 자신을 믿는 것도, 자신을 비단이 깔린 교단에 모시는 것도 원치 않았다. 그래서 배탈이 나도록 눈을 먹거나 양의 똥 위를, 혹은 몇 주 전에 죽어 썩은 고슴도치의 시꺼먼 시체 덩어리 위를 구르거나(이 사건에 대해서는 독자 여러분들의 불쾌감을 살 수도 있으니 자세한 설명을 삼가겠다) 초록 괴물 안락의자를 처치하거나 쓰레기통에 머리를 박곤 했다. 한 번은 발정 난 보바가 교미를 시도하는 웃지 못할 장면을 목격하기도 했다. 상대가 별 관심을 보이지 않았음에도 보바는 그녀의 엉덩이를 타고 올라갔다. 그런데 그만 중심을 잃는가 싶더니 그만 천천히 옆으로 넘어져 버렸고 그러자 그녀는 도망가버렸다. 보바는 불만 가득한 표정으로 멀어져 가는 그녀를 아쉽다는 듯 바라보았다. 살면서 내가 본 가장 불쌍한 장면이었다. 하지만 얼마 안 가 보바는 다시 기분이 좋아졌고 빽빽이 공 잡기 놀이와 두 발 달린 제자에게 다르마 전수하는 일에 집중했다.

보바는 자신을 진지하게 생각하지 않았고 그래서 상황이 바뀌어도 남들에게 자신이 어떻게 보일지 생각하지 않고 그 즉시 그 상황에 적응할 수 있었다. 보바는 브래드 워너의 말처럼 '단지 여기 이것'이 되었다.

그리고 그 '단지 여기 이것(보바)'으로 나는 충분했다. 그 '단지 여기 이것'이 내 모든 상상력으로 짜낼 수 있는 것보다 나에게 훨씬 더 많은 것을 주었다. 그 '단지 여기 이것'은 늘 현재에 있었고 모든 순간 본질을 보여주려 했고 비가 오는 날에는 상당히 고약한 냄새를 풍겼다.

삶의 바다에서 수영하기

당신을 도울 무언가를 주고 싶지만,
선(禪) 안에서
우리는 아무것도 갖고 있지 않다.

잇큐 소준(Ikkyu Sojun)

보바는 무엇보다 그 꾸밈없는 자연스러움, 오롯이 자신으로 존재하는 능력, 온전히 세상으로 들어가는 능력으로, 그리고 매사에 너무 진지하지 않아서 죽도록 머리를 쥐어뜯거나 낙담하지 않아서 나에게 깊은 인상을 주었다. 그리고 그래서 내 삶의 많은 부분을 치료해주었다. 나와 함께 사는 동안 보바는 늘 개의 모습을 하고 있었지만, 그 본질은 기쁨과 태연함 그 자체였다. 하지만 그런 보바도 옆에서 보는 사람의 마음조차 찢어놓을 정도로 슬픔에 빠졌던 때가 있었다.

보바에게는 거의 매일 잠깐씩이라도 같이 놀던 좋은 친구가 있었다. 찰리라는 이름의 도베르만 종인데 보바보다 몇 살 많았지만 폭주하는 힘만큼은 대단해서 둘이 공원을 가로지르며 싸우고 놀 때는 남들이 우리 두 보호자가 불법 개 격투 시합을 벌이는 게 아닐까 의심할 것 같아 걱정될 정도였다. 보바와 내가 공원으로 갈 때면 항상 찰리의 집을 지나쳐야 했다. 엄밀히 말하면 찰리의 집이 아니라 찰리 주인의 집이라 해야겠지만 사실 그보다 더 찰리의 집일 수 없었다. 찰리는 타고난 방범견이었고 울타리 쳐진 앞마당이 그의 왕국이었으니까 말이다! 어쩌다 멍청하게 그 집 울타리를 넘는 사람이 있다면 쥐도 새도 모르게 사라졌을 것이다. 피 묻은 신발 정도는 발견하게 될지도 모르지만, 더 이상의 흔적은 절대 찾을 수 없었을 것이다!

어쨌든, 우리에게는 매우 상냥했으므로 우리는 찰리와 그 주인을 불러내 같이 산책하며 공원을 소란스럽게 만들곤 했다.

그런데 어느 때부터 찰리가 눈에 띄게 쇠약해졌다. 엉덩이뼈가 아프다더니 곧 심장도 나빠졌다. 약으로 고통은 좀 줄여주었지만 병은 빠르게 진전됐고, 찰리는 결국 자신의 앞마당을 영원히 떠나고 말았다.

찰리의 죽음을 보바가 어떻게 알았는지 모르겠다. 그전에도 찰리가 우리보다 먼저 공원에 나가 있거나 캠핑을 갈 때면(그럴 때면 캠핑장이 찰리의 식민지가 되었다) 그 집의 텅 빈 앞마당을 자주 지나치곤 했었는데 말이다. 하지만 내가 알 수 없고 설명할 수도 없는 방식으로 보바는 찰리의 앞마당이 버려졌고 찰리가 영원히 돌아오지 않음을 알았다. 나는 보바가 그렇게 낙담한 모습은 처음 보았는데 그다음 날도, 또 그다음 날도 다르지 않았다. 보바는 찰리 집 주변을 배회했고, 평소답지 않게 만사에 무관심했고, 그렇게 좋아하던 삑삑이 공에도 시들했다. 심지어 밥까지 먹는 둥 마는 둥 했고 개껌을 줘도 옆으로 치워버렸다.

며칠 후 아침, 보바의 상태가 좀 괜찮아 보였으므로, 우리는 산책을 나갔고 그럼 찰리의 집을 지나쳐야 했다. 보바는 찰리 집

울타리를 샅샅이 냄새 맡아본 후 공원까지 그 무엇에도 관심도 열정도 보이지 않은 채 억지로 걸어갔다. 나는 마음이 너무 아팠고 보바가 정말로 걱정이 되었다. 그런데 어느 날 아침 보바는 다시 예전의 보바로 돌아왔다. 무슨 일이 있었는지 전혀 알 수 없었지만 단지 애도의 시간이 끝난 것 같았다. 보바는 다시 예전의 열성을 되찾았고 공을 쫓아 달렸으며 점심때면 저러다 밥그릇까지 먹어치우는 게 아닐까 싶을 정도로 잘 먹었다.

나는 나중에서야 2주 정도였던 그때의 에피소드에 대해 어느 정도 이해할 수 있었다. 보바는 늘 그랬듯 자신에게 일어난 일에 자신을 온전히 맡겼던 것이다. 보바는 순수한 행복 그 자체가 되는 것처럼 순수한 슬픔 그 자체가 되어 자신의 방식으로 친구를 애도했던 것이다. 찰리가 죽기 전까지는 매일 좋았다. 두 발 달린 짐승과 거대한 나뭇가지를 두고 신경전을 벌이고 찰리와 남들에게는 심각한 격투처럼 보일지 몰라도 재밌게, 한쪽이 넥타이처럼 혀를 쭉 내밀 때까지 뛰고 뒹굴며 놀았다. 그런데 갑자기 찰리가 보이지 않았다. 모든 것이, 정말로 모든 것이 대단히 잘못됐다!

보바는 이해할 수 없었다. 뭔가 공정하지 못했다. 확실히 그랬다. 슬퍼하는 것 외에 다른 수가 없었다….

그리고 '눈물을 다 쏟고 나자' 그 일에도 변화의 과정이 일어났고 세상은 계속 돌아갔다. 그리고 찰리가 있다가 없어진 세상은 이제 그만큼 더 풍성해졌다. 삶은 그 세상 속으로, 찰리의 죽은 몸과 보바의 살아 있는 몸과 그 둘의 정신을 관통해 흘러갔고 그 안에서 그 누구도 길을 잃지는 않게 했다.

보바는 슬픔에서 빠져나왔고 본래의 모습으로 돌아왔다. 친구를 잊어서가 아니라 애도의 기간을 제대로 끝냈기 때문이다.

불교 선사라면 모든 감정에서 벗어나야 한다고 생각할 수도 있지만, 이것은 대단한 착각이다.

다가올 감정에 대해 잘 알고 있고 그것에 휘둘리는 일 없이 잘 관찰할 수 있다고 해서, 그리고 타인에 대한 부정적인 감정을 일일이 드러내지 않는다고 해서 그 사람 자체가 감정 없는 나무토막인 것은 아니다. 변화를 잘 받아들인다고 해서 모든 것이 아무렇지 않게 되지는 않는다. 태연하고 침착한 것이지 냉담한 것이 아니고, 선(禪)은 감정 없음이 아니다. 감정을 거부하는 사람은 감정을 두려워하게 되고 점점 자신의 감정을, 나아가 자기 자신을 모르게 된다. 선 수행을 위해 감정을 죽여야 한다고 말하는 선사는 없다. 감정을 포함한 내면의 삶을 거부하고 보살피지 않음은 사실 불교 가르침에 정면으로 어긋난다.

사와키 코도(Sawaki Kodo, 1880~1965)는 이렇게 말했다.

> 붓다는 사실 무엇을 설파했던가? 붓다는 우리가 자신의 모든 세세한 것을 스스로 알아차리고 자신에 천착하고 자신이 지금 이 순간 바로 여기와 정말 어떤 관계에 있는지 스스로 찾아내야 한다고 했다.[37]

감정이 중요하지 않다고 생각한다면 불완전을 자초하는 것이고 자신을 스스로 죽이는 것이다. 감정에의 '천착'은 감정(나아가 자신)을 느끼고 그 깊숙이 빠져보고 그것이 우리를 어떻게 만드는지 보고, 그것을 허락하고 겪어내는 것으로만 할 수 있다. 그렇게 겪어낼 때 성숙해진다.

예를 들어, 제자가 죽거나 자연 속에서 진정한 아름다움을 경험할 때 감정의 엄습을 허락했던 선사들의 이야기가 많이 전해 내려온다. 료칸과 한산만의 이야기가 아니다. 무정하게 명상만 하는 마초 같아 보이지만 사실 감정 이입 능력이 뛰어났던 다른 선사들도 많았다. 다른 사람에게 감정 이입을 잘하는 사람이라면 자신의 감정도 잘 알지 않겠는가?

선불교 명상만이 아니라 모든 명상이 감정을 알아차리게 하고 진정으로 느끼게 하며 그런데도 아주 예민하게 즉각적으로 반응하지는 않게 한다. 이 순간 무엇을 느끼든 그 자체로는 아무 문제가 없다. 그렇다고 모든 감정을 전혀 거르지 않고 다른 존재에게 상처가 될 수도 있는 말과 행동을 해도 된다는 뜻은 아니다.

삶이 오늘 나에게 비애를 선물해서 나는 좌절했고 말할 수 없이 슬프다. 하지만 그런 나의 상태에 대해 다른 사람 탓을 하고 남에게 책임을 돌리는 것은 비애의 표출이 아니라 사실은 내 감정을 내가 모른다고 말하는 것이고 미지의 감정들의 복잡한 정글이 나를 몰아세우도록 두는 것이다. 나를 잘 몰라서 무분별하게 여기저기 다른 곳을 때려보는 것과 마찬가지이다.

보바에게 감정이란 심리분석가의 소파에 앉아 분석과 분석을 거듭해야 하는 것, 그런데도 점점 더 헷갈리는 것이 아니라 솔직하고 정직하게 느껴보는 것이었다. 보바는 삶과 함께 흘러갔고 그 흐름을 더할 수 없이 자연스럽게 탔다. 삶의 흐름을 타다보면 삶의 강에 난데없이 만곡부가 나타나기도 하는데 그럼 물이 탁해지기도 하고 진흙투성이가 되기도 하고 때로는 차가워지기도 한다. 그런 곳에서 불행하다 느끼는 건 당연하고 그런 감정을 막을 수 없다. 하지만 그러다보면 생각지도 않은 곳에서 새 물이 유입되고 물은 다시 맑아지고 햇살이 더 따뜻해지며 물가의 경사면은 아름다운 풀과 꽃으로 뒤덮이고 졸졸, 꿀떡꿀떡, 모든 것이 평화롭게 되기도 한다. 머리가 똑바로 박힌 개라면 진흙투성이 차가운 물이 든 밥그릇을 머리에 올리고 떨어트리지 않게 걸으며 계속 나쁜 기분을 맛보지는 않을 것이다.

그냥 그런 것이다. 어쩔 수 없다. 어제는 그랬고 내일은 또 달라질 것이다. 그 무엇도 억지로 중단할 수도 줄일 수도 늘릴 수도 없다.

보바는 진실로 도견[道犬: 도(삶)를 아는 개]이었다. 다시 말해 슬픔이 올 때나 기쁨이 올 때나 똑같이 편견 없이 그 속에 정직하게 있을 줄 알았다.

앞에서 보바가 나와 함께 출근해 우리 출판사 동료들의 마음을 모두 훔쳤다고 말한 바 있다. 그 외에도 보바가 우리 출판사에서 성실하게 임했던 일이 하나 더 있었다. 나는 출판사로 들어오는 새 원고들을 검토하는 일도 했는데 받아본 초안이나 줄거리가 그럴듯하다 싶고 여건이 맞는다면 늘 저자들을 직접 만나보고

자 했다. 나는 경험상 출판의 시작은 저자의 글도 좋아야 하지만 저자 자체가 좋은 인상을 주어야 한다는 것이고, 그 끝은 그 좋은 인상을 내가 어떻게 업계와 독자에게 잘 전달하느냐임을 잘 알고 있었다. 게다가 나는 직관에 따라 모든 것을 결정하는 편이었다. 왜냐하면 출판계가 실제로 어떻게 '움직이는지', 왜 어떤 책은 베스트셀러가 되고 어떤 책은 망하게 되는지 사실 아무도 모르기 때문이다. 따라서 저자와의 만남은 나에게 기본적으로 공감 혹은 반감, 확신 혹은 혼란, 좋은 느낌 혹은 나쁜 느낌의 문제였다.

그런 의미에서 보바의 존재 자체가 그 첫 지표가 되어주었다. 어떤 저자가 나에게 획기적인 내용이라며 세상 모든 존재의 연결에 대해 말할 때(그런데 우리는 이미 알고 있지 않은가? 모든 것이 하나이고 하나가 모든 것임을…) 그 말을 듣고 있던 보바가 어쩐지 지겨워하는 것 같으면 나는 이미 그 저자의 말이 신빙성이 없다고 믿기 시작한다. 물론 나는 아무도 판단하지 않으니 걱정은 말기 바란다. 단지 의심만 조금 할 뿐이다.

보바는 누구든 찾아오면 다가가서 "안녕? 나는 보바야, 먹을 것 분명 갖고 왔겠지?" 하고 반갑게 인사를 하므로 나는 늘 그 즉시 그 방문자가 보바에게 어떻게 대하는지, 그 이례적인 일에 어떻게 반응하는지, 얼마나 온정이 있는 사람인지 볼 수 있었다.

그런데 보바가 인사를 하지 않았던 사람이 딱 한 명 있었다. 그리고 바로 그 점 하나만으로도 나는 그 사람을 의심하지 않을 수 없었다.

그날 내가 어떤 저자를 통해 건너 건너 알고 있던 먼 지인 한 명이 전화를 해왔다. 그녀는 자신과 명상 세미나를 함께 했던 어떤 힐러에 대해 흥분해서 말했다. 그 사람이 책을 한 권 내고 싶다는 의사를 비쳤다고 했다. 그리고 마침 그와 함께 근처에 있으므로 오후에 잠깐 들려서 집필 프로젝트에 대해 의논해봐도 되겠냐고 물었다. 그녀가 그 힐러라는 사람을 매우 추켜세웠으므로 나는 뭐 안 될 게 있나 싶어 즉석에서 그러자고 했다. 전화를 끊기 직전 그녀는 같이 올 사람이 더 있다고 했다.

그 '같이 올 사람'이라는 말이 어쩐지 불길했는데 알고 보니 한 사람도 아니고 그 힐러라는 스승이 가는 곳마다 따라다니는 제자들 군단으로 예닐곱은 되었다. 평소와 달리 보바는 내 책상 밑에 그대로 엎드려 있었는데 놀랍게도 아무도 그 개의 존재조차 눈치채지 못했다. 참 특이하다 싶었지만 나는 금방 그 스승의 에고가 너무 커서 다른 것들이 들어설 자리가 없음을 알게 되었다. 다른 사람들은 물론이고 그 자신이 아닌 것은 그 어떤 것도 주의를 받지 못했다. 그러니 아무런 결정권도 없는 사무실의 개야 더 말할 것도 없다.

힐러가 자리에 앉자마자 그의 젊은 남녀 추종자들이 그를 에워쌌다. 그러자 그는 곧 묻지도 않았는데 거슬리기 짝이 없는 설교를 늘어놓기 시작했다. 한 자리에서 그렇게 많은 두뇌의 소산과 어수선한 이론들을 들어보기도 처음이었다. 물론 모두 그가 나는 모르는 이 우주의 한 영역에서 스스로 급조해서 만든 것들이었다. 구상 중이라는 책에 대해서는 한마디도 하지 않고 순진한 양들을 만날 때면 늘 그랬듯 설교만 늘어놓았다. 그의 제자들이 전부 꿀 먹은 벙어리로 있는 동안 나는 30분쯤 듣고 있자니(네, 나름 노력했답니다!) 그가 도대체 무슨 말을 하려는 것인지 전혀 감을 잡을 수 없었다. 열심히 손을 흔들며 말을 이어가던 그조차 이미 더 오래 전부터 전혀 감을 잡지 못하고 있음이 분명했다.

나는 여러 번 그의 말을 끊고 정확하게 어떤 책을 쓰고 싶은지 간결하게 말씀해주시라 했지만 그럴 때마다 그는 또다시 옛날 옛적 이야기를 장황하게 꺼내며 인류의 역사를 얼토당토않은 쪽으로 엮어대기 시작했다. 그 어떤 개념을 절대, 절대, 절대 한 문장으로 말하지 않는 것이 그의 특기 같았다. 그리고 자신이 인류에게 주어진 진짜 선물이라고 그렇게 확신할 수 있는 것도 특기라 할 만했다. 한마디로 참기 힘들었다는 뜻이다. 나는 어느 병원 정신과에 응급 전화라도 걸고 싶은 심정이었다. 그럼 누가 무슨 일인가 싶어 올지도 모르지 않는가. 기왕이면 쿠션감 좋은 이동 버스를 타고 오면 좋겠다. 생각 능력이 마비된 듯한 그 제자들도 몽땅 같이 싣고 갈 수 있게. 나는 무언의 항의를 하기 위해 나를 그런 곤경에 빠트린, 방금까지만 해도 정상이라고 생각했던 지인을 자꾸 쳐다보았다.

'당신 대체 나한테 왜 이러는 거요?'

하지만 그녀는 기쁨 가득한 미소로 화답할 뿐이었다. 그리고 그것으로 모든 희망이 사라지는 듯했다.

말이 너무 장황하고 누가 주제를 바꿔보려고 혹은 빨리 도망갈 기회를 잡기 위해 말을 끊어도 전혀 굴하지 않고 계속 말을 이어가는 사람, 그런 사람을 당신도 한 명쯤 알지 않는가? 자신들의 헛소리에만 흥미를 보이는, 그 머리가 어떻게 된 것 같은 사람들, 끝없이 말을 늘어놓는 그들의 수장, 나는 체념한 듯 그들 앞에 앉아 있었다. 그런데 보바가 갑자기 일어났고 그러자 그 모든 상황이 돌연 끝이 났다. 보바는 일어나 (마치 더는 못 참겠다는 듯) 격렬하게 자신의 몸을 한 번 흔든 후 모여 있던 사람들 사이를 뚫고 그 방을 나가버렸다. 개니까 당연히 한 마디 말도 없이. 하지만 나는 여기서 꼭 말해야겠다. 그것은 인간이 한 마디 말도 없이 갑자기 자리를 떴을 때와 똑같은 효과를 냈음을 말이다. 마치 그 자리에 없던 개가 홀연히 나타나 그 방을 떠난 듯, 처음으로 침묵이 그 방을 지배했다. 당황으로 가득한 침묵. 회의실에 방문자가 있는데 보바가 그렇게 나가버린 적이 단 한 번도 없었으므로 나도 적잖이 놀랐다. 마치 그곳에서 벌어진 일이 보바에게도 적잖이 짜증스러웠다는 듯.

그래도 나는 금방 정신을 차려 상황의 주도권을 잡고는 서둘러 "네, 잘 알겠습니다. 나중에 전화 드리겠습니다…."라고 말하며 힐러와 그 추종자들을 정중하게 밖으로 안내했다. 눈을 마주치고 몇 번 고개를 끄덕이며 인사한 후 문을 닫았고 그러자 폭소가 터져 나왔다! 도대체…, 방금 무슨 일이 일어난 거지?

보바는 내 사무실 문 앞에 서서 나를 올려다보았다.

"너는 진짜 세상 최고의 개로구나! 진짜!"

나는 보바가 정말로 자랑스러웠다. 나는 왜 그냥 밖으로 나가버릴 생각을 스스로 하지 못했을까? 하다못해 화장실 핑계라도 댈 수 있잖은가?

나는 그때까지만 해도 관습과 거짓 친절함에 얽매여 있었던 것 같다. 둘 다 보바에게는 사료 찌꺼기만큼도 가치 없는 것들이었다. 그 자칭 힐러 무리가 건네준 참고 자료들은 바로 휴지통에 버려졌다. 잠깐 소각 의식을 치러볼까도 싶었지만, 사무실 내 안전 수칙을 고려해서 그만두었다.

그날 내가 배운 것은 '모든 헛소리를 다 들어주면서 내 시간을 낭비할 필요는 없다'는 것이다. 이것은 그 어떤 대단한 영적 관계 속에 있다고 해도 마찬가지이다. 언짢은 상황이라면 친절하고 단호하게 끝내도 괜찮다. 머릿속으로 무인도를 상상하면서 공손하게 머리만 끄덕이는 것보다 이것이 더 정직한 것이다.

삶[道]은 무자비해서 낭비된 시간은 절대 돌려주지 않는다. 보바는 삶의 강 속을 수영하며 모든 것을 있는 그대로 받아들였지만 그렇다고 누가 자기를 물고문하는 것까지 그대로 두지는 않았다.

진심으로 대하고 솔직한 것이 우리 신경과 에너지를 아끼는 가장 좋은 방법임을 나는 깨달았다. 현명하기 이를 데 없는 보바처럼 사는 것이 진정 하나의 대안이 되어 주었다. 내가 자주 보게 되고 나 자신도 자주 드러내는 부자연스러운 행동에 대한 대안 말이다.

선 따위 갖다버리고 공놀이나 해

선(禪)은
역사를 통틀어 가장 큰 거짓말이다.

사와키 코도(Sawaki Kodo)

개들의 사랑은 기묘한 형태를 띠기도 한다. 예를 들어, 나는 집에 손님이 왔을 때 보바가 자신이 아주 야무지게 머리를 뜯어버린 곰 인형, 일명 '테디 오네코프(Teddy Ohnekopf: 독일어로 '머리 없는 곰 인형'이란 뜻으로, 여기서는 이름처럼 쓰이고 있다 - 옮긴이)'를 입에 물고 질질 끌고 오면 늘 살짝 불편한 느낌이 들었다. 그럴 때면 보바는 약간 쿠조(Cujo)[*]의 미니 버전처럼 보이면서 보바가 손님의 귀에다 대고 변조된 목소리로 "너도 이렇게 만들어줄게!"라고 속삭이는 모습을 나도 모르게 상상하게 된다. 별다른 악의 없이 그냥 재미로 말이다.

이유는 모르겠지만 보바는 내 친구가 사준 곰 인형을 5분 만에 그렇게 망가트렸다. 두 앞발로 곰의 배를 꽉 누른 다음 이빨로 머리를 물고는 그 털북숭이 목 근육이 더는 항거하지 못할 때까

[*] 쿠조는 스티븐 킹의 소설 『쿠조』에 등장하는 학살을 일삼는 세인트 버나드 종 개의 이름이다.

지 뜯었다. 그 곰은 사실 멸종 위기의 아메리카 불곰으로 힘이 셌지만, 나무 막대기 패대기치기가 가장 사랑하는 취미인 개라면 가볍게 그 멱을 딸 수 있다.

하지만 보바는 더는 잡아 뜯지 않고 그 모습 그대로 두면서 테디 오네코프를 품에 두고 지극 정성으로 돌봤다. 자신을 보는 그 곰의 눈이 보바는 그냥 마음에 들지 않았던 걸까?

내가 곰 머리를 여러 번 다시 달아줬지만, 그러기가 무섭게 보바는 다시 뜯어버렸다. 어쩔 수 없이 나는 처참하게 '잘려나간 목'을 둔한 손으로 듬성듬성 꿰매 닫아 몸속 솜뭉치라도 빠져나오지 않게 두는 것으로 만족하기로 했다. 곰 머리는 어느 달이 뜨지 않는 밤에 먼 숲으로 가서 묻어 주었다…. 맞다, 거짓말이다. 그냥 쓰레기통에 버렸다(하지만 듣기에는 숲 쪽이 더 좋은 것 같다).

보바는 테디 오네코프를 뜨겁게 사랑했다. 머리 없이 팔과 다리만 있는 털북숭이, 프랑켄슈타인 박사도 인정해줄, 목의 그 솔기를 사랑했다. 그런데 보바가 테디 오네코프를 소파나 내 무릎에 던질 때면, 그래서 내가 그 침 범벅의 좀비 인형을 손가락 끝으로 밀쳐야 하는 영광을 누릴 때면 언제나 나는 그런 생각이 들었다. 보바가 나에게 뭔가를 말하고 싶어 한다고. 보바는 테디 오네코프를 갖고 놀자는 게 분명 아니었다. 그 곰 인형을 던지며 같이 놀았던 적은 한 번도 없었고, 나뭇가지나 밧줄 같은 것으로 늘 그랬던 것처럼 그 곰 인형을 놓고 서로 갖겠다고 싸운 적도 한 번도 없었다. 보바는 그 테디 오네코프를 보여주며 나에게 무언가를 말하고 싶은 것 같았다. 어쩌면 그것은 몇 년 전 내 관자놀이를 강타해 잠시 내 정신을 잃게 했던 그 막대기 사건이 좀 더 부드럽고 좀 더 치밀한 형태로 바뀐 것인지도 모른다. 그 막대기 사건으로 나는 한 마리 개의 가르침을 따르겠다 결심하지 않았던가? 보바는 봉제 인형의 머리를 계속 뜯어버리는 것으로 내가 다시 머리를 쓰며 개념적 생각으로 돌아가는 것을 막으려 했던 것 같다.

대선사들도 나이가 들면서 온화해진다. 보바도 나이가 들면서 한층 점잖아졌고, 그래서 이제 막대기 대신 곰 인형으로 나에게 선의 길은 어떤 의미에서 '머리 없는' 길임을 상기시켜주었던 것이다.

나는 대개 고요한 가운데 현재의 순간을 살았지만 때로는 어쩔 수 없이 내 머리, 내 분별심에 의해 그 순간들이 사라지곤 했다. 내 머리는 순간에 머무는 경험을 언어로 정리해 보존하려 했다. 나는 자문해보았다. 무엇을 위해 그렇게 자기 대화가 끊이지 않는 걸까? 나는 나 자신이 그곳에 여전히 존재함을 늘 스스로 확인하고 싶은 걸까? '휴! 오늘 생각 없이 상당히 오래 머물렀는걸? 나 정말 잘났군, 잘났어!' 아니면 내 에고가 그 현재 경험이 점점 심화하는 것에, 그리고 그 경계 없음에 겁을 먹어서 자꾸 그렇게 지껄여대는 걸까? 언어와 개념은 나만 둘러싸고 돌아가는, 그 착각의 세상을 지키기 위한 무의식적 보루 같은 것인가?

어쨌든 나 자신을 꼭 붙잡고 있기 위해 내가 모든 수단과 방법을 다 쓰고 있다는 것만은 확실했다. 선(禪)이란 떠나보냄이 전부라고 해도 과언이 아닌데 말이다.

그러던 어느 날 나는 그 답을 찾았다. 그날도 앉아 명상 중이었는데 온몸이 비비 꼬일 정도로 지루하기 짝이 없었다. 머릿속은 온갖 수다로 시끄러웠고 시간은 씹다 버린 껌처럼 쭉쭉 늘어났다. 그런데 갑자기 보바가 테디 오네코프를 내 가슴팍에 던졌다. 이제 테디 오네코프는 내 두 손이 포개져 있던 허벅지 위로 떨어졌다. 우주적 무드라(Hokkai-join: 두 손바닥을 위로 하고 엄지손가락을 서로 가볍게 닿게 하는 손 동작 - 옮긴이) 위에 떨어진 침 범벅의 털북숭이. 나는 그 털북숭이를 내려다보았고 바로 그때 알아차렸다. 이것은 봉제인형이 아니다. 그보다는 이것은 사실 그 무엇이다. 나는 보바가 늘 끌고 다니던 그것을 항상 하나의 특정 관점, 즉 머리가 없는 곰 인형으로만 생각해왔다. 하지만 그것은 단지 내 분별심이 그 이름에 익숙했기 때문이었다. 지금 그 무엇을 보는 나에게는 이제 그 무엇을 즉각 분류하게 하는, 그 무엇에 대한 개념이 없다. 그것은 갈색이고, 중간이 좀 두툼하고 툭 튀어나온 곳이 네 개 정도 있고, 다소 축축하고 조금 냄새가 나고, 한쪽 면에는 누가 속이 터져 나오지 않게 어설픈 손으로 일고여덟 바늘 꿰매놓은 흔적이 있다.

당신은 내가 지금 여전히 언어를 사용하고 있음을 볼 것이다. 하지만 다른 방법이 없지 않은가? 어쨌든 나는 지금 책을 쓰고 있고 스티븐 스필버그 감독이 나에게 전화를 걸지 않는 이상 이 책이 영화화할 일도 당장은 없을 것이다.

어쨌든 내가 하고 싶은 말은 이것이다. 수년 동안 명상을 해왔음에도 내 분별심이 여전히 눈에 보이는 모든 것에 세심하게도 하나하나 그 즉시 꼬리표를 달아 서랍 속에 정리하고 있었다. 테디는 가장 위 서랍에, 그리고 테디 오네코프는 그 아래 서랍에 넣어 정리하는 식이다.

인식한 것을 그 즉시 개념적으로 분류해서 정리해 버리고 예기치 못했던 것들조차 그 즉시 알고 있던 다른 것들과 비교해 범주화 해버리기 때문에 나는 제대로 볼 수 없었다. 그런데 바로 그날 내 개가 나에게 자기가 (삑삑이 공과 프리스비 다음으로) 제일 좋아하는 장난감을 던졌을 때 나는 갑자기 바로 그것을 보았다.

거기 내 손 위에 그 무엇이 있는데 그것이 흥미진진하기 그지없었다. 나는 갑자기 스팍(Spock)이나 데이터(Date)*가 된 것 같았고 그들처럼 머리를 갸우뚱했을지도 모르겠다. 그 무엇을 내 개

* 스팍은 〈스타트렉 – 엔터프라이즈〉 TV 시리즈 오리지널에 등장하는 엔터프라이즈 호 승무원이자 순수하게 논리적으로만 사고했던 외계인으로 모든 것/사건을 중립적인 현상으로 생각해 일단은 아무런 판단을 내리지 않는 캐릭터이다. 데이터는 〈스타트렉 – 엔터프라이즈〉 TV 시리즈 후속작인, 〈더 넥스트 제너레이션〉에 등장하는 인공 지능 캐릭터로 아이처럼 세상을 보며 좌충우돌한다. 사실 데이터는 '진짜' 사람이 되고 싶어 하는 현대판 피노키오이다.

의 방식대로 관찰하기 위해서 말이다. 한편 보바는 내 바로 옆에 앉아 흥미롭다는 듯 나를 바라보고 있었다.

"너 드디어 이해했니? 그럼 이제 우리 제발 공놀이 좀 하러 가면 안돼?"

"응, 나 지금 너처럼 세상을 보고 있는 것 같아."

"아이고, 금세 도로 아미타불이네! 세상에나…. 차라리 네 머리를 잘라버릴 걸 그랬어! 그럼 도움이 됐을지도. 어쨌든 그래도 아주 짧은 순간이나마 네 머릿속이 진짜 고요했어."

보바가 어떻게든 나를 멍청이로 만드는 일을 즐겼다는 것은 이미 언급했을 것이다. 하지만 당연히 이번에도 보바는 옳았다. 그 순간은 사라져버렸다. 하지만 내 안의 무엇인가가 단지 여기 이곳의 삶 속에 자유롭게 거주하는 법을 감지했다.

그 후 우리는 공원으로 갔는데 나를 둘러싼 것들을 보다가 어지럼증 같은 걸 느꼈다. 어디서 나무가 끝나고 어디서 하늘이 시작되는 건가? 어디서 잔디가 끝나고 어디서 땅이 시작되는 건가? 그렇게나 당연하게 받아들였던 모든 경계선이 단지 내 분별심에 의한 개념을 통해서만 존재했던 것이다. 나는 내 손을 내려다보고 조심히 움직여 보았다. 손가락을 오므렸다 다시 펴보고 허공에서 움직이며 피부 표면에 닿는 공기의 마찰을 느껴보았다. 다른 산책자들은 내가 LSD라도 복용한 게 아닐까 의심했을 것이다. 하지만 그건 전혀 중요하지 않았다. 당연히 그때도 공원 여기저기에 앉아 있던, 보바의 알코올 중독자 친구들도 그다지 산뜻해 보이지는 않았을 테니 잔디밭에 서서 눈을 반짝이며 무언가에 도취한 듯한 미소를 지으며 자신의 손을 관찰하는 이상한 남자가 한 명 더 있다고 해도 달라질 것은 없었다.

보바는 평소답지 않게 공놀이를 재촉하지 않았다. 더는 틀린 이름을 통해 나와 단절되지 않는, 그 무명의 현상들 사이에서 내가 제자리를 찾는 데 시간이 필요함을 보바는 잘 알고 있었다. 언어가 없을 때 나는 존재하는 것들 그 자체에 평소보다 더 가까이 다가갈 수 있었다.

그 강렬했던 느낌은 몇 시간에 걸쳐 서서히 사라졌다. 그리고 다시 '보통 상태'로 돌아왔을 때 나는 더할 수 없이 평안했으며 자유롭고 증폭된 느낌이 들었다. 행글라이더를 타고 있는 라인하르트 메이(Reinhard Mey: 독일의 싱어송라이터 국민가수로 〈구름 위에는(Über den Wolken)〉이라는 노래에서 하늘 위 무한한 자유를 노래했다 - 옮긴이)라도 그런 나를 분명 부러워하며 내려다봤을 것이다.

뒤이은 며칠 동안 내 명상은 순간에 고요히 머무르기보다 오히려 나만의 정신 구조에 대한 주의 깊은 관찰 쪽에 더 가까웠다. 테디 오네코프의 경험 덕분에 나는 내가 어떻게 실제보다 언어를 우위에 두며 스스로 진정한 인식의 기회를 박탈해버리는지 매일 알아차렸다. 나의 분별심은 오로지 과거 속에서만 움직이며 현재 마주치는 것을 모두 이미 알고 있는 것, 혹은 상태와 비교했다. 나는 언어를 너무 중요하게 생각했고, 개념들 속에 너무 빠져 있었기 때문에 모든 현재에 실재하는 것들을 내 상상의 세상에 맞췄다. 사실은 이 순간 진짜로 일어나는 일로 내 개념들을 넘어섰어야 했는데 말이다.

덧붙여 그런 나의 정신 구조 때문에 일상을 진정으로 인식하지 못했을 뿐만 아니라 안타깝게도 인간관계 속 만남조차 낡고 익숙한 그림 속에 꿰맞추어 왔음을 깨달았다. 이런 식이라면 그 어떤 사람도 내가 수년 전에 넣어둔 서랍 속에서 절대 빠져나올 수 없을 것이다. 보바의 도움으로 발견했고 구현했던 내 삶의 모토가 아무리 "입장을 고수하기보다 상황에 맞게 생각하자."였더라도 말이다.

그런 정신 구조라면 영적인 자각에 대해서도 확신할 수 없다. 나 자신을 정직하게 살펴보니 나는 명상하면서 경험했던 것이나 그 결과들조차도 책에서 읽었던 것들과 비교하고 있었다. 이게 정말 선일까? 그럼 저것은? 스즈키 순류는 이것에 대해 뭐라고 했나? 데시마루 다이센은?

이 책이 소설이라면 지금쯤 보바가 헛기침을 한 번 하고 눈썹을 치켜뜨며 머리 없는 곰 인형을 가리켰다고 쓰면 딱 좋을 듯하다. 아쉽게도 그런 일은 일어나지 않았지만, 최소한 내 시선이 스스로 알아서 그 갈색의 무엇으로 향했다고 말할 수는 있겠다.

내 목을 스스로 자를 계획이 없고 내 분별심이 종종 가치 있게 쓰일 때도 많지만 나는 내 목 위의 이것이 늘 나에게 가장 좋은 친구는 아니었음을 알아차렸다.

나는 선이 나에게 최선이므로 선을 수행하고 선에 대한 책을 읽고 선의 정신을 실현해야 한다고 믿었었다. 하지만 선도 다른 모든 것과 같이 언어였다. 선도 무언가에 대한 명명이었고 모든 명명은 자주 진짜 중요한 것을 보지 못하게 한다.

다른 모든 영적인 길들처럼 선불교도 자기 숭배를 막지 못했고 자족하는 구조를 견고하게 했다. 그 유명한 '달을 가리키는 손가락' 이야기에서 손가락은 달을 가리킬 뿐 그 자체가 목표물이 아님에도 불구하고 손가락에 불과한 선불교라는 영적 전통조차 달로 오해되곤 한다. '우리는 선을 수행하잖아. 그러니 다 좋은 거야!'라고 생각하면서 말이다.

많은 영적 전통에서 안타깝게도 그런 소속감이 극도로 중시되어 어느 순간부터는 그런 소속감만이 존재하고 애초의 가르침과 진정한 해방은 등한시된다. 다른 사람들보다 더 똑똑해서 둘도 없이 옳은 길을 가는, 엘리트 그룹에 속하는 것만이 중요하다. 그렇게 그 길을 가는 행위가 아니라 그 길 자체가 추앙된다. 하지만 그 길을 가다보면 어느 순간 돌아서서 그동안 보이지 않던 옆길이나 남들은 가지 않는 오솔길을 가게 될 수도 있다.

선의 길을 가는 사람이 많아짐에 따라 원래 야생의 오솔길이었던 선의 길에 아스팔트가 깔려버렸다. 하지만 모방을 통해서, 혹은 자신만의 경험을 그 어떤 전통과 끊임없이 비교하는 것으로는 자유를 얻을 수 없다. 사와키 코도는 이렇게 말했다.

"붓다의 길을 간다는 것은 자신만의 삶을 창조한다는 뜻이고 자신만의 길을 찾는다는 뜻이다."[38]

보바는 자신이 할 수 있는 모든 방식을 총동원해 내가 선을 찬미하지 못하게 했다. 선을 초라한 일상에서 벗어나게 하는 그 어떤 것으로 보지 못하게 했다. 그리고 놀랍도록 다양한 방식으로 모범을 보이며 유토피아적 공상에 에너지를 투자하면 했지, 벌거벗은 채 단지 존재만 하는 일은 어떻게든 피하려 했던 나를 바꿔주었다. 선에 대한 공상도 다른 모든 공상과 마찬가지로 공상이다. 진정한 선은 직접 인식을 추구하므로 선을 숭배하며 상석에 앉힌다면 사회적으로 통용되는 흔한 안경을 선의 필터로 바꾸는 것뿐이므로 진짜 모습은 여전히 볼 수 없다. 선만 따라가다 보면 우리 자신으로 존재할 수 없다. 이때 우리는 선 수행자일 뿐 진짜 우리인, 설명할 수 없는 그 무언가로서 그냥 거기 그렇게 존재할 수 없다.

나는 그 함정에 제대로 빠져 있었다. 그리고 그때 보바가 침범벅의 털북숭이를 던져주며 선이란 단지 세 음소의 조합일 뿐임을 보여주었다.

보바는 아주 의식적으로 사찰 전통을 멀리했고 임명서, 증명서, 법의 전수, 계보 계승 같은 온갖 장치에는 전혀 관심 없는 선사였다. 옛날에 보바 같은 선사들은 깊은 산 속에 들어가 작은 오두막을 짓고 은거하며 살았고, 겨울이면 엉덩이가 얼 정도의 매서운 추위에도 아랑곳하지 않았다. 오늘날 선사들은 온몸에 털을 달고 있고 가진 것이라곤 편안한 담요 하나 정도이다. 그렇게 겸손하게 자신의 두 발 달린 제자들과 시간을 보낸다. 현대의 이처럼 망가진 사회라면 제자가 정말 중요한 것을 보게 하려면 24시간 보호

관찰이 필요한 것 같다.

그래서 보바는 선을 선 너머로 데리고 가는 법, 선을 뒤로하는 법을 가르쳤다. 선이 그렇게 하지 못하게 한다면 그것은 진짜 선이 아니다. 진정한 선이라면 우리가 그것을 '선'이라 하지 않아도 불쾌해하지 않는다.

사와키 코도가 다음과 같이 설명했듯이 말이다.

> 수행의 목적은 무엇인가? 매일이 첫날인 삶을 살면서 붓다와 경전의 가르침, 그 기본을 매일 새로 찾아내는 것이 아닌가? 삶은 경계가 없으므로 삶에서 가장 중요한 것은 다른 누군가를 모방하지 않고 혹은 다른 이미 다 배웠다는 사람을 소환하지 않고 어떻게 온전히 스스로 발명하는가이다. 스스로 창조하고 너만의 삶을 새롭게 발명하라![39]

이 삶에서는 매일이 첫날이다. 매 순간이 새롭다. 그러나 그 새로운 매 순간을 설명하는 모든 개념은 낡았다. 명상하면서 겪게 되는 순간의 상황과 그런 순간을 이미 오랫동안 말해왔던 그 모든 전통도 마찬가지로 낡았다.

그즈음 나는 토니 패커(Toni Packer)의 작업들을 접하게 되었다. 패커는 오랜 세월 함께했던 선에 작별을 고하고 자신만의 아주 고유한 무언가를 만들었는데 그것이 나에게는 너무 솔직하고 가식 없고 진정성이 넘쳤기에 나는 패커의 책들을 읽으면서 해방과도 같은 감정을 느꼈다. 마찬가지로 클라크 스트랜드(Clark Strand)의 『그냥 명상하라[Einfach Meditieren: 영어 원서로는 『구루 없는 명상(Meditation without Gurus)』이다 - 옮긴이]』라는 소책자를 어쩌다 손에 넣게 되었는데 바로 내가 원했던 책이었다. 스트랜드도 오랫동안 선불교를 수행했었다. 참고로 내가 한때 그랬던 것보다 훨씬 더 진지했고 야망도 훨씬 더 컸던 것 같다. 스트랜드는 스님이 되었고 패커처럼 어느 절의 주지 스님 자리를 넘겨받아야 했지만, 그때 그 길은 자신의 길이 아니라고 확신했다. 그리고 그동안 이뤘던 모든 것을 버린 후, 책을 하나 썼다. 평범한 일상 속에서 종교를 떠나 명상하고 싶은 사람들을 위한 책인데 그 책 서두에 이렇게 썼다.

> 꼭 종교나 철학 사상을 받아들이지 않고도 의식적 자기반성으로 삶과 다른 사람들을 순간의 눈으로 경험할 방법은 없을까? 명상이 모든 사상적 틀 밖에서 단지 인간적이지만 그렇다고 꼭 깊이가 없지는 않은 그 무엇으로 존재할 수는 없을까? 그토록 오랫동안 종교들이 관장해왔던 명상에 그 종교적 목줄을 풀어준다면 무슨 일이 일어날까?[40]

이 얼마나 적합한 질문들인가? 게다가 멋지게도 스트랜드는 특별히 "목줄"이라는 말로 역사상 최고의 스승을 다시 상기시켜 준다.

나는 내가 하는 일, 내 경험들에 더는 이름 짓지 않게 되기까지 정말 오랜 시간이 걸렸다. 하지만 좀처럼 파악하기 힘들었고 세상 모든 목줄을 싫어했던 보바가 나를 위해 정말 갖은 노력을 다 해주었기 때문에 나도 언제부턴가 드디어 이해할 수 있었다. 그는 내가 이해할 수 있는 그림을 보여주고 내가 개념에서 빠져나와 현실로 나아가게 만들기 위해 심지어 거친 불곰과의 목숨을 건 싸움도 마다하지 않았다.

이 글을 쓰는 몇 년 후의 지금, 나는 보바가 내 어깨 너머로 컴퓨터 모니터를 보는 모습을 상상한다. 보바는 한쪽 눈썹을 올리고 이렇게 말할 것 같다.

"맙소사! 어떻게 하면 그 간단한 것을 이렇게 길게 쓸 수 있는 거야? 선은 잊어버리고 공놀이나 더 하라고 해. 단, 자기만 놀 수 있는 방식으로 말이야!"

다시 말하지만, 스승이 필요한 자 누구인가? 개가 있는데 말이다.

어릿광대 둘

털 없는 짐승치고 꽤 똑똑하군.

외계인 알프(ALF)

중국에서 일본인으로서 처음 선(禪)을 공부했다는 가쿠아(覺阿, 1142~?) 선사에 대해 아름다운 이야기가 하나 전해 내려온다. 보바도 이 이야기를 분명 좋아했을 것이다. 중국에서의 수년 동안의 배움을 뒤로하고 고향으로 돌아온 가쿠아를 어느 날 일본의 황제가 불렀다.

"중국에서 배운 붓다의 가르침에 대해 다 말해보게나!"

황제가 요청했다. 그러자 가쿠아는 갑자기 팔 속에 감춰둔 피리를 꺼내 짧고 굵게 불었다. 그러고는 정중하게 고개를 숙인 다음 사라졌고 그 후 그를 본 사람은 아무도 없었다고 한다. 고요한 가운데 잠깐 들리다만 짧고 굵은 피리 소리, 그 짧은 순간 그것이 온 세상이었지만 그것은 곧 하나의 기억으로 흩어졌다. 나는 불교 문헌 전체에서 선에 대해 이보다 더 좋은 설명은 없을 것 같다. 테디 오네코프를 통해 깨우친 이래 나는 나 자신에게 그 무엇도 설명할 필요성을 못 느꼈기에 선에 대한 모든 복잡한 논의들을 그만두었고 단지 내 네 발 달린 스승과의 시간을 즐기기만 했다. 내가 하던 명상을 더는 '좌선'이라 명하지 않게 되자 명상은 방석 위에 앉아 보내는 시간을 넘어 시장 보기, 공놀이, 음악 감상, 내 배고픈 스승을 위해 사료 포대 옮기는 시간까지 확대되었다.

그런데 보바와 함께 시간을 많이 보내다보니 수행의 길에 관해 그동안 내가 해왔던 모든 개념화 탓에 보바를 단지 여기에 있게 두지 않고 자꾸 뭔가 특별한 존재로 만들고 있음을 알게 되었다. 무소득이든 뭐든 선을 수행해야 한다는 생각 때문에 내 안에는 그 어떤 목표가 생겨났고 그 목표는 선에 대해 내가 상상했던 이상들과 떼려야 뗄 수 없었고 일본 사찰의 정원, 불상처럼 꼼짝 않고 앉아 명상하는 스님들, 그리고 나도 그렇게 바뀌어야 한다는 생각까지 모두 그 이상들 속에 포함되어 있었다. 하지만 보바는 내가 무언가 내가 아닌 다른 것이 되기를 절대 원치 않았다. 보바는 내가 온전한 나 자신이 되고 그렇게 하지 못하게 하는 이상한 개념들은 모두 버린 뒤 단지 공놀이를 하며 그 순간을 온전히 받아들이기만 바랐다. 보바가 앨런 와츠의 다음 글을 읽었다면 바로 앞발에 잉크를 묻히고 밑줄을 그었을 것이다.

> 당신보다 더한 무엇, 당신과 다른 무엇, 혹은 당신보다 더 높은 무엇이 되고 싶다면 그것은 당신이 어디에 있는지 아직 발견하지 못했음을, 그리고 아직도 여기 말고 당신이 있어야 할 다른 곳이 있다고 생각하는 환영 속에서 있음을 말해줄 뿐이다.[41]

나는 이제 보바와 함께 바로 여기에 있었고 달리 있고 싶은 곳도 없었다. 선을 잊자마자 이제 나는 내 인생에서 처음으로 진짜 선을 수행하게 된 것이다. 보바는 내가 선에 대한 생각에서 벗어나 도(道)의 강을 따라 흘러가게 해주었다. 그리고 막상 그렇게 도의 강에 풍덩 빠지고 나니 물속에서도 숨 쉴 수 있음을 알게 되었다. 나는 웃었고 내 뱃속에서는 강의 자갈들, 책들, 가르침들이, 그 위의 도와 함께 꾸르륵댔다. 나는 료칸의 말을 실감했다.

이끼가 낀,
바위가 쪼개진 틈새로
길을 발견한
작은 도랑처럼
나도 투명해지고
명료해진다.[42]

정확하게 보바처럼 나도 어디에도 나 자신을 끼워 맞추지 않았고 바로 그래서 모든 곳이 집인 광대가 되었다. 공원의 낡은 벤치도 이제 나에게는 멋진 명상 센터의 커다란 명상 홀 못지않았다. 마트 가는 길도 명상 센터에서 하는 걷기 명상만큼이나 고요하거나 고요하지 않았다. 나는 료칸의 그 작은 도랑처럼 더는 나와 내 길에 대한 그 어떤 개념화 없이 그냥 아래로, 아래로 졸졸 흘렀다.

선을 통해 나는 기독교 '신자'가 되지 않고도 기독교 신비주의를 재발견하고 즐길 수 있었다. 사와키 코도와 마이스터 에크하르트가 서로 대화를 나누는 모습을 상상하거나, 선불교 사원에서 종소리, 혹은 샤쿠하치 소리를 들으며 고개를 숙이는 압바스 포이먼(Abbas Poimen), 압바스 안토니우스(Abbas Antonius) 같은 황야의 교부들을 상상하거나, 토마스 머튼(Thomas Merton)이 벼루에 먹을 갈다가 신을 발견하는 모습을 상상하다보면 매일 더 많은 것을 배우게 되었다.

반면 이름과 형식은 아무런 역할도 하지 못했다. 중요한 것은 고요한 정신, 고요한 가운데 온 세상에 열려 있는 정신뿐이었다.

마이스터 에크하르트는 "나는 신께 신에게서 벗어나게 해달라고 매일 기도한다."라고 했다. 마찬가지로 선불교에서는 이렇게 말한다. "붓다를 만나면 붓다를 죽여라!" 모든 마음속 그림을 완전히 지울 때, 그래야만 볼 수 있는 본질을 보게 된다.

그러함을 보바는 나에게 끊임없이 몸소 보여주었다. 보바는 그릇된 존경심을 전혀 갖지 않았다. 간(肝) 소시지로 만들어진 거라면 그것이 붓다라고 해도 주저 없이 몇 분 안에 먹어치웠을 것이다. 하지만 이웃의 고양이와 마주칠 때면 어찌나 호의적인지 그 고양이는 기회가 있을 때마다 우리 집에 들어와 보바의 담요 위에서 보바와 같이 나란히 누워 기분좋게 졸다가 가기도 했다. 마찬가지로 보바는 십자가상에도 기꺼이 오줌을 쌌을 것이고 그 이웃 고양이가 겁도 없이 우리의 산책길을 따라올 때면 늘 잘 보살펴줘서 다른 개들이 공격하지 못하게 했다. 보바에게는 모든 영적 가르침에서 가장 중요한 것을 뽑아내고 그 가장 중요한 것을 실천하며 사는 능력이 있었다.

보바는 정말이지 료칸이 털을 달고 다시 태어난 것 같았다. 료칸은 불교에 대한 자신의 학문적 이해가 부족함을 겸손하게 인정했다. 사랑이 넘쳐서 자주 광대 짓을 한다고도 했고 이렇게도 말했다.

> 네, 저는 정말 머리가 나쁘고 나무와 풀들 사이에서 삽니다.
> 그러니 저에게 환영이나 깨달음 같은 건 묻지 말아 주세요.
> 이 노인은 그저 혼자 자기를 보고 웃기를 좋아한답니다.[43]

편안하게 자기를 보고 웃고 그래서 다른 모든 존재를 초대하는 것, 이것은 보바가 제일 잘하는 일이었다. 그리고 그런 보바 옆에서 오래 살고 나니 나도 어느 정도는 그 기술을 시도하게 되었다.

모든 도식과 고정관념을 버리고 온 사회가 노는 '놀이'를 더는 같이하지 않는 사람은 당연히 비웃음을 살 수 있다. 이것은 발이 두 개 달렸든 네 개가 달렸든, 모든 광대에게 마찬가지이다. 하지만 미치도록 열려 있고 그만큼 사랑하는 광대들은 그만큼 자유롭고 그래서 도(道, 삶) 속에서 자신을 계발할 수 있고 그래서 자신만의 길을 갈 수 있다. 그 길이 어디로 향할지 전혀 알지 못하더라도 말이다. 그리고 그렇게 자유로워서 과거는 떠나보내고 현재에 머무를 수 있다.

조주, 료칸, 한산, 혹은 앨런 와츠 같은 위대한 광대가 되고 싶다고 생각하던 때가 있었다. 하지만 광대 중의 광대와 14년을 함께 살며 그 가르침을 배우고 나니 어느덧 나는 나만의 광대 모자를 매일 만들어 쓰고 있었다. 진실로 비우기 위해, 진실로 나 자신이 되기 위해, 단지 한 발 한 발에 집중하며 나아가기 위해, 그리고 그렇게 가면서 길을 발견하기 위해. 그리고 내 광대 모자에 달린 방울이 기분 좋게 울릴 때면 매사에 너무 진지하지 말아야 함을 떠올린다.

"털 없는 짐승치고 나쁘지 않군…."

보바가 윙크하며 말하는 소리가 들리는 듯하다.

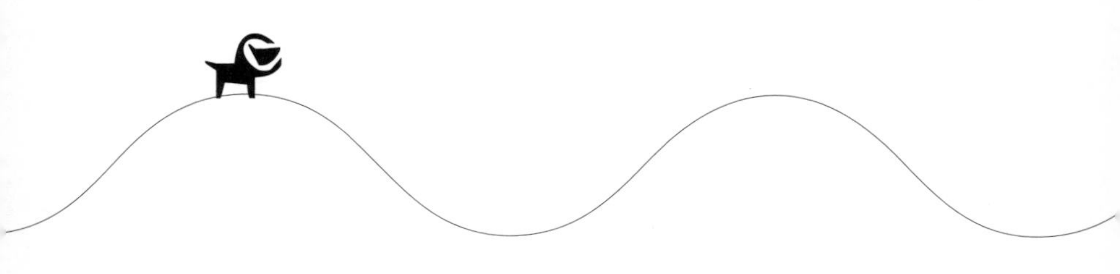

내 앞에는 땅 한 조각, 관목, 꽃,
돌멩이 몇 개만 남았고 그 위로
개미들이 야단스럽게 돌아다녔고
멀리 나뭇가지 위에 멧새 한 마리가 앉았다.
내 옆에는 개 한 마리를 그리워하는 친구가 있고
약간 떨어진 곳에는
내 차가 우리를 기다리고 있다.
그 차 좌석에는 이제는 사라지고 없는
내 개의 냄새가 여전히 남아 있다.
이제 막 이 세상에서
선사 한 명이 줄어들었음에도
태양은 전혀 신경 쓰지 않았다.
그리고 아무 일 없었다는 듯
다시 자랄 잔디 위로 한 차례 바람이 지나갔다.

마지막 가르침

초보자가 이별하는 법

그 개는
온 세상을 사랑했다.
14년 동안이나 그랬다니
놀랍기 그지없다.

리처드 파워스(Richard Powers)의 소설 『오르페오(Orfeo)』에서

예방주사 맞을 때를 제외하면 보바는 수의사를 만난 적이 거의 없었다. 암컷 개에게 자꾸 귀찮게 굴다가 물린 적이 한 번 있었고 가시로 무장한 고슴도치에게 주둥이를 물린 적도 있기는 했다. 고슴도치에 물렸을 때는 폭소를 터뜨리지 않을 수 없었다. 고슴도치가 물 줄은 솔직히 몰랐다. 하지만 자꾸 귀찮게 하면 아무리 평화를 애호하는 멕키(Mecki: 독일의 그림 형제 동화에 나오고 만화로도 제작된, 착하고 귀여운 고슴도치 캐릭터 - 옮긴이)라도 무자비한 맹수로 돌변할 수 있다. 작은 고슴도치가 보바의 얼굴을 어찌나 꽉 물고 늘어지던지 나는 먼저 펜치라도 갖고 와야 하나 생각했다. 하지만 고슴도치는 결국 보바를 놓아주었고 그러자마자 보바는 그 무서운 괴물을 피해 내 뒤로 숨었다.

공원에서 독이 든 소시지 조각을 (당연하게도) 삼켜버려서 세 번째 수의사를 찾았던 때도 잘 기억하고 있다. 그렇게 삼킨 지 얼마 안 가 보바의 코와 항문에서 피가 나기 시작했는데 당시 나는 차가 없었으므로 병원까지 2킬로미터 길을 보바를 안고 걸어가야 했다. 보바는 그 길 전 구간에 핏방울을 남겼다. 그때 나는 정말 보바가 죽는 줄 알았고 수의사도 가망이 없는 것 같다고 했다. 하지만 보바는 주사를 연거푸 맞고 몇 번 토하더니 얼마 안 가 기적처럼 살아났다. 평소대로 여기저기 뛰어다닐 정도였다. 무색해진 수의사가 보바를 두고 강철 위장이 분명하다고 했다.

말이 나온 김에, 개라는 개는 모두 어떻게든 처치하고 싶은 개 혐오자들에게 작은 조언을 하나 하겠다. 음식에 독이라도 타서 흘려놓아야겠다는 생각이 든다면 큰스님 샨티데바(Shantideva, 寂天)의 충고를 깊이 되새겨보는 것도 좋을 것이다. 샨티데바는 인내심을 논하며, 발을 보호한답시고 온 세상에 가죽을 깔 수도 있지만, 그냥 신발을 신고 세상은 그냥 두는 것으로도 충분하다고 말한 바 있다.[44]

어쨌든 보바는 세상 모든 개 혐오자들이 그러든가 말든가 그의 생 대부분을 더할 수 없이 건강하고 즐겁게 보냈다. 그리고 독이 든 미끼 사건도 그다음 날 바로 잊어버리고 다시 프리스비나 삑삑이 공에 초집중했다.

하지만 모든 존재가 그렇듯 보바도 때가 되자 노화의 징후가 나타나기 시작했다. 열두 살 때부터 움직임이 느려지는가 싶더니 예전처럼 놀이에 몰두하지 않았다. 예전에는 내가 공원에 앉아서 책을 읽고 있으면 혼자 돌아다니며 사람들과 '대화'를 시도하느라 정신이 없었는데 이제는 내 옆에 가만히 엎드려 있었다. 걸음걸이가 뻣뻣해 검사를 받아보니 수의사가 척추와 엉덩이 쪽에 염증(척

수염)이 생겼다고 했다. 약을 받아먹었지만 병의 진전을 크게 막지는 못했다. 척수염이 신경통을 유발했고 진통제에도 불구하고 움직임이 점점 더 소심해졌다. 수염이 하얗게 변한 보바는 외알 안경을 끼고 지팡이를 짚은 무뚝뚝한 노인처럼 보였고, 이제 나에게 마지막 가르침을 베풀 준비를 하는 것 같았다. 무상에 대한 마지막 가르침.

그러다 갑자기 음식을 거부하는 일이 잦아졌고 나는 정말 걱정이 되었다! 수의사는 비장암 진단을 내렸다. 개들의 경우 흔히 그렇듯 이미 전이가 많이 이루어진 상태였다. 수술은 불가했고 이제 남은 생은 서너 달 정도라고 했다.

나는 보바를 다시 집으로 데려와서 진통제를 주었다. 그리고 우리는 계속 같이 명상했고 아주 천천히 산책했다. 매 순간 나는 반년 안에 닥칠 보바가 이 세상에 없을 현실에 대해 생각해야 했다. 내 친구들을 다 합쳐놓은 것보다 더한 에너지로 내 정신을 쏙 빼놓던 보바가 이제는 제발 밖으로 나가자고 사정사정해야 겨우 나가주는 개가 되었다.

그리고 결국 아침에 일어나지조차 않는 날이 왔다. 내가 리드줄을 흔들며 불러도 보바는 자기 담요에 엎드린 채 무력한 눈으로 나를 쳐다보기만 했다. 눈썹만이 예전처럼 움직이고 있었다. 나는 그날이 기어이 올 것이라는 사실을 내 인생에서 그 무엇보다 두려워했고 애써 외면했다. 수의사가 그날을 위해 나를 준비시켰고 보바 같은 집 개는 스스로 죽기 힘듦을 이해시켰다. 들개라면 직접 사냥이 불가할 정도로 늙으면 그냥 굶어 죽지만 우리 집

개들은 계속 먹이를 받기 때문에 무거운 몸을 하고 시름시름 앓으며 마지막 나날들을 자꾸 연장할 수밖에 없다. 그러므로 집개들이 더는 움직이지 못한다는 것은 우리 인간들이 행동을 개시할 때가 되었다는 뜻이다. 우리 개들이 품위 있게 마지막 길을 갈 수 있게 해줘야 한다고. 나는 그 모든 것을 머리로는 이해했지만 그런 현실이 끔찍하고 기이한 악몽 같았다.

내가 옆에 누워 쓰다듬고 있으면 보바가 나에게 이렇게 속삭이는 것 같았다.

"그렇게 해, 하라고!"

그 책임을 거부하고 싶지만 그럴 수 없었다. 나는 몇 번 더 보바를 일으켜 세우려 했지만, 이제는 보내줘야 할 때임을 깨달았다. 나는 수의사에게 전화해 방법을 물었고, 의사는 내가 준비가 되면 언제라도 보바를 고통에서 영원히 벗어나게 해주자고 했다. 그것이 개를 사랑한 사람의 가장 슬픈 마지막 의무라고 했다. 그 말이 옳았다.

나는 보바가 좋아했던 간식을 주고 보바를 쓰다듬으며 오랫동안 이야기를 나누었다. 뭐든 다 이야기했고 우리가 함께했던 이런저런 일들을 기억하는지 물었다. 14년 동안이나 보바는 내 가장 친한 친구였다. 여자 친구들과 헤어질 때도, 이사할 때도, 새로 사랑에 빠질 때도 언제나 내 옆에 있어 주었다. 삶에 대한 그의 가르침 덕분에 대학을 자퇴했을 때도, 그리고 내 큰 딸을 얻게 되었을 때도, 언제나 보바가 내 옆에 있었다. 사람들은 보바와 나를 떼어놓고 생각할 수 없었다. 내 친구들은 곧 보바의 친구들이었고 나도 보바의 개 친구들을 사랑했다. 나는 말하고 또 말했고 보바는 그런 나를 바라만 보았고 깊이 이해했다. 나는 보바가 양의 묵은 똥을 잔뜩 묻히고 처음 나에게 왔을 때에 대해, 프리스비, 녹색 안락의자, 음식물 쓰레기통에 대해 이야기했다. 그리고 우리가 함께 했던 명상들과, 공원에서 나는 책을 읽고 그는 코를 킁킁대며 보냈던 시간들에 대해, 그리고 우리가 알아차리며 보냈던 시간들에 대해 물었다. 말을 하고 싶은 만큼 다 하고 나니 더는 할 말이 생각나지 않았다. 나는 보바를 가벼운 담요에 싸서 조심스럽게 자동차에 태워 수의사에게로 갔다. 자동차 안에서 보바는 천천히 숨을 쉬며 꼼짝 않고 엎드려 있었다. 이제 시간이 되었음을 다 안다는 듯.

병원 사람들은 울어서 퉁퉁 부은 얼굴을 하고 동물을 담요에 싸 들고 오는 사람들에 이미 아주 익숙했다. 하지만 기계적이지 않았고 조심스럽게 정성을 다해 주었다. 의사는 다시 한 번 보바를 세세히 진찰한 다음, 전화로 이미 했던 말을 확정했다. 이별의 시간이 다가왔다. 하지만 늘 거기 있던 존재와 어떻게 이별한단 말인가? 나는 몇 분 후면 모든 것이 끝나고 보바가 더는 이곳에 없다는 사실을 상상하기 어려웠다.

그 모든 일은 순식간에 일어났다. 나는 다만 증인으로서 두 무릎을 바닥에 대고, 누워 있는 내 개 옆에 반쯤 서서 사람들이 주사를 잘 놓기 위해 앞다리의 털을 조그맣게 깎아내는 모습을 지켜보았다. 그리고 의사는 안정제를 놓았다. 그러자 보바의 눈꺼풀이 떨리는가 싶더니 머리가 처졌고 숨소리가 점점 멀어져 갔다.

나는 잘 가라는 뜻의 무슨 말인가를 했고 절대 잊지 않을 거라고도 했다. 그때 의사가 두 번째 주사를 놓았다. 숨소리가 더 멀어졌다. 문 닫히는 소리가 났고 그 방에 우리 둘만 남았다. 내 온 뺨과 턱으로 소리 없이 눈물과 콧물이 쏟아졌다. 그리고 어느 때가 되자 의사가 내 어깨를 만지며 말했다.

"떠났습니다."

맞다. 내 앞에는 주인이 떠나 그 또한 죽음을 맞은 근육, 아픈 뼈와 관절, 전이된 종양의 털뭉치가 있을 뿐이었다. 보바는 이미 멀리 떠났다. 이 세상과 그 속의 나를 포함한 모든 것을 꼭 여행을 끝낸 선사들처럼 그렇게 가볍게 떠났다. 어딘가에서 위로의 손길처럼 료칸의 게송 하나가 내 마음속으로 들어왔다.

누가 나더러 어디에 사느냐고 물으면
나는 대답한다.
"은하수 동쪽 끝에 산다."고.
늘 변하는 구름처럼
무엇에도 묶이지 않는다.
집착하지 않으며
바람의 변덕에 나를
내맡긴다.[45]

나는 보바를 다시 담요에 싼 다음 생명력이 빠져나간 그 몸을 두 팔로 안고 내 차로 갔다. 병원을 통해 동물 사체 처리 기관으로 보바의 몸을 맡길 생각은 결단코 없었다. 친구 중 한 명이 시 외곽에 큰 땅을 갖고 있어서 그곳 한 귀퉁이에 보바를 묻을 수 있었다. 그리고 또 다른 친구가 땅 파는 일을 도와주었다. 땅을 파는 동안에는 그 친구가 나보다 더 힘들어했던 것 같다. 나는 그즈음에는 멍한 상태로 더는 울지도 않고 땅만 팠다. 그런 일을 할 수 있어서, 그러니까 내 손으로 직접 할 수 있어서 좋았다. 보바의 친구로서 내가 마지막으로 꼭 해줘야 하는 일이었다.

우리는 구덩이 안에 먼저 보바의 담요를 깔고 그 위에 보바와 그의 프리스비를 올렸다. 나는 무슨 말이든 하고 싶었지만 아무 말도 떠오르지 않았다. 친구는 직접 써온 편지를 달걀 모양의 작은 플라스틱 통에 넣어 보바 옆에 두었다. 친구는 우리 셋이 종일 트래킹 했던 날을 떠올리며 편지를 썼다고 했다. 그날 보바는 친구가 두 손으로 떠준 물을 맛있게 먹었었다. 그날의 일이 그림처럼 내 머릿속에 떠올랐다. 그날 친구가 매우 감동했었고 그 후에도 그날의 일을 자주 말했으므로 나는 미소짓지 않을 수 없었다. 친구에게 그런 보바의 행동은 곧 신뢰와 애정의 표시였고 지금도 친구에게는 그럴 거라고 믿는다!

우리는 구덩이를 흙으로 덮은 다음 미리 잘 떼어놓았던 잔디판들을 다시 올려놓고 몇 걸음 물러섰다. 아무 일도 없었던 것처럼 보였다. 세상의 수많은 실이 한 줄 한 줄 모여 보바라는 한 마리 비범한 개가 탄생했었다. 그리고 그 개는 자신을 잊고 이타적으로 살았다. 즐겁게 놀았고, 사랑했고, 더할 수 없이 관대했다. 그리고 이 세상에 눈으로 볼 수 있는 그 어떤 흔적도 남기지 않은 채 다른 무언가가 되었다. 물론 내 심장 속, 아주 약간의 존재들만 가닿는 '명예의 전당' 그 어디쯤에 개 발자국 몇 개를 남겼다. 선불교 게송에서 자주 등장하는 구름이 되어 보바는 하늘 저편으로 떠났다. 목적도 계획도 없이 사라졌다.

내 앞에는 땅 한 조각, 관목, 꽃, 돌멩이 몇 개만 남았다. 그 위로 개미들이 야단스럽게 돌아다녔고 멀리 나뭇가지 위에 멧새 한 마리가 앉았다. 내 옆에는 개 한 마리를 그리워하는 친구가 있고 약간 떨어진 곳에는 내 차가 우리를 기다리고 있다. 그 차 좌석에는 이제는 사라지고 없는 내 개의 냄새가 여전히 남아 있다. 이제 막 이 세상에서 선사 한 명이 줄어들었음에도 태양은 전혀 신경 쓰지 않았다. 그리고 아무 일 없었다는 듯 다시 자랄 잔디 위로 한 차례 바람이 지나갔다.

흐르는 개울 소리를 듣다가 깨달았다는 밧스이 토구쇼오(拔隊得勝, 1327~1387)는 죽기 직전에 이런 게송을 남겼다.

> 네 바로 앞을 보라. 무엇이 있나?
> 그것을 있는 그대로 본다면
> 잘못될 일이 없을 것이다.[46]

보바라면 다르게 표현했을 것이다. 아침에 내가 먹고 있던 뮤즐리 그릇에 자기 공을 던진다든가, 나와 함께 언덕 위에 앉아 있는 데 만족하며 자기의 처진 갈색 귀를 바람에 펄럭이게 둔다든가. 하지만 밧스이 선사의 게송도 나쁘지 않으므로 불평하지 않겠다. 인간으로서 이보다 더 좋은 게송을 짓기도 어렵다. 붓다의 연꽃 설법🐾 정도라면 모를까?

나는 매 순간 다시 생성되는 기적 같은 세상을 둘러보았고 보바가 내가 희망할 수 있는 최고의 스승이었음을 알았다.

🐾 연꽃 설법은 선사들이 많이 언급하는 붓다의 설법 중 하나다. 이 설법에서 붓다는 아무 말도 하지 않고 연꽃을 들어 올리기만 했는데 아무도 그 뜻을 이해하지 못했지만 마하가섭만이 이해하고 웃었다고 한다. 그렇게 붓다의 가르침이 말 없이 제자에게로 이어졌다.

나오는 말

중국 속담에

"개와 성인(聖人)은 구분하기 어렵다."라는 말이 있다.

레이먼드 스멀리언(Raymond Smullyan)

개와 함께 살다보면 개가 얼마나 관대하고 친절하고 열려 있는지 보게 된다. 개와 함께 놀다보면 공을 던지는 행위, 함께 잔디 위를 구르는 행위로 빨려 들어가게 된다. 자신을 잊고 그 순간 프리스비, 잔디, 태양이 된다. 일본 조동종의 창시자인 도겐 대선사가 다음의 유명한 시를 지었을 때, 나는 그가 자신의 아키타 견과 함께 실컷 논 다음 기분 좋게 지쳐 있었을 거라고 확신한다.

불교를 공부한다는 것은
너 자신을 공부한다는 뜻이다.
너 자신을 공부한다는 것은
너 자신을 잊는다는 뜻이다.
너 자신을 잊는다는 것은
모든 것에 의해 깨어난다는 뜻이다.[47]

최소한 나는 한 마리 개를 통해 진정한 불교의 길을 걸을 수 있었다. 그것은 모든 것에 의해 깨어날 수 있도록 그 개가 나를 준비시켜주었기 때문이다. 그 개의 가장 친한 친구라고 말할 수 있어서 행운이었던 그 10년이 넘는 기간 동안, 그는 내 눈앞에서 자신을 잊어버리고 그 길도 잊어버리고 단지 존재하는 법만을 몸소 보여주었다. 나는 그와 함께 많이 웃었고 그에게 많이 놀라지 않을 수 없었는데 그 경험이 내 마음속 벽의 벽돌을 하나씩 무너뜨렸다. 그 결과 나는 드디어 세상에 대해 읽거나 생각하는 대신, 세상을 정말로 느낄 수 있게 되었다. 불교 공부는 도겐 대선사의 제안과 완전히 다른 방식으로도 할 수 있다. 오계, 사성제, 팔정도, 칠각지, 십이연기, 육바라밀, 삼보, 삼신, 삼법인, 아티샤의 일곱 가지 수심요결, 오지(五智, pañca jñāna), 37가지 보살 수행법 등등, 수학 강의에 들어간 듯한 혹은 영성 장부를 채우기 위한 세미나에 참석한 듯한 인상을 주는 것들을 달달 외울 수도 있다. 그리고 그렇게 지식을 축적할 수도 있다. 하지만 거기서 한 걸음 물러난 후 그 모든 것의 본질로 들어가 그 본질을 실제로 살지 않는 한 크게 도움이 되지는 않을 것이다.

물론 자신이 추구하는 영성의 이론을 깊이 파고들고, 해당 텍스트를 깊게 연구하는 것도 좋다. 누가 그럴 사람 있냐고 물으면 제일 먼저 "여기요!"라고 손을 들고 그때부터 최대한 모든 것을 머릿속으로 구겨 넣기 시작할 사람이 바로 나다. 이제는 그보다는 좀 더 똑똑해져야 할 텐데 지금도 그렇다…. 단지 내 천성에 그런 점도 있는 것이다. 이생에서 나는 두꺼운 안경을 쓴 덕후 기질을 표현하고 싶은지도 모른다.

어쨌든 내 스승은 텍스트나 개념들에는 관심이 없었고, '전통'을 생각하느니 간 고기가 들어간 파이를 상상하는 편을 택했다. 그런 내 스승의 놀라운 단순함이 나를 흔들어 깨웠으며 지금까지도 감탄을 금치 못하게 한다.

지금도 나는 여전히 세상 최고의 개처럼 단순한 방식으로 명상하려고 노력은 한다…. 그리고 가끔 성공할 때도 있다. 그럴 때면 보통 선(禪)으로 이해되는 것 중에 나에게 남은 것은 얼마 되지 않음을 느낀다. 내게 남은 것은 베란다에 그냥 앉아 있는 것, 드넓은 풍경을 보는 것, 너무도 생생히 살아 있는 고요 같은 것이다. 그리고 그렇게 고요할 때면 발바닥 하나가 내 어깨에 내려앉으며 이렇게 묻는 듯하다.

"안녕? 그거 기억나? 그 완벽했던 공 던지기 말이야!"

나는 혼자 웃는다. 해가 천천히 지고 나면 료칸은 마지막이 될 붓을 잡고 모든 것의 핵심을 찌르는 시를 짓는다.

바람이 불고
꽃잎이 떨어진다
새가 울고
산이 어두워진다
이것이
불교의 신비한 힘이다.[48]

감사의 말

먼저 보바 선사에 대한 이야기를 듣자마자 가슴 깊이 새겨주고, 이 책을 쓰는 동안 나를 믿고 기다려준 카일라쉬 출판사의 안드레아 뢴도르프, 롤란드 로텐푸서와 울리히 에흐렌쉬필에게 감사한다. 마찬가지로 노련한 편집자 랄프 라이에게도 감사한다. 랄프 라이는 내가 미처 생각지 못했던 점을 정확하게 지적해주었고, 의심할 바 없이 훌륭한 쉼표 찍기 기술로 많은 문장을 구조해주었다.

일러스트레이터 프랑크 슐츠는 자신만이 할 수 있는 놀라운 작업으로 이 책을 풍성하게 해주었으며, 감탄스러운 순간들을 한 층 더 돋보이게 해주었다. 내 책에서 슐츠의 그림을 볼 수 있다는 것은 큰 기쁨이다!

언제나 깊은 대화로 나에게 영감을 주었던 (그리고 앞으로도 그럴) 모든 친구와 도반들에게도 깊이 감사한다. 무엇보다 아르노 게르코우스키, 베아터 뢰슬러, 마렌 브란트, 크리스티안 쾰러, 마렌 슈나이더, 수잔 힙쉬, 다니엘 아우스트마야, 필립 카-곰, 울프-디터 스토를, 션 오라이어에게 감사한다. 나아가 대화는 그다지

하지 못했지만 그에 못지않게 많은 영감을 주었던 내 네 발 달린 친구들에게도 감사한다. 보바, 지노, 페퍼, 윌리, 발두어 그리고 릴리. 수년간 나와 함께 살면서 모두 자신만의 성격으로 늘 나를 놀라게 했다. 지금도 그렇다.

매일 진정한 기적을 경험하게 해주는 내 두 딸, 카야와 랄러 또한 나에게 삶에서 무엇이 가장 중요하고 본질적인지 말해주었다. 내 딸들의 인생을 지켜보고 어느 정도 동참할 수 있어서 나는 행복하고 감사하다.

언제나 내 곁을 지켜주는 여자, 제니 아펠에게 그 흔들림 없는 사랑에 감사한다고 말하고 싶다. 고맙게도 제니는 내가 말없이 글만 쓰는 날이 많아도 (대체로) 불평 없이 참아주었으며 언제나 나를 도울 준비가 되어 있었다.

끝으로 내 특별한 친구 마르코 그나스에게 감사한다. 마르코는 나만큼 보바를 친구로 생각해주었으며, 세상 최고의 개를 묻는, 세상 슬픈 일을 도와주었다.

부록

명상을 해보고 싶은
사람을 위한 안내

불교 용어에 대한 안내

참고문헌

주석

명상을 해보고 싶은 사람을 위한 안내

이 책을 읽고 난 뒤, 어쩌면 명상을 해보고 싶다는 생각을 했을지도 모른다. 아무리 책을 많이 읽어도 직접 한번 해보는 것이 더 낫다고들 하니까 말이다. 당신은 어쩌면 당신의 개가 공원 나무 그늘에 고요히 앉아 있는 모습을 오랫동안 관찰했으므로 이렇게 생각했을지도 모르겠다.

"흠, 저 정도는 나도 할 수 있지 않을까?"

이 자리를 빌려, 명상을 시작해보고 싶은 사람에게 도움이 될 내용을 몇 가지 정리해보려고 한다. 그리고 이미 오랫동안 명상해왔지만, 또 다른 자극이 필요하거나 새로운 시도를 해보고 싶은 사람에게도 도움이 되었으면 한다. 나는 스즈키 순류가 자신의 책 『초심(Anfänger-Geist)』에서 찬미한 '초심'이야말로 명상의 모든 것이라고 생각한다. 모든 순간을 새로운 순간으로 경험하며 바로 지금 일어나고 있는 일을 볼 준비가 되어 있는 것, 늘 똑같은 일상과 굳어진 사고 구조를 버릴 준비가 되어 있는 것 말이다. 명상할 때 연습하는 호흡조차 모두 같아 보여도 사실 모두 다르다. 때로는 흥분 상태에서, 때로는 고요한 상태에서 이루어지므로 모든 호흡이 이루어지는 순간이 다 다르게 느껴질 수밖에 없다.

호흡하는 동안 계속되는 것은 바로 변한다는 것 한 가지뿐이다. 우리 자신과 주변 세상 모두 매 순간 변한다. 그러므로 매 순간이 새롭고, 따라서 모든 호흡이 새롭다. 그리고 우리는 늘 호흡하므로(호흡을 하지 못하면 명상도 할 수 없다!) 호흡은 평생 유용한 가장 이상적인 명상 도구이다.

전통 선불교에서는 명상 자세를 아주 중요하게 생각한다. 다리와 손의 모양, 머리의 각도는 물론이고, 눈을 감느냐 뜨느냐와 입속 혀의 위치에 대해서까지 정확한 지침이 있다(보바는 혀의 위치를 제대로 잡는 데 특히 무능했다!). 나는 20~30분 동안 등을 펴고 똑바로 앉아 있기에 가장 편한 자세를 권한다. 결가부좌를 고수하는 것이 편하다면 당연히 좋다. 하지만 그게 힘들어서 명상 자체에 방해를 받는다면 그 관절을 꺾는 자세는 그냥 잊어버리고 당신이 할 수 있는 자세로 앉는다. 명상용 방석, 혹은 명상용 벤치(등받이가 없는 긴 나무 의자 - 옮긴이)를 이용하든, 아니면 보통의 부엌 의자를 이용하든 일단은 아무런 차이가 없다. 붓다도 짚으로 만든 방석 위에서 명상하다가 깨어났다고 하는데, 나는 붓다가 그 방석을 명상 도구 전문점에서 비싼 돈을 주고 사지는 않았을 거라고 확신한다.

중요한 것은 최대한 등을 펴고 앉아서 호흡이 원활하게 이뤄지도록 돕고, 내부 장기가 접히지 않게 하는 것이다. 무릎을 엉덩이 아래쪽 높이에 맞추는 것도 도움이 된다. 그렇게 하면 골반이 약간 앞으로 향하는데, 그럼 똑바로 앉기가 수월해진다. 내 경우에는 명상 벤치 위에 앉는 것이 이런 자세를 취하기에 가장 좋은 것 같았지만 엉덩이가 닿는 부분이 상대적으로 약간 높은 의자도 좋다. 아니면 담요 따위로 약간 높여도 된다.

꾸벅꾸벅 조는 것으로 명상을 대체하고 싶지 않으면 등받이 없이 약간은 긴장을 유지한 채 앉아 있는 것이 가장 좋다. 등은 최대한 펴되, 척추가 자연스럽게 구부러지게 둔다. 우리는 양철 군인이 아니라 인간임을 잊지 말자!

손은 무릎 위에 자연스럽게 올려두거나 손바닥을 아래로 향하게 하고 허벅지나 무릎에 둬도 좋다. 어깨와 목의 힘은 뺀다. 눈은 감아도 되지만 금방 졸릴 것 같으면 뜨고 있되 1~2미터 전방 바닥에 시선을 고정한다.

명상을 시작했다면 처음에는 집중한 상태에서 몇 번 아주 천천히 심호흡한다. 호흡을 즐긴다.

몸으로 집중 지점을 짧게 옮기는 것이 도움이 될 수도 있다. 호흡에 따라 배가 올라갔다 내려가는 것을 느껴보자. 땅에서, 혹은 방석에서 느껴지는 압박, 입고 있는 옷의 느낌, 양손과 양발의 감각을 느껴본다. 몸 구석구석 느껴보는 것이 바로 지금 여기에 존재하는 데 도움이 된다.

그다음에는 호흡이 지금 보이는 모습 그대로 단지 왔다가 가게 둔다. 호흡을 바꾸려고 하지 말고 따라간다. 호흡을 인식하는 것이 중요하지, 이 순간 호흡이 깊은지 얕은지, 느린지 빠른지는 전혀 중요하지 않다. 단지 그렇게 인식만 한다. 숨이 코와 목과 가슴과 배를 통해 흐를 때 내면에서 어떤 느낌이 일어나는지 관찰

한다.

숨이 어떻게 몸 밖으로 사라지는지 느껴본다. 호흡과 호흡 사이 쉬는 시간을 인식한다.

호흡으로 정신을 고요하게 한다. 호흡이 자연스럽게 왔다가 가는 것에 가볍게 집중한다. 호흡은 가만히 둬도 일어나는 것이니, 억지로 조종하지 않는다.

조만간 집중력이 흐트러지면서 분명 딴생각이 들 테고 호흡을 잊어버리게 될 것이다.

창문 밖에서 새소리가 들릴 수도 있고, 집안의 난방 시설이 이상한 소리를 낼 수도 있다. 아니면 이웃집에서 당신이 좋아하는 AC/DC(1973년 오스트레일리아에서 결성된 5인조 로큰롤 밴드로, 전 세계적으로 약 2억 장의 음반이 판매되었다 - 편집자) 음악을 틀지도 모른다. 이 모든 것은 단지 소음일 뿐이다. 하나의 소리 그 이상도, 그 이하도 아니다. 들렸다가 사라질 것들이다. 파란 하늘에 잠깐 나타나는 구름처럼 나타났다 다시 사라진다. 때로는 생각도 일어난다. 복잡한 생각이나 멍청한 생각이 들기도 하고, 해야 할 일이나 그날 종일 마음을 빼앗겼던 일을 떠올리기도 할 것이다. 이런 생각도 그 순간 당신의 정신이 생산한 개념에 지나지 않으며, 밖에서 들리는 소음과 전혀 다르지 않음을 알기 바란다. 이런 생각도 왔다가 언젠가는 저절로 사라지게 되어 있다. 생각을 당신 자신과 동일시하지 마라. 생각은 지나간다. 생각을 관찰하고 떠나가게 둔다. 귓속이나 코가 가려운 것도 조금 있으면 금방 괜찮아진다.

소음, 생각, 감각이 집중력을 떨어트릴 때마다 다시 가볍게 호흡으로 돌아온다. 딴생각을 했다고 속으로 화내거나 좀 더 집중하라며 다그칠 필요도 없다. 이것들도 모두 집중을 방해하는 생각이기 때문이다. 명나라 때 만들어진 비싼 도자기를 박살 낸 강아지를 보듯 당신을 보며 웃어줘라. 어차피 그다지 아름답다고 생각하지도 않았을 것이다. 그리고 다시 호흡으로 돌아온다.

매 순간 거듭 다시 호흡으로 가볍게 돌아온다.

방해될 것은 아무것도 없다. 모든 것이 단지 거기에 그렇게 있을 뿐. 이 순간은 단지 있는 그대로 존재할 뿐이다.

순간에 대한 모든 기대, 명상에 대한 모든 기대를 버린다. 명상이 만들어낸다는 이런저런 '효용 가치'에 집착하지 않는다. 마음이 고요해지면 혈압이 내려갈 테고, 스트레스를 잘 다루는 법도 배우게 될 것이다. 하지만 명상의 좋은 작용이 목적이 되어서는 안 되고, 그것에 모든 의의를 두어서도 안 된다.

신비한 통찰이나 폭죽이 터지는 것처럼 기분이 좋아지는 것을 기대하지 않는다. 모든 것을 있는 그대로 두면서, 호흡할 때마다 그 현재의 순간이 다시 어떻게 더없이 새로운 방식으로 나타나는지 발견한다. 바로 지금 여기에 존재하는 것 외에 다른 할 일은 없다.

그때 마음이 고요해진다. 그리고 지금 당신이 인식할 수 있는 그 순간, 그 모든 것의 전개를 당신이 너무도 잘 알아서 그 결과 그것을 인식하는 '나'로서의 당신이 사라진다. 왔다가 사라지는 하나의 생각, 하나의 구름처럼.

이제 고요, 단일, 존재만 남는다. 무소득.

그 고요함, 그 아무것도 하지 않는 것, 그 순간의 현존 속에서 쉰다.

지금까지 묘사한 정도의 고요함이 명상할 때마다 나타나지 않는다고 해도 걱정하지 말기 바란다. 명상은 즉석에서 누릴 수 있는 행복 오아시스가 아니라 아무런 의도 없이 도도히 흐르는 도(道)의 강물처럼, 끝없는 산란함과 지루함의 단계까지 포함하는, 일생 동안 가야 할 길이다. 정신이 산란하다면 그 순간은 그렇게 산란한 것으로 드러난 것이다. 그렇다는 것을 인식하고 다시 부드럽게 호흡으로 돌아갈 수 있다면, 그러니까 산란함 속에 완전히 빠지지 않는다면 혹은 정신적으로 어떤 생각이나 감정에 사로잡히지 않는다면 산란함도 영적 수련의 한 부분으로 기능한다. 명상을 한 번 하는 동안 딴생각이 들었음을 보고 의식적으로 다시 호흡으로 돌아가기를 253번 반복했다면 253번 진짜 알아차리는 연습을 한 것이다.

규칙적으로 명상하도록 노력해보자. 한 달에 한 번 한 시간 동안 하는 것보다는 매일 10분씩 하는 것이 더 낫다. 아침저녁으로 명상하든, 낮에 두 번 명상하든 좋을 대로 한다. 어떻게 하면 당신에게 좋은 방식으로 하루 시간표에 명상 시간을 끼워 넣을 수 있을지 보라. 단지 멈추지 마라. 앞에서 말했듯이 무언가에 도달하려고, 더 나은 사람 혹은 깨달은 더 큰 버전의 당신이 되려고 명상하지는 않는다. 순간을 인식하고 당신만의 정신을 인식하는 것이 기쁨을 가져다주기 때문에 명상한다. 자신에게 웃어주라. 그저 그것으로 충분하다.

그리고 언젠가 당신의 네 발 달린 친구와 함께 공원 벤치에 앉는 날이 온다면, 그리고 바람이 코를 간지럽히고 정오를 알리는 햇살 사이로 곤충들이 윙윙 소리를 내며 비틀비틀 날고 있음이 느껴진다면, 반쯤 감은 눈으로 잔디가 자라는 것을 관찰할 수 있다면 그때 당신은 알아차릴 것이다. 여기가 어디든 그곳에서 명상할 수 있음을.

불교 용어에 대한 안내

- **개** 완전히 깨달은 개과 동물로, 인간에게 다르마를 이해시키는 과업을 갖고 있다. 다양한 종, 색, 형태로 나타날 수 있다.
- **고타마 싯다르타** 기원전 약 560~480년에 살았던 역사적 인물인 붓다의 출가 전 이름이다. 그는 풍족한 집안에서 보호받고 자랐지만 도처에 산재한 고통을 극복하기 위해 집을 떠났다. 사두가 되어 죽을 만큼 고행하다가 중용의 균형 잡힌 길을 걷는 것으로 마침내 깨어나 만물을 있는 그대로 보게 되었다. 그 후 40년 넘게 인도 전역을 다니며 다르마를 가르쳤다.
- **공안**(公案) 대체로 이해할 수 없는 이야기나 질문으로, 선불교의 임제종(臨濟宗) 전통에서 학승들에게 수수께끼처럼 던져지는 질문이다. 공안은 익숙한 사고 구조 속으로 침투해 그 구조를 깬 다음, 투명한 정신의 순수한 상태를 경험하게 한다.
- **다르마**(Dharma)/**법**(法) 진리, 모든 것의 본질을 뜻하지만 표준 방침이나 지침, 종교-윤리적 법칙을 뜻하기도 한다.
- **담마빠다**(Dhammapada) 주로 동남아시아 불교 전통에서 많이 언급되지만, 선불교 가르침에서도 소중하게 다뤄지는 붓다 잠언 모음집.
- **도가**(道家, Taoismus) 기원전 4세기 중국에서 생성된 철학으로,

인간을 도(道, 혹은 삶) 안에서 쉬게 하고 자신의 중심으로 이끄는 것을 그 목표로 한다. 도(道)는 '이치', 혹은 '길'로 이해할 수 있는 번역 불가한 개념이다. 여기서 길이란 순간을 취하고 변화와 자연 고유의 전개를 받아들임을 의미한다.

- **라마**(Lama) 티베트불교에서 스승을 뜻하는 말.
- **로쉬**(Roshi) 선불교에서 경험 많은 스승에 대한 존칭. 로쉬들은 대부분 발이 네 개이고 털이 많으며 건강한 식욕을 갖고 있다.
- **리트리트**(retreat) 은거에 들어가 명상과 학습을 집중적으로 하는 기간을 일컫는 일반적인 말이다. 짧게는 주말, 길게는 몇 주까지 기간은 다양하다. 티베트불교에서는 심지어 3년+3개월+3일 동안 은거하는 극단적인 형태의 리트리트도 있다.
- **린포체**(Rinpoche) 티베트불교에서 라마에 대한 존칭.
- **말라**(Mala)**/염주**(念珠) 108개의 구슬이 꿰어져 있는 기도용 목걸이로, 손가락으로 구슬 하나씩 돌릴 때마다 만트라를 외운다. 불교에서 주로 사용하지만, 힌두교에서도 쓰인다.
- **명상** 앉아서 아무것도 하지 않기. 생각보다 어려운 일이다. 걷기 명상도 있다. 여기서도 마찬가지로 걸으면서 아무것도 하지 않는다. 지성의 반성 없이 현재 순간 속으로 완전히 가라앉는 것이다.
- **무소득**(無所得, Mushotoku) '의도 없음'을 뜻한다. 도달할 것, 목표가 없음을 뜻한다. 이 상태에서는 고요한 가운데 앉아 있기만 할 뿐 깨달음이나 그 비슷한 상상의 상태를 염원하지 않는다. 모든 것이 완전하고 다른 것이 될 필요가 없는, 현재 순간에 머문다.
- **무위**(無爲, Wu wei) 아무것도 하지 않는 자세, 삶의 자연스러운 전개에 반하는 일을 하지 않는 삶의 자세를 뜻하는 중국 도가의 개념. 나태나 게으름이 아니라 삶의 강물을 타고 떠내려가는 것이다. 피곤하면 자고 기쁘면 뛰어다니거나 짖는 개는 무위를 실천하는 것이다. 억지스럽지 않고 바깥세상이 정해주

는 목적을 향해 달려가지 않는, 더할 수 없이 자연스럽게 자신으로 존재하는 것이다.

- **보살**(Bodhisattva) 깨달은 후 열반에 드는 대신 세상 모든 존재의 구제에 힘쓰겠다 맹세한, 불법(佛法)을 공부하는 자. 보살은 지혜가 많고 연민이 깊은 존재로, 대부분 뼈다귀와 프리스비를 특히 좋아한다.

- **불성**(Buddhanatur) 모든 존재 안에 있는 투명한 정신.

- **붓다**(Buddha) 원래 '깨어난 자'라는 뜻으로 자연 고유의 정신을 알아차린 사람이다. 불교 창시자인 역사적 인물, 싯다르타 고타마(뒤의 설명 참조)를 부르는 존칭이기도 하다.

- **비구**(Bhikkhu) 대승불교보다는 소승불교에서 남자 스님을 이르는 말. 원래 '적선을 구하는 사람'이란 뜻이었다.

- **사두**(Sadhu) 세상을 등지고 대개 고행하며 사는, 힌두교의 이른바 '성스러운 사람'들을 일컫는 말이다. 이들의 고행은 때로는 7년간 한쪽 다리로만 서 있거나 20년간 결가부좌로 앉아서만 지내는 등 극단적인 형태를 띠기도 한다. 고행을 하는 이유는 대개 신비한 통찰을 얻고 윤회의 사슬에서 벗어나기 위해서다. 사두들 중에는 '종교적으로 필요한 것' 이상으로 과도한 대마초를 복용하는 사람도 적지 않다.

- **사마디**(Samadhi)/**삼매**(三昧) 이원적인 세계관을 극복한 의도 없는 상태. 이 상태에 들어가면 명상자는 명상 대상과 하나가 된다. 즉 관찰자와 관찰 대상이 함께 정신의 고요한 상태 속으로 녹아 들어간다. 개의 코앞에 비엔나 소시지를 대령했을 때 관찰할 수 있는 상태이다. 그 순간 그 개의 정신과 소시지의 존재 사이에 모든 구분이 사라진다. 둘은 하나가 된다.

- **사성제**(四聖諦) 불교의 기본 가르침이지만 전통에 따라 다양하게 해석된다. 그리고 종종 다음과 같은 부정적인 세계관을 대표하는 개념으로 여겨지기도 한다.

1. *인생은 고통이다.*

2. *고통의 원인은 집착이다.*

3. *집착을 끊을 때 고통도 사라진다.*

4. *팔정도가 고통을 없애는 길이다.*

나는 불교도들이 사성제의 의미를 좀 더 신중하게 정리해야 했다고 생각한다. 그리고 '성스러운'이란 표현도 쓰지 말아야 했다고 생각한다. '성스러운'이란 표현 탓에 무언가 최종적인 진리 같은 인상을 주는데, 이는 붓다가 원했던 것이 아니었다.

1. *인생에는 고통스럽게 보이는 순간도 있다.*

2. *인생이 고통스럽게 보이는 것은 끊임없이 자기중심적으로 생각하며 착각 속에 있는 우리 정신 때문이다.*

3. *그 정신을 고요하게 하면 착각에서 벗어나고 그럼 고통도 사라진다.*

4. *착각과 고통에서 벗어나는 길은 자신만이 아니라 다른 존재의 안녕까지 생각하는, 행동과 관조사이 중심이 잘 잡힌 삶이다.*

스티븐 배철러(Stephen Batchelor)는 붓다의 가르침이 기본적으로 '불안과 불안의 종식'에 관한 것이라고 했다.(49) 사성제도 그렇게 요약할 수 있겠다.

- **사토리**(Satori) '켄쇼(견성)'과 비슷한 개념으로 현재 순간의 실체를 깨닫고 존재의 커다란 강물 속에서 개인성을 완전히 포기하는 것이다.

- **선**(禪, Zen) 기원후 5세기경 중국에서 도가 관념과 만난 대승불교의 형태가 12세기부터 일본에 전파되어 오늘날 잘 알려진 '선(Zen)'으로 정착했다. 선은 원래 산스크리트어에서 '명상'을 뜻하는 디야나(dhyana)에서 나왔다. 디야나가 중국어로 첸(Chan)이 되었고, 첸이 일본어로 젠(Zen)이 되었다. 일본 선불교는 크게 조동종(曹洞宗)과 임제종으로 나뉜다. 깨달은 네

발 달린 짐승의 눈으로 봤을 때 이 둘의 차이는 그다지 중요하지 않다. 조동종이 방 중앙을 보고 명상하는 반면, 임제종은 벽을 보고 명상한다. 조동종이 앉아서 하는 명상만을 한다면 임제종은 걷기 명상과 공안도 적극 이용한다.

- **세신(Sesshin)** 이른바 마라톤급 좌선을 일컫는 말이다. 보통 엄격한 일과를 지키며 좌선에 집중한다. 앉아서 명상하기와 걷기 명상을 교대로 하고, 식사도 명상의 연장 선상에서 고요한 가운데 이루어진다.

- **소승불교, 대승불교, 금강승** 불교의 주요 세 방향을 뜻하는 세 '수레[乘]'. 소승불교는 작은 (혹은 더 오래된) 수레로 팔리어 경전이 바탕이며, 대체로 동남아시아에 뿌리를 내린 불교이다. 대승불교는 큰 수레로 산스크리트어 경전도 포함한다. 중국 선불교와 일본 선불교 같은 이른바 북쪽 전통들이 이에 속한다. 금강승은 다이아몬드 수레로 대승불교에 속하긴 하지만, 라마교 안에서 밀교적 요소들을 수행하는 티베트불교를 말한다. 기본적으로 대승불교라 해도 좋지만 '큰 수레'라고만 하는 것보다는 '다이아몬드 수레'라고 하는 것이 당연히 듣기에 더 좋다. 소승불교와 대승불교 사이의 가장 큰 차이는 전자가 각 개인의 해탈 중심이라면 후자는 모든 존재의 해탈을 바란다는 데 있다. 대승불교에 보살 관념이 안착한 이유이다.

- **수트라(Sutra)** 불교의 중요한 경전들. 대부분 역사적 인물인 붓다의 가르침을 말하지만 그렇지 않은 경전도 있다.

- **스와미(Swami)** 힌두교 교사들을 위한 존칭이지만, 때로는 스스로 존귀한 존재가 된 사람들을 일컫기도 한다(예를 들어 단지 길고 하얀 수염을 하고 기이한 옷을 좋아하는 것으로 이득을 보는 사람들).

- **시카(Shika)** 선불교 사원에서 손님들을 책임지고 돌보는 스님을 일컫는 말이다.

- **아나타(anatta)/무아(無我)** 자체 생성되는 불변의 실체가 없음을 뜻한다. 불교에서는 모든 것이 조건에 따라 생성된다고 본다. 모든 것은 서로 복잡하게 얽혀 있는 원인들에 의한 연속체이다. 그리고 모든 것은 언젠가 사라진다. 그 구성 요소

로 분해된 다음, 다른 새로운 배열로 태어난다. 다시 말해 무언가 다른 것의 원인이 된다.

- **우주적 무드라**(Hokkai-join) 좌선할 때 하기도 하는 전통적인 손 자세[수인(手印)]로 '선(禪)의 인장(印章)'이라고도 한다. 두 손의 손바닥을 위로 해서 서로 포개어 허벅지에 놓은 다음, 두 엄지손가락 끝을 서로 닿게 한다.
- **젠도**(Zendo) 사원에서 특히 멋지게 지어놓은 좌선하는 방이다. 전통에 큰 가치를 두는 사람이라면 들어가 명상해볼 만한 곳이지만, 그렇지 않다면 공원 벤치의 그늘진 쪽에 앉아도 충분하다(원한다면 그 벤치 아래도 괜찮다).
- **좌선**(坐禪, Zazen) 선불교에서 앉아서 하는 명상.
- **켄쇼**(Kensho)/**견성**(見性) 자신의 불성을 각성하고 세상의 실체 속으로 들어가는 경험. '사토리' 참조.
- **툴쿠**(Tulku) 의식적으로 다시 태어나며 화신으로 인정받는, 티베트불교의 교사.
- **팔정도**(八正道) 고통에서 벗어나게 해주는 길. 바르게 보고 생각하고 알아차리고 말하고 행하고 노력하고 집중하고 생활하는 것으로 구성되어 있다. 여기서 '바르게'란 각각에 따라 '알맞게'나 '유익하게'로 해석할 수 있다.

참고문헌

개에 관한 참고문헌

Rick Bass *Colter. Der beste Hund, den ich je hatte*. Luchterhand Verlag, München 2001

Gerelchimeg Blackcrane *Kelsang*. Verlagshaus Jacoby & Stuart, Berlin 2014

Günther Bloch/Elli H. Radinger *Wölfi sch für Hundehalter. Von Alpha*, Dominanz und anderen populären Irrtümern. Kosmos Verlag, Stuttgart 2010

John Bradshaw *Hundeverstand*. Kynos Verlag, Nerdlen/Daun 2013

Anne Krüger *Besser kommunizieren mit dem Hund. Die HarmoniLogie Methode der Schäferin aus Funk und Fernsehen*. Gräfe und Unzer Verlag, München 2008

Patricia B. McConnell *Das andere Ende der Leine. Was unseren Umgang mit Hunden bestimmt*. Kynos Verlag, Nerdlen/Daun 2009

불교에 관한 참고문헌

Stephen Batchelor *Buddhismus für Ungläubige*. Fischer Verlag, Frankfurt a. M. 1998

________________ *Bekenntnisse eines ungläubigen Buddhisten. Eine spirituelle Suche*. Ludwig Verlag, München 2010

Chatral Rinpoche *Compassionate Action*. Snow Lion Publications, Ithaca, NY, 2007

Mark Coleman *Die Weisheit der Wildnis. Selbsterkenntnis durch Achtsamkeit in der Natur*. Arbor Verlag, Freiburg i. Br. 2013

Taisen Deshimaru *Fragen an einen Zen-Meister*. Werner Kristkeitz Verlag, Heidelberg-Leimen 1987

Thich Nhat Hanh *Das Herz von Buddhas Lehre. Leiden verwandeln - die Praxis des glücklichen Lebens*. Herder Verlag, Freiburg i. Br. 1999

________________ *Die Sonne, mein Herz. Über die Verbundenheit allen Seins*. Theseus Verlag, Berlin 1989

________________ *Der Buddha sagt. Seine wichtigsten Lehrreden*. Theseus Verlag, Berlin 2003

Hanshan *Gedichte vom kalten Berg. Das Lob des Lebens im Geist des Zen*. Arbor Verlag, Freiburg i. Br. 2001

Yoel Hoffmann *Die Kunst des letzten Augenblicks. Todesgedichte japanischer Zenmeister*. Herder Verlag, Freiburg i. Br. 2013

Yoel Hoffmann (Hrsg.)/Joshu Jushin *Rein in Samsara. 333 Zen-Geschichten*. Angkor Verlag, Frankfurt a. M. 2002

Huang-po *Der Geist des Zen. Die legendären Aussprüche und Ansprachen des Huang-po*. O. W. Barth Verlag, München 2011

Paul H. Köppler *So spricht Buddha. Die schönsten und wichtigsten Lehrreden des Erwachten*. O. W. Barth Verlag, München 2010

Dietrich Krusche (Hrsg.) *Haiku. Japanische Gedichte*. Deutscher Taschenbuch Verlag, München 1994

Taizen Maezumi *Das Herz des Zen*. Theseus Verlag, Berlin 2002

Gudo Nishijima *Begegnung mit dem wahren Drachen. Leben und Zen.* Dona Verlag, Berlin 2008

Meister Ryokan *Eine Schale, ein Gewand. Zen-Gedichte von Ryokan.* Werner Kristkeitz Verlag, Heidelberg-Leimen 1999

______________ *Alle Dinge sind im Herzen. Poetische Zenweisheiten.* Herder Verlag, Freiburg i. Br. 2013

Jason Siff *Unlearning Meditation. What to do when the instructions get in the way*. Shambhala Publications, Boston 2010

Kodo Sawaki *Zen ist die größte Lüge aller Zeiten*. Angkor Verlag, Frankfurt a. M. 2005

Helwig Schmidt-Glintzer *Lektionen der Stille. Klassische Zen-Texte*. C. H. Beck/Deutscher Taschenbuch Verlag, München 2007

Ikkyu Sojun *Zen-Gedichte von der verrückten Wolke*. Angkor Verlag, Frankfurt a. M. 2007

Shunryu Suzuki *Zen-Geist, Anfänger-Geist. Unterweisungen in Zen-Meditation*. Theseus Verlag, Berlin 1975

______________ *Seid wie reine Seide und scharfer Stahl. Das geistige Vermächtnis des großen Zen-Meisters*. Heyne Verlag, München 2003

Robert Thurman *Grenzenlos leben. Sieben Elemente für ein erfülltes Dasein*. Theseus Verlag, Berlin 2005

Chögyam Trungpa *Das Buch vom meditativen Leben*. Rowohlt Verlag, Reinbek bei Hamburg 1991

Brad Warner *Hardcore Zen. Punk Rock, Monsterfi lme & die Wahrheit über alles*. Aurum Verlag, Bielefeld 2010

Alan Watts *Zen-Stille des Geistes*. Theseus Verlag, Berlin 2001

__________ *Vom Geist des Zen*. Insel Verlag, Frankfurt a. M. 2008

Hsu Yun/Jy Din Shakya (Hrsg.) *Leere Wolke. Die Unterweisungen des Chan-Meisters Hsu Yun*. Mumon-Kai Verlag, Berlin 2013

Dogen Zenji *Shobogenzo. Die Schatzkammer der Erkenntnis des wahren Dharma*. Theseus Verlag, Zürich 1977

도가에 대한 참고문헌

Walter Braun *Auf der Suche nach dem perfekten Tag. Das Tao der Zufriedenheit*. Rowohlt Verlag, Reinbek bei Hamburg 2008

Thomas Cleary (Hrsg.) *Also sprach Laotse. Die Fortführung des Tao Te King*. O. W. Barth Verlag, München 1995

Dirk Grosser *Das Tao des Drachen. Furchtlos unser wahres Selbst leben*. Schirner Verlag, Darmstadt 2014

Benjamin Hoff *Tao Te Puh. Das Buch vom Tao und von Puh dem Bären*. Synthesis Verlag, Essen 1984

Laotse *Tao Te King. Eine zeitgemäße Version für westliche Leser*(übersetzt und kommentiert von Stephen Mitchell). Goldmann Verlag, München 2003

Thomas Merton *Sinfonie für einen Seevogel. Weisheitstexte des Tschuang-tse*. Herder Verlag, Freiburg i. Br. 1996

Raymond Smullyan Das Tao ist Stille. Fischer Verlag, Frankfurt a. M. 1994

Alan Watts *Weisheit des ungesicherten Lebens*. Fischer Taschenbuch Verlag, Frankfurt a. M. 2009

_________ *Der Lauf des Wassers. Eine Einführung in den Taoismus*. Knaur Verlag 2011

❙ 특정 전통에 속하지 않는 영성서들에 관한 참고문헌

Peter Fenner *Reines Gewahrsein. Radiant Mind-Ein praktischer Weg zum Erwachen*. Aurum Verlag, Bielefeld 2008

Dirk Grosser *Selbst ein Anfang sein. Eine mystische Kosmologie der Möglichkeiten*. Arun Verlag, Uhlstädt-Kirchhasel 2011

Jiddu Krishnamurti *Einbruch in die Freiheit*. Lotos Verlag, München 2004

__________ *Das Licht in uns. Über wahre Meditation*. Edition Steinrich, Berlin 2015

Dan Millman *Der Pfad des friedvollen Kriegers. Das Buch, das Leben verändert*. Ansata Verlag, München 2000

Toni Packer *Mit ganz neuen Augen sehen*. Aurum Verlag, Braunschweig 1991

__________ *Der Moment der Erfahrung ist unendlich. Meditation jenseits von Tradition und Methode*. Theseus Verlag, Berlin 1996

__________ *Das Wunder des Jetzt. Die Kunst des meditativen Fragens*. Theseus Verlag, Berlin 2004

__________ *Fragen in der Stille. Meditieren jenseits des Wissens*. Aurum Verlag, Bielefeld 2007

Clark Strand *Einfach meditieren. Übungen für ein gelassenes Leben*. Fischer Taschenbuch Verlag, Frankfurt a. M. 2000

주석

책 속 주석의 출처들은 모두 여기에 표기해둔 문헌에서 찾을 수 있다.

1. 볼프강 블록(Wolfgang Block)이 *Buddhismus heute,* Nr.7(1991년)에 기재한 인터뷰다. 인터넷 www.buddhismus-heute.de/archive.issue_7.positon_2.print_1.de.html에서 찾을 수 있다.

2. 『담마빠다(Dhammapada, 법구경)』, Vers 1. 참조

3. 『담마빠다』의 산스크리트어 원문은 이렇다:
"Manopubbangama dhamma manosettha manomaya".
불교학자이자 저술가인 보디팍사(Bodhipaksa)는 *Tricycle-Magazin*에 "붓다가 절대 말하지 않은 것(What The Buddha Never Said)"이라는 제목의 훌륭한 논문 시리즈를 연재했는데 거기서 이 원문을 다음과 같이 번역해 발표했다: "정신적 상태(dhamma)는 우리 정신에서 유래하고(manopubbangama) 우리 정신을 주인으로 가지며(monosettha) 우리 정신에 의해 창조된다(manomaya)."

4. Taisen Deshimaru: *Fragen an einen Zen-Meister,* S. 61.

5. 같은 책.

6. Alan Watts: *Von Geist des Zen,* S. 57.

7. Hanshan: *Gedichte vom kalten Berg,* S. 162.

8. Taisen Deshimaru: *Fragen an einen Zen-Meister,* S. 86.

9. Yoel Hoffmann (Hrsg.)/Joshu Jushin: *Rein in Samsara*, S. 70.

10. 같은 책, S. 10.

11. 같은 책, S. 69.

12. Yoel Hoffmann (Hrsg.)/Joshu Jushin: *Rein in Samsara*, S. 5.

13. Thomas Merton: *Sinfonie für einen Seevogel*, S. 79.

14. Yoel Hoffmann (Hrsg.)/Joshu Jushin: *Rein in Samsara*, S. 68.

15. Aus: Ryokan: *Alle Dinge sind im Herzen*, S. 129.

16. Shunryu Suzuki: *Zen-Geist, Anfänger-Geist*, S. 31.

17. Alan Watts: *Zen-Stille des Geistes*, S. 92.

18. Meister Ryokan: *Eine Schale, ein Gewand*, S. 47.

19. Raymond Smullyan: *Das Tao ist Stille*, S. 171.

20. Robert Thurman: *Grenzenlos leben*, S. 16.

21. Alan Watts: *Vom Geist des Zen*, S. 34.

22. Meister Ryokan: *Alle Dinge sind im Herzen*, S. 115.

23. Alan Watts: *Zen-Stille des Geistes*, S. 97.

24. Thich Nhat Hanh: *Die Sonne, mein Herz*, S. 41.

25. Ikkyu Sojun: *Zen-Gedichte von der verrückten Wolke*, S. 7.

26. Shunryu Suzuki: *Seid wie reine Seide und scharfer Stahl*, S. 119 ff.

27. Paul H. Köppler: *So spricht Buddha*, S. 12.

28. Stephen Batchelor: *Buddhismus für Ungläubige*, S. 52.

29. Thich Nhat Hanh: *Der Buddha sagt*, S. 22.

30. 이 인용문이 들어간 인터뷰는 *Buddhismus Heute*, Nr. 7(1991)에서 찾을 수 있다(주석 1 참조).

31. Helwig Schmidt-Glintzer: *Lektionen der Stille*, S. 64.

32. Richard Rohr: *Wer loslässt, wird gehalten. Das Geschenk des kontemplativen Gebets.* Claudius Verlag, München 2001, S. 56.

33. Taisen Deshimaru: *Fragen an einen Zen-Meister*, S. 21.

34. Meister Joshu: *Rein in Samsara*, S. 35.

35. 존 카밧진(Jon Kabat-Zinn)의 *Ruhe im Alltag finden*에 수록된 번역을 약간 수정, 재현한 것이다.

38. 같은 책, S. 9.

39. 같은 책, S. 10.

43. 같은 책, S. 81.

44. 이 시의 출처는 훌륭한 사이트 Berzin Archives이다. 몇 시간이고 샅샅이 읽어볼 가치가 충분한 사이트다. www.berzinarchives.com/web/de/archives/e-books/published_books/gelug_kagyu_mahamudra/pt1/mm_-1.hml.

45. Ryokan: *Alle Dinge sind im Herzen*, S. 80.

46. Yoel Hoffmann: *Die Kunst des letzten Augenblicks*, S. 70.

47. Dogen Zenji: *Shobogenzo*, S. 24.

48. Ryokan: *Alle Dinge sind im Herzen*, S. 141.

49. Stephen Batchelor: *Buddhismus für Ungläubige*, S. 28.

우리가 알고 싶은

삶의 모든 답은 한 마리 개 안에 있다

젊은 철학도와 떠돌이 개 보바가 함께 한 14년

2021년 02월 26일 초판 1쇄 발행

지은이 디르크 그로서(Dirk Grosser) • 그림 프랑크 슐츠(Frank Schulz) • 옮긴이 추미란
발행인 박상근(至弘) • 편집인 류지호 • 상무이사 양동민 • 편집이사 김선경
책임편집 김소영 • 편집 이상근, 김재호, 양민호 • 디자인 쿠담디자인
제작 김명환 • 마케팅 김대현, 정승채, 이선호 • 관리 윤정안
펴낸 곳 불광출판사 (03150) 서울시 종로구 우정국로 45-13, 3층
대표전화 02) 420-3200 편집부 02) 420-3300 팩시밀리 02) 420-3400
출판등록 제300-2009-130호(1979. 10. 10.)

ISBN 978-89-7479-893-2 (03850)

값 16,500원

어른부터 아이까지
동물을 사랑하는 사람들을 위한 책

•

나의 반려동물도 나처럼 행복할까

데이비드 미치 지음 | 추미란 옮김 | 328쪽 | 16,000원

언젠가는 내 곁을 떠날 반려동물을 생각하면 슬퍼지는 사람들을 위한 불교적인 해법을 담은 책. 반려동물과 일상을 나누는 법부터 평화로운 죽음으로 이끄는 법까지, 반려동물과 우리가 함께 행복하게 살아가는 구체적이고 실용적인 방법을 담았다.

•

어느 날 고양이가 내게로 왔다

보경 지음 | 권윤주 그림 | 264쪽 | 16,000원

12년간의 도시 사찰 주지 소임을 마치고 산중 사찰로 내려간 스님 앞에 거짓말처럼 고양이가 한 마리 나타났다. 겨울 한 철, 스님이 고양이를 바라보고 고양이가 스님을 바라본다. 삶은 혼자여도 좋고 둘이어도 좋지만, 함께하는 만큼 다른 무엇을 느끼게 되는 것, 그 내면의 소소한 기록을 담았다.

•

고양이를 읽는 시간

보경 지음 | 권윤주 그림 | 264쪽 | 16,000원

산중 스님과 고양이의 여름 이야기. 세상의 수많은 오해와 그로 인한 불행들은 '읽기'에 서툴기 때문인지 모른다. 어느 날 문득 다가온 '고양이'를 정성으로 읽으며 깊어진 스님의 사유는 우리에게 내 안의 나 그리고 타인, 자연과 세상의 이치를 바르게 읽는 법을 조용히 안내한다.

•

내가 진짜 좋아하는 개 있어요?

존 에이지 지음 | 권이진 옮김 | 38쪽 | 12,000원

개를 진짜 좋아하는 아이가 반려동물센터를 찾아온다. 그런데 개를 데려가고 싶어하는 아이에게 쉼터지기 아저씨는 자꾸만 엉뚱한 동물을 데려오는데….
아이는 개를 만날 수 있을까? 우리 마음을 여는 열쇠는 사랑이라는 것, 또 마음을 열면 평범해 보이던 것들이 특별해진다는 것을 일깨워주는 사랑스러운 그림책.